MÉTAPHYSIQUE DU CHIEN

Knult est un chien vagabond qui parcourt les rues de Toulouse et loge dans une cage d'escalier. Ce n'est pas un chien ordinaire, loin s'en faut… Il est, pour Paul, un jeune homme un peu perdu, une sorte de maître à penser. Ici, les rôles sont inversés, c'est l'homme qui est l'élève du chien, et Paul partagera ainsi la vie de Knult, sa gamelle comme son cagibi, six années durant.

Mais voilà, Knult meurt subitement. Et Paul, dans une tentative désespérée pour absorber le savoir du disparu, se décide à manger la dépouille de Knult. Il s'interroge aussi sur les circonstances qui ont causé la mort du chien. Depuis quelque temps, des rumeurs circulent concernant des disparitions inexpliquées d'animaux domestiques…

En cherchant à en apprendre un peu plus sur ces enlèvements, Paul va croiser plusieurs personnages, tous plus ou moins liés à Knult en particulier et à la race canine en général : Mme Estouffigue, la propriétaire de l'immeuble et du cagibi où ils logeaient, un boucher et quelques habitants du quartier, le petit voleur Ange Fraboli et Moskato, le policier qui lui court après, et enfin Véronique, une jeune vétérinaire qui a un faible pour Paul.

À la fois quête métaphysique d'un individu à la dérive, reconstitution d'un quartier toulousain, et parabole de l'existence, ce premier roman mêle les tonalités : regard désabusé sur la société, histoire d'amour et de tendresse, cocasserie des situations.

Philippe Ségur est professeur agrégé à l'université. Il enseigne à la faculté de droit de Perpignan. Après Métaphysique du chien, *son premier roman, il vient de publier son second roman :* Autoportrait à l'ouvre-boîte.

Philippe Ségur

MÉTAPHYSIQUE DU CHIEN

ROMAN

Éditions Buchet-Chastel

TEXTE INTÉGRAL

ISBN 2-02-061204-6
(ISBN 2-283-01888-9, 1re publication)

© Éditions Buchet-Chastel, septembre 2002

www.seuil.com

À Picks the dog,
qui s' en fout joyeusement.

Prologue de Paul

Ce matin, j'ai mangé mon chien. Sans doute vous demandez-vous comment j'ai pu faire ? Je l'ai dépecé comme un vulgaire lapin. Ce n'est pas difficile. Il suffit d'avoir un bon couteau, un couteau qui coupe. Le mien m'avait été prêté par Luciano, le boucher d'à côté. Il nous aimait bien, mon chien et moi, depuis le temps. Avec une lame effilée, j'ai accompli ma triste besogne. J'ai taillé la peau de mon pauvre Knult.

Enfant, j'avais vu mon grand-père saigner poules et lapins, suspendus par les pattes sous l'auvent de la basse-cour. Ce spectacle m'impressionnait toujours un peu. Je la trouvais tragique, cette sève qui fuyait les organes encore chauds. Knult, lui, était froid depuis longtemps lorsque j'ai ouvert une caverne sur sa gueule inerte. Son corps reposait mollement à terre. Sur sa chair rouge et nue, des sérosités transparentes dessinaient de splendides rigoles, des entrelacs luisants. Toutefois, son œil sur le sol, cet œil éteint, cet œil sans direction m'a effrayé. Cette chose immobile où avait brillé tant d'intelligence, ce regard profond qui avait fait Knult n'était déjà plus rien. Une sphère écrasée sur sa base conique, où suintaient quelques filaments roses et blancs, voilà ce qui restait de l'animal qui fut toute ma vie.

La main tremblante, j'ai plongé sa dépouille dans une petite marmite. Je l'y ai laissée un moment. Je voyais, hagard, sa chair blanchir dans les tressautements liquides, sous un voile de vapeur. Je me souvenais de ce qu'avait été Knult.

Un chien ordinaire au premier abord, un simple bâtard. Il fallait y regarder à deux fois pour remarquer sa beauté peu commune. Ses poils broussailleux et rudes à la teinte fauve orangée, sa solide charpente, sa tête bombée, la tignasse en bataille. Je l'avais rencontré il y a six ans. Car Knult faisait partie des êtres que l'on rencontre. Il faisait même partie de ceux que l'on n'oublie jamais.

J'étais étudiant, les cours m'ennuyaient. Je venais de quitter Mina avec qui j'avais vécu quelque temps. Elle était très belle, Mina, avec ses yeux verts et sa frange dorée, sa taille fine, son air distingué. Elle me plaisait bien. Mais je ne voulais pas du confort bourgeois dans lequel elle souhaitait m'enfermer, de ce bonheur tout chaud dans de la naphtaline. Ce que je cherchais était au-delà de la vie et, par là même, hors de ma portée. Je ne savais pas ce que je voulais.

Ce soir-là devait m'apporter un début de réponse. J'avais alors pour voisin un garçon avenant, un blond énergique qui, comme moi, s'essayait à écrire et poussait parfois l'audace jusqu'à tenter de penser. Il s'appelait Arnaud. Dans le petit appartement que lui louait pour une bouchée de pain sa grand-mère, nous nous retrouvions fréquemment autour d'une bouteille de dry gin pour écouter un vieux disque des Stones, un concert d'Iggy Pop ou des frères Ramones. Nous refaisions le monde.

C'était en juin, il faisait chaud et il pleuvait. L'eau qui battait le bitume brûlant faisait monter par les fenêtres cette délicieuse odeur de goudron humide qui, pour tout Toulousain, s'annonce comme une promesse de l'été à venir. Nous parlions des vanités terrestres, des petites prétentions, de nos immenses espoirs. Comme toujours, la discussion s'était envenimée lorsque nous avions abordé les questions éternelles. Questions sans réponses que nous ne craignions pas de résoudre avec la fougue de nos jeunes années. Arnaud soutenait qu'aucun être humain ne peut se prétendre libre des biens matériels.

« Quel que soit notre degré de richesse ou de pauvreté, disait-il, la possession crée toujours une forme d'attachement et de dépendance. Le degré zéro de la propriété n'existe pas. Même le moine dans sa cellule est prisonnier de son dénuement et de ce qui le concrétise : la robe de bure, la corde à nœuds, les sandales en cuir. »

Il n'en fallait pas davantage pour me faire sortir de mes gonds. Car, bien sûr, j'affirmais le contraire. Il me semblait que tout individu, pour autant qu'il le veuille, dispose toujours de son libre arbitre. Chacun à tout instant a la faculté de briser les chaînes qui le retiennent. Le ton montait. Les vapeurs de l'alcool aidant, nous nous accrochions à nos opinions comme deux cavaliers sur leurs montures au galop. Nous ne pouvions nous arrêter. Avec emphase et un brin de provocation, je lançai :

« Il n'y a rien que je possède, que je ne sois prêt à jeter par-dessus bord, là, maintenant, tout de suite ! »

Arnaud me prit au mot comme je m'y attendais.

« Eh bien, vas-y. La fenêtre est ouverte. »

Heureux de lui river son clou, je m'emparai aussitôt de ma veste et de mon portefeuille. M'approchant de la croisée qui s'ouvrait au-dessus d'une petite cour intérieure, je m'apprêtais à précipiter le tout dans le vide, quand Arnaud me retint, une lueur de jubilation dans les yeux.

« Non, pas ça. Ça ! »

Son index désignait un pendentif que je portais autour du cou. Un losange en argent serti d'émaux blancs qu'une barre horizontale séparait en deux triangles ou deux pyramides dont l'une était inversée. Il me venait de Mina et il le savait. Je demeurai figé. C'était tout ce qui me restait de cette coupe si désirable que je n'avais pas voulu boire. Mon compagnon ne pouvait s'empêcher de sourire méchamment, ravi de l'effet produit par son intervention. Il avait frappé dans le mille. Qu'importe une veste, en effet, un portefeuille, quelques pièces et de misérables papiers. Mais un bien sentimental ! Suprême attachement ! Je sentis mon ventre se creuser. J'attendis un peu. J'hésitais. Je lui lançai un regard haineux et arrachai enfin le pendentif que je lançai par la fenêtre sans détourner les yeux.

Arnaud eut l'air décontenancé. Il sembla regretter de m'avoir acculé à ce geste. La conversation reprit difficilement. Nous fîmes semblant l'un et l'autre de ne plus y penser. Cependant, je ne pensais qu'à ça. À ce bijou auquel je tenais plus que tout au monde, à mes discours pompeux, à ma faiblesse et à ma vanité. J'en voulais à mon hôte de m'avoir contraint à sauver la face en m'humiliant à mes propres yeux. Car moi seul connaissais la duplicité de mon attitude, moi seul savais à quel point était fausse la liberté que j'affichais. Pendant que nous évoquions des sujets sans importance auxquels nous ne prêtions plus la moindre attention, l'objet dont je venais de me débarrasser était au centre de mes pensées. Je ne songeais plus qu'à descendre dans la cour pour tenter de le retrouver. J'avais envie de fuir à toutes jambes, de dévaler les escaliers, de le chercher sur les pavés inondés de pluie. Mon orgueil me l'interdisait. Il me fallait rester encore, l'air de rien, jouer mon personnage jusqu'au bout. Et l'inquiétude me mettait au supplice.

Lorsque j'eus estimé avoir fait suffisamment la preuve de ma désinvolture, je pris congé d'Arnaud sans parvenir à dissimuler ma nervosité. Il fit mine de ne pas le remarquer et me renouvela le témoignage de son affection en suggérant de traverser le palier pour aller chez moi boire un dernier verre. Au fond, c'était un véritable ami. Lui aussi avait ses faiblesses, ses prétentions, son orgueil intellectuel. Il n'aimait rien tant que les joutes verbales et l'ivresse que procure le sentiment de terrasser l'adversaire. Mais, au-delà de nos oppositions de façade et de nos conflits convenus, sa sensibilité s'accordait à la mienne et il me comprenait. Je le sais maintenant que je ne le vois plus et je regrette que les événements qui ont suivi ne m'aient pas permis de le lui dire quand il aurait fallu. Plaise à Dieu qu'il m'ait aujourd'hui pardonné mon indifférence et mon ingratitude !

Ce soir-là, je déclinai son offre amicale en prétextant le besoin de me dégourdir les jambes avant de me coucher. Je le quittai un peu trop vite et sitôt dehors, je voulus entreprendre mes recherches. Craignant qu'il ne me vît de sa fenêtre, je décidai d'attendre qu'il eût fermé les volets. Je me glissai dans la pénombre du porche. La pluie avait cessé. Il faisait bon. Tandis que je supputais mes chances de retrouver le pendentif, je sentis une présence à mes côtés. C'était un chien.

Je ne l'avais pas vu tout de suite. Son pelage sombre le confondait avec l'obscurité. Il était couché sur les pavés et semblait dormir. Sa respiration était régulière et profonde. En haut, les volets claquèrent. Je ne fis plus attention à l'animal. J'avançai dans la cour et, accroupi, je commençai mes investigations. Je fouillai du regard chaque pierre, chaque caniveau, le moindre interstice du pavage. J'inspectai minutieusement les deux voitures qui attendaient là leurs propriétaires. Le bijou demeurait introuvable. Quelqu'un avait dû passer, le découvrir et le prendre.

Je me mis à sangloter. J'étais à genoux. Mes mains tremblaient. J'avais l'impression d'avoir perdu un bien infiniment précieux. Je ne savais toutefois s'il s'agissait du pendentif lui-même ou de ma propre estime. Car, au-delà des souvenirs et des regrets posthumes que cette breloque évoquait, je m'étais vu misérable, renonçant à toutes mes idées jusqu'à la fierté d'être vrai. En cet instant précis n'étais-je pas à quatre pattes et courbant l'échine, esclave d'un losange en argent, d'une idole de métal ? J'étais tombé, du moins le croyais-je, en dessous de ma dignité.

Un léger halètement me fit lever la tête. C'était le chien. Il était assis et semblait sourire. Il m'apparut alors tel qu'il était et tel que je n'allais plus cesser de le voir. Incroyablement beau. Sa toison aux poils mi-longs était d'un roux fauve orangé tirant sur le rouge. Il avait une taille moyenne, mais sa poitrine large, l'ossature puissante de ses pattes et les muscles qui saillaient sur l'intérieur des cuisses, le faisaient paraître plus grand qu'il n'était. Sa tête échevelée était assez allongée. Ses oreilles longues, souples et ovales à leur extrémité, tombaient en rideaux de part et d'autre d'un nez proéminent surmonté d'une énorme truffe noire. Sous des sourcils épais, plantés en épis, flamboyaient deux grands yeux vifs et foncés. Une moustache rouquine très fournie achevait de lui donner un air bonasse que démentait cependant l'ironie de son regard.

Dès cet instant, je ne pus m'arracher à sa vue. Dans ses prunelles qui pétillaient, il y avait un détachement amusé pour l'émoi auquel je m'abandonnais. Il y avait aussi une compassion profonde qui me troubla. Je n'avais jamais vu cette flamme briller chez un homme, ni bien sûr chez un animal. Il me vint à l'esprit que, dans ce fruit de la nature, l'amour qui jaillissait était surnaturel. En même temps et malgré la commisération qu'exprimaient ses yeux, il n'attendait rien de moi. Il paraissait établi dans une sorte de tranquillité que rien n'aurait pu perturber.

Je n'osais bouger, j'avais peur de rompre le charme. Soudain, il détourna la tête. Il se leva, fit demi-tour et sortit dans la rue. Juste avant de disparaître derrière le lourd portail de bois il me lança un dernier regard. Il semblait m'inviter à le suivre. Et je le suivis. Je l'ai suivi six ans.

*
* *

Ce matin, j'ai mangé mon chien. Lorsque sa chair a été cuite, je l'ai servie dans sa vieille gamelle en fer-blanc. Nous l'avions récupérée toute cabossée, voici quelques années, dans les poubelles d'un surplus de l'armée américaine. Elle nous a rendu de fiers services même si sa faible contenance nous conduisait à ne l'utiliser que l'un après l'autre. En général, je laissais Knult manger le premier. Par déférence. Je ne me servais qu'ensuite. Nous avions notre rituel, tous les soirs identique, nos petites manies. Ainsi Knult est-il le seul chien que j'aie jamais vu manger couché. Il s'allongeait sur le ventre et, le récipient bien calé entre ses deux pattes antérieures rigoureusement parallèles, il plongeait son long museau dans la gamelle et mangeait avec une lenteur calculée.

À chaque bouchée il relevait la tête et mastiquait de longues minutes avant de replonger dans l'écuelle, le regard fixe, un air de concentration profonde sur la gueule. Il ne me fallait montrer aucun signe d'impatience sous peine de le voir ralentir encore cette activité qu'il semblait considérer comme l'un des moments cruciaux de sa journée. Si je venais à manifester une quelconque nervosité, il lui arrivait même de s'interrompre et de demeurer quelques instants immobile avant de reprendre. En fait, il ne me fallait pas bouger jusqu'à ce que vienne mon tour. Cela aussi faisait partie du cérémonial.

Aujourd'hui, il n'y a pas eu de deuxième service. Ce n'était pas nécessaire, car c'est Knult qui était au menu. Ma soudaine promotion dans l'ordre de table ne m'a pas consolé : mon cher compagnon n'était pas très comestible. Toutefois, je m'étais promis de ne rien laisser de lui que je n'aie transformé. Je l'ai donc mangé jusqu'au dernier morceau. Mais je ne vous cacherai pas que j'ai souvent eu mal au cœur. Sa chair était dure, caoutchouteuse. Il m'a fallu une heure pour en venir à bout au prix d'efforts éprouvants dont mes mâchoires se souviennent encore. Cela m'amusa d'abord. « Ce cher Knult ne se laisse pas réduire en charpie aussi facilement », me dis-je. Après un moment de laborieuse mastication, je fus tout de même gagné par l'agacement. Quelle idée avais-je eu de le manger ! Un chien de cet âge !

Quel âge pouvait-il bien avoir d'ailleurs ? Je ne l'ai jamais su. Lorsque je l'ai rencontré, il semblait avoir une longue expérience et, au jour de sa mort, je ne saurais dire combien de temps il est resté sur terre. Son apparence n'a pas subi d'altération depuis le soir où je l'ai vu pour la première fois. Il n'a jamais trahi le moindre symptôme de vieillissement. Bien sûr, vous me direz que j'aurais pu examiner sa denture, les ridules de son palais, les taches sur ses babines. Je le respectais trop cependant pour me livrer à de telles pratiques. Pour moi, il vivait en marge du temps. C'est cela, il était éternel. Il ne pouvait disparaître.

Il ne pouvait disparaître, mais je l'ai englouti. Je l'ai mangé avec hargne, avec détermination et même avec colère. Comment ! C'était donc cela, l'ultime épreuve ? Ce cuir trop épais, cette chair si coriace ! Voilà qu'il m'abandonnait, qu'il me laissait en plan et par quel pied de nez ! D'emblée, le premier soir, lorsque je lui avais emboîté le pas, il m'avait éprouvé. Il s'était mis à trotter de sa foulée élastique dont il n'usait – je ne le sus que plus tard – que lorsqu'il voulait être suivi. J'étais constamment obligé de presser le pas. Il me menait dans un dédale de rues étroites, le long des murs rougis du vieux Toulouse. Les lampadaires jetaient des reflets bleus sur les trottoirs mouillés. J'avais l'impression d'évoluer dans un rêve éveillé. Il était tard. Un couple d'amoureux, un promeneur solitaire, un trio aviné, hantaient à peine la nuit. Le chien allait de l'avant, apparemment très au fait de sa destination. Il tournait à gauche, prenait à droite, traversait tout à trac sans se soucier le moins du monde des automobilistes qui, du reste, se faisaient plutôt rares.

Avec cela, il maintenait un rythme infernal. Lorsque j'étais sur le point de le perdre et de renoncer à le suivre – car je me refusais à courir après un chien inconnu –, il m'attendait, l'œil plein de malice. Et avant même que je ne l'aie rejoint, il reprenait sa course sans plus me regarder. Cela dura longtemps. Je faillis plusieurs fois le laisser à ses divagations et rebrousser chemin. Quel ridicule ! Suivre un chien dans les rues ! Moi qui n'avais jamais suivi une fille ! Mais l'animal m'intriguait. Son comportement n'était pas celui d'un chien ordinaire. Et puis, n'étais-je pas égaré, incapable de reconnaître ma route ? Je ne perdais rien à rester à ses trousses.

J'eus même à y gagner. Il obliqua soudain sous un porche où je pénétrai à mon tour. Je vis une cour qui m'était familière, des pavés luisants, deux voitures garées. Dans la pénombre le chien m'observait, la gueule ouverte, les yeux moqueurs. Nous étions revenus à notre point de départ. J'étais à mon domicile, rue Mage. Tout à mes interrogations, je n'avais pas eu conscience du trajet parcouru, je n'avais pas vu qu'il se jouait de moi. Ce fut ma première leçon.

Non seulement j'avais été trop absorbé par mes réflexions pour voir où cet animal me conduisait, mais encore je me rendis compte que ce chien énigmatique vivait à la même adresse que moi, dans un cagibi d'escalier, et que je ne l'avais jamais remarqué. Je vis avec une particulière netteté à quel point j'étais dilué dans le flux bavard de mes pensées. Je découvrais que le refuge de mon esprit, en me protégeant, m'avait isolé de ce monde qui m'entourait. Depuis combien de temps n'étais-je nulle part ? Depuis combien de temps étais-je ainsi répandu dans mes rêves ? L'univers m'était transparent. J'avais vingt-quatre ans et je ne le connaissais pas. Voilà ce que venait de m'apprendre ce chien perdu, ce chien sans collier, avec son air bonhomme et ses yeux ardents.

Qu'avait-il à me dire aujourd'hui, tandis que je mâchonnais de mauvaise grâce sa cuisse épaisse ou le bas de son dos ? Les fibres de sa chair essayaient-elles de me parler encore en résistant sous mes dents ? Tant que je ruminai Knult et mes sombres pensées, je ne pus trouver la réponse. Je haïssais cette viande, cette carne indigeste qui puait déjà. Elle me restait en travers du gosier. Je faillis la cracher et ma vie avec et toute ma douleur. Mais il fallait que cela fût fait. Il fallait que le chien passât dans l'homme. J'en pleurais de rage.

Les agapes vinrent à se terminer. Il ne resta plus qu'une carcasse décharnée au fond de l'écuelle. C'était fini. Je restai un moment à contempler mon ouvrage. Du beau travail, en vérité, compte tenu de la difficulté. Oui, c'était bel et bien fini. Volonté et longueur de temps viennent à bout de toutes choses, même de l'écœurante saveur d'un bouilli immangeable. Je fus saisi d'un rire nerveux dont la source se révéla bientôt dans sa torrentielle clarté. Patience, opiniâtreté, persévérance ! C'était bien là une leçon à la manière de Knult ! Cet animal avait toujours su jusqu'où ne pas être trop bon pour moi.

*
* *

Ce matin, j'ai mangé mon chien. Quand je dis « mon chien », c'est un abus de langage. Car Knult m'appartenait à personne. Je ne saurais donc affirmer que j'étais son maître. Pour être tout à fait juste, il était plutôt le mien. Tout ce que je connais de l'existence, c'est lui qui me l'a appris. Et c'est parce que je lui sais gré de m'avoir admis comme disciple que j'ai décidé de ne jamais m'en séparer. J'ai mis ses os à l'abri dans un petit sac en toile. Plus tard, c'est certain, je leur donnerai un emballage plus conforme à leur nature. Je ferai un étui de la peau de Knult.

Tandis que j'écris ces lignes, recroquevillé dans le cagibi d'escalier qui, six ans durant, abrita notre amitié, je songe à cette peau. Le temps d'une vie, elle a fait son office. Elle a joué, elle a glissé, elle s'est étirée sur les muscles et les organes et les os. Elle s'est rompue parfois et elle s'est réparée. Elle s'est frottée aux rayons du soleil, elle a reçu la morsure de la pluie, elle a vaincu ses parasites. Et dans quelques jours, après s'être dépliée pour la première fois, après avoir connu la froide liberté, la solitude inerte de la mort, elle se refermera à nouveau sur la carcasse qu'elle protégeait. Alors, tout contre moi, je porterai Knult reconstitué, la vie en moins, ses ossements dans une poche vide. Il m'est étrange de penser que c'est lui qui désormais me suivra. Lui qui n'a jamais suivi personne. Car ce chien était l'indépendance même. On ne pouvait l'apprivoiser : il était l'apprivoisement. On ne pouvait le séduire : il était la séduction. On ne pouvait le capturer : il était le captif, le ravisseur et les mailles du filet.

Pendant ces années de compagnonnage j'ai vu Knult dans bien des situations. Je l'ai vu entouré d'enfants admiratifs et tendres, déchaînés et cruels, je l'ai vu famélique, les yeux brûlants de fièvre, je l'ai vu allongé sur des divans moelleux, aspergé de parfum, un nœud dans les cheveux. Menacé par des chats hystériques, taillé en pièces par un dogue éructant, aimé jusqu'à l'ivresse par un teckel miteux, il demeurait identique, hors d'atteinte dans sa profondeur et tout entier engagé dans chaque événement. Même tenu en laisse, muselé par un garde brutal, il ne donnait pas l'impression de le suivre, mais d'être suivi par lui.

Combien de fois l'ai-je surpris en habile chef de bande, en insupportable roquet, en cerbère effrayant ? Il se faisait tour à tour molosse, animal traqué, ami compatissant. Celui qui fait rire en famille autour d'une marmite, celui qu'on abandonne en voiture en chantant. Il était cela et bien plus. Il était ce que vous vouliez qu'il fût. Il était tous les chiens et le chien éternel qui jouait déjà là mille ans auparavant.

Le grand fleuve du temps, Knult me le fit découvrir le soir même de notre première rencontre. Après qu'il m'eut promené dans les rues humides pour me ramener à mon point de départ, dans la cour de l'immeuble, je restai un moment à l'observer. Il me regarda d'abord de son air malicieux, la tête légèrement penchée sur le côté. Il se moquait de moi. Avec gentillesse, avec bonhomie, il se moquait. Puis il alla se coucher sous l'escalier où il avait fait son gîte. C'était un réduit minuscule de quelques mètres carrés, un ancien placard de service qui, plus tard, suffirait à peine à nous abriter l'un et l'autre. Quelqu'un y avait disposé une vieille paillasse et un peu d'eau dans un bol en plastique. De toute évidence, le chien vivait seul sous la bienveillance de l'un des habitants de la maison.

Tapi dans l'ombre, il ne bougeait plus. Seules ses pattes de devant, bien parallèles, émergeaient de son refuge dans un rectangle de lumière que projetait la lune par un vasistas au-dessus de la porte. Dans le noir, je ne pouvais rien distinguer d'autre que l'éclat étrange de ses prunelles immobiles et le léger va-et-vient de sa langue qui luisait. Je ne voulais pas déclencher la minuterie électrique. Sans un bruit, je m'avançai et m'assis sur les talons pour mieux l'étudier. Comme j'étais à son niveau, je m'aperçus que son regard, bien que tourné dans ma direction, passait à travers moi sans me voir. Il était comme perdu dans une contemplation profonde.

Alors, sans imprimer à son corps le moindre mouvement, il changea imperceptiblement de position. Nous étions déjà face à face. Mais j'eus le sentiment qu'il venait de se déplacer pour se situer dans mon axe. Ses yeux n'avaient pas bougé. Ils n'avaient pas même cillé. Cependant, un flamboiement nouveau me prévenait que maintenant ils ne me transperçaient plus, qu'ils s'arrêtaient sur moi et m'enveloppaient d'une infinie douceur. Une vague d'amour me submergea. Je fermais les yeux. Ma vie tout entière, ma courte vie défila en un instant derrière mes paupières.

Mes parents chantant dans la voiture, tandis que je somnolais un ours en peluche dans les bras, le passage des péniches sur le canal du Midi où se concentraient tous mes rêves d'enfant, l'été et ses heures d'oubli dans le rectangle bleu de la piscine, cette méchante voisine et sa messe du dimanche et toutes mes années d'école et toutes mes inquiétudes et cette jolie brune à qui je pensais tant et qui ne m'aimait pas. Tous ces moments disparus revivaient pour moi dans les yeux de ce chien. Mon premier examen, mes frasques avec Pacôme, ce cher vieux camarade, notre longue amitié et ses rivalités, les cigarettes partagées sous la toile de tente, ma pauvre grand-mère dans cette chambre grise sous une forêt de tuyaux, les chagrins sans remèdes, les joies si volatiles. Mina enfin, nos disputes, nos réconciliations,

tous nos déchirements. Notre amour du désastre, le naufrage lui-même, l'écume de mes années. Quel film
éblouissant, quel étonnant voyage !

Certains jugeront que j'étais victime de mes souvenirs
éteints, de ces images mortes auxquelles la mémoire
parvient parfois à rendre un peu de leurs couleurs pas-
sées. Pourtant, c'était bien le tourbillon de la vie qui
m'emmenait suivre à nouveau ses volutes, qui me promenait à rebrousse-chemin. Alors même que ces émotions ravivaient en mon cœur leur saveur lénifiante et
leurs poisons brûlants, je me sentais bien. Je les connaissais, ces vieilles expériences, ces heures qui s'enchaî-
nent. Elles m'appartenaient sans plus me posséder. La
pièce était écrite. Je ne craignais plus rien.

J'ouvris les yeux. Le chien me regardait et déversait sur
moi son amour prodigieux. Cela n'avait duré que
quelques secondes. Je restai encore un moment à attendre.
Puis je me levai et gravis les quelques volées de marches
qui montaient vers mon appartement. Je dormis peu cette
nuit-là. Les heures s'égrenaient et je songeais à cette
étrange rencontre. Je ne savais pas ce qu'il fallait en faire,
quelles conclusions en tirer. Je sentais confusément qu'un
événement important s'était produit. Je ne parvenais pas
à l'apprécier à sa juste mesure. Au petit matin, après que
le soleil eut dardé ses premiers rayons à travers les persiennes, le téléphone se mit à sonner. Je demeurai allongé
à écouter ses appels. J'eus la tentation de répondre. Au
moment où j'allais donner l'impulsion qui m'aurait
fait lever, j'eus toutefois la certitude inébranlable que
ce n'était pas nécessaire, que cela ne le serait jamais
plus. Mon correspondant inconnu insista longuement.
Chaque sonnerie enfonçait un peu plus profond en moi
cette conviction que mon existence s'arrêtait avec elle.
Enfin, l'appareil se tut. Il ne resta que le silence.

Ce que j'avais à faire m'apparut alors clairement. Je

m'habillai et je sortis sans fermer la porte. Je laissai le lit défait, mes papiers sur la table, une pomme sur la cheminée et tout ce que j'avais été jusqu'à ce jour. J'abandonnai mes livres, mes disques et mes misérables poèmes dans un petit carnet. Mon cher Hermann Hesse et l'immense Tolstoï, Mishima et saint Jean de la Croix, la musique des Doors, le piano de Gurdjieff et la musique ancienne, les compagnons du doute et de l'attente ardente, ce qui m'avait nourri, je quittai tout cela. Pour un jour, pour toujours, c'était décidé : je rejoignais le chien.

*
*   *

Ce matin, j'ai mangé mon chien. Dans une poche accrochée à ma taille, je porte ses reliques. Et ces restes, oh mon Dieu, ces restes crèvent les cieux et, avec eux, toute la foi que j'avais dans le monde ! Ils font pleuvoir des étoiles sur mon cœur cannibale, ils sèment dans la fange mes souvenirs aigris. Car savez-vous ce que c'est que de manger son maître ? De sentir sur sa langue le corps de son ami ? De voir dans ses entrailles s'en aller ses espoirs, tout ce qu'on a appris ? L'infect partage l'ignoble eucharistie ! Je pleure et me souviens des vers du poète :

> Race d'Abel, voici ta honte :
> Le fer est vaincu par l'épieu
> Race de Caïn, au ciel monte
> Et sur la terre jette Dieu !

Comment, je déraisonne ? J'ai tort de m'emporter ? N'est-ce pas moi qui suis seul sur cette terre aride, n'est-ce pas moi qui gémis au soleil déserté ? Ne m'a-t-on pas enlevé ma patience avec ce qui me faisait vivre ? Me voilà donc sans rien quand tout m'a été pris. La vie qui se retire, l'estomac qui pourrit. Et je devrais me taire ? Allez, laissez-la-moi, cette sainte colère, ma bile qui jaillit ! Pour qui aime la musique je chante de beaux psaumes, des cantiques sans nom.

Moi, le vagabond, le Robinson sans île, le déjà-moribond, j'éructe et j'exulte dans ma rage. Je vous en veux à tous. Je suis un moine ivre, un tabernacle ouvert, une statue sans tête. Je suis l'église vide à l'autel fracassé, le temple désaffecté au pavillon en deuil. Ma vie est mon cercueil. Il est parti, mon Knult, mon seigneur et mon maître, mon Christ décomposé. Il est parti ce matin aux premières rosées. Il est parti, vous dis-je. Et moi, je me déteste avec ma gueule d'ange, mes propos de parjure, mon esprit carnassier.

Savez-vous ce que c'est que d'avoir eu un maître et de l'avoir mangé ?

Histoire du chien Knult

Le chien Knult suffoquait. Cette soirée de juin était particulièrement torride et le cagibi, sous les lattes de l'escalier, emmagasinait la chaleur au point de rendre l'atmosphère irrespirable. L'animal sortit par la porte entrouverte. Dehors, il pleuvait de grosses gouttes qui s'écrasaient lourdement sur les pavés de la cour dans un bruit mat et paresseux : Floc ! Floc ! Floc ! À l'air libre il faisait un peu moins chaud. Le chien s'installa sous le porche et s'abandonna à une douce somnolence. Au-dessus de lui, quelques fenêtres étaient ouvertes et leur rectangle lumineux signalait une présence humaine, une vie dans la nuit. On entendait de la musique et des éclats de voix. Au deuxième étage, la discussion était animée. On riait, on s'interpellait, on s'invectivait gentiment. Le chien Knult n'en avait cure. À moitié endormi, il se laissait bercer par ce brouhaha confus et lointain. De temps à autre, il ouvrait un œil sur les ombres bleutées qu'un téléviseur faisait aller et venir, au dernier étage, dans la chambre de Mme Estrouffigue, la propriétaire de l'immeuble et de la moitié des appartements du quartier. Malgré le calfeutrage, il en filtrait les répliques sans surprise d'une série télévisée avec ses effets dramatiques et ses ponctuations musicales, son émotion commandée.

À l'étage inférieur, le ton de la conversation montait. Il semblait que chacun s'était pris au jeu de la controverse au point de ne plus jouer. L'échange enthousiaste était devenu sérieux et même sombre, plus important que toute autre chose au monde, comme s'il y avait eu l'épaisseur d'un cheveu du futile au tragique et que ce cheveu s'était en un instant consumé. Les joueurs qui plaisantaient peu de temps auparavant, soudain ne s'amusaient plus et se retrouvaient dansant sur la crête des vagues, un poignard à la main, ne songeant plus qu'à précipiter l'adversaire dans le vide. Il y eut quelques phrases inintelligibles que l'on cria presque et dans lesquelles perçaient une méchanceté provocante et l'envie de tuer. Un long silence les suivit qui les rendit plus menaçantes encore. Enfin, quelque chose vola par la fenêtre et tomba dans la cour avec un petit bruit métallique.

Le chien Knult leva la tête. À deux ou trois mètres devant lui, il y avait sur le sol un objet brillant qui ne dégageait aucune odeur. Déduisant de cet incontestable défaut que la chose n'était pas comestible, l'animal ne jugea pas nécessaire de se déranger pour tenter de l'identifier. Il replongea dans son sommeil. En haut, c'était à nouveau un murmure de voix, régulier et paisible. La discussion avait repris sur un registre plus modéré duquel émanait maintenant une certaine tristesse. On s'était calmé en se faisant mal.

Sous le porche, le chien s'abandonnait à ses rêves de chien : une improbable orgie de victuailles dans le frigo de Mme Estrouffigue, la peur de Régis, le dogue d'à côté, méchant comme une teigne, les heures suaves avec Verna, le chat du boucher, le compagnon de solitude. Plusieurs minutes s'écoulèrent. Le flanc de Knult se soulevait au rythme lent de sa respiration. Il se mit à ronfler. Il se voyait sous le porche comme à l'accoutumée. Il en recherchait l'ombre. Ce n'était plus de l'eau qui tombait du ciel, mais une lumière incandescente qui brûlait la peau. Il ne faisait pas bon traîner sous le soleil.

Dans le songe de l'animal, le portail électrique s'ouvrait avec lenteur, laissant passer la voiture rutilante et immensément longue de Mme Estrouffigue. Comme elle entrebâillait la portière pour s'extirper du véhicule, Knult adoptait son air le plus pitoyable, un froncement de sourcils à vous fendre le cœur, la tête penchée sur les épaules. La conductrice en le voyant se sentait défaillir. Ses escarpins ne la supportaient plus. Knult en était bouleversé. Il faut dire que Mme Estrouffigue était une forte femme dans tous les sens du terme. De mémoire de mendiant elle ne vacillait point. À soixante-cinq ans passés elle gérait son patrimoine d'une poigne de fer et portait haut sous le menton un corsage très pneumatique qui lui servait de rempart pour les solliciteurs. Il n'était pas question de la prendre à l'assaut ni par les sentiments.

Sa tendresse, elle la réservait pour les cartes, les longues parties de belote avec ses amies du club autour d'une tasse de thé. Pour les autres, sa carrure d'athlète lyrique, son visage aux contours heurtés, le casque décoloré de ses cheveux, faisaient office de protection naturelle, de repoussoir méchant, de guichet qui dit non. Il n'y avait que Knult qui savait l'émouvoir. Il lui suffisait de composer pour elle son regard en détresse, sa mine de chien battu, les oreilles en mouchoirs de dentelle, pour qu'elle se sentît fondre. Elle n'y pouvait rien. Cet animal exerçait sur elle un pouvoir magnétique. Il éveillait en son sein la fibre maternelle, un désir enveloppant de protection.

« Alors, mon petit Knult, mon Knulty chéri, ça ne va pas ? Uh ! Uh ! Tu as faim peut-être ? » dit la voix de Mme Estrouffigue dans le rêve de Knult. Une voix énamourée qui, même engluée de miel, demeurait fracassante. Le chien, imperturbable, la regardait par en dessous. « Viens, mon chéri. Joséphine va te donner de bonnes croquettes. » Elle se détourna et gravit les marches jusqu'au dernier étage. Knult avait gagné. Il gagnait toujours dans ses songes. En la suivant dans l'escalier, il dodelina de la tête avec satisfaction. Le postérieur massif de sa bienfaitrice se balançait avec peine au-dessus de lui. Il évitait de trop le regarder. Un affaissement soudain était toujours à craindre. Pour obtenir pitance, il fallait vivre dangereusement.

Le rêve du chien Knult connut à cet instant une de ces accélérations qui sont la marque de la fiction onirique, une de ces discontinuités dont la particularité la plus notable est bien de ne jamais étonner le rêveur. La silhouette callipyge de Mme Estrouffigue ne fut plus subitement qu'un tas de boulettes de viande rappelant dans une assiette creuse une vague forme humaine. L'animal, allongé devant elle, y plongeait le museau en prenant son temps, ses grosses pattes de part et d'autre du récipient. Il était dans un appartement qui sentait bon l'encaustique, la bimbeloterie bourgeoise, une inexpugnable tranquillité. Rien ne bougeait là-dedans. Tout était mort. Des meubles en bois pesant pétrifiaient l'atmosphère, des tableaux sans couleurs semblaient tenir les murs. Dans un silence de sépulcre, le tic-tac monotone d'une horloge s'était définitivement substitué à la vie. Il y avait dans ce confort géométrique et dans cette bienséante propreté quelque chose qui touchait au sacré, au respect religieux des valeurs éternelles et du bonheur ménager. Tout à son activité mandibulaire, le chien Knult s'en foutait et déglutissait bruyamment.

Il n'avait pas terminé son repas qu'un détail incongru l'interrompit dans ses œuvres. Au milieu de la salle à manger, sur le tapis en pure laine ramené du Maroc, trônait majestueusement un réfrigérateur qui n'y était pas tout à l'heure. Sa porte entrouverte déversait sur le chien un flot de lumière artificielle. L'animal se redressa, la truffe frémissante. Il n'en croyait pas ses yeux. Une telle apparition confinait au sublime : c'était la caverne d'Ali Baba offerte au maraudeur, le nirvana à portée de babines. Et personne pour en garder l'entrée ! Il s'avança en se dandinant, tout réjoui déjà de l'orgie imminente. Un fumet de gibier auquel se mêlait le parfum sirupeux de pâtisseries fines flattait son odorat, lui faisait perdre la tête. Il glissa son nez vigoureux dans l'embrasure de la porte et l'ouvrit en grand d'un seul coup.

Ce qu'il vit fit plus que l'étonner. Cela le sidéra. Coincé entre les parois du garde-victuailles, les traits bouffis de haine, les yeux injectés de sang, le dogue Régis l'attendait en ricanant sous la petite lampe électrique. Ce moment de stupeur et de face-à-face silencieux fut bref. Libérant toute l'énergie contenue dans ses muscles comme un sprinter quittant les starting-blocks, le molosse bondit dans un éclair de canines, dans un tonnerre terrifiant d'aboiements. Knult eut tout juste le temps d'esquiver l'attaque. Il entendit un claquement de dents. La foudre n'était pas passée loin.

Le monstre revint aussitôt à la charge en hurlant de colère, la gueule dégoulinant de bave, la tête rentrée dans ses épaules. Cette fois, Knult n'attendit pas pour vérifier le bien-fondé de sa politique de la fuite (il se reconnaissait, en effet, un certain courage à décamper sans honneur quand on pouvait succomber dans la gloire, c'était là une grande philosophie à laquelle il s'appliquait depuis ses plus jeunes années). Et comme le dogue mettait autant d'enthousiasme à étriper ses congénères que Knult à échapper à sa condition de victime, la poursuite était bien sûr inévitable. Elle eut lieu dans ce décor suranné que Mme Estrouffigue avait composé avec patience et minutie et qui était l'œuvre de sa vie. Les chiens couraient ventre à terre, bondissaient sur le mobilier, renversaient tout sur leur passage. Ils labouraient une à une les strates de l'ornementation, ils piétinaient des années de labeur au service d'un intérieur convenable. Et bing ! Un faux vase chinois monté en lampe venait s'écraser sur le parquet ciré. Et bang ! Un guéridon s'envolait avec son plateau d'argent et ses verres en cristal. Dans leur course furieuse, les chiens ne respectaient rien. Une queue balayait la précieuse collection de figurines en verre, une patte arrachait un rideau fleuri, pulvérisait une vasque en porcelaine, cabossait la vaisselle en étain. Un canapé Empire se voyait éventré, une chaise ouvragée se brisait dans sa chute. Tout était à feu et à sang.

Le concert d'aboiements fut interrompu par un hurlement plus fort et plus rauque que les autres. Mme Estrouffigue faisait son retour au music-hall. Loin de l'anéantir, la vision d'apocalypse qui s'offrait à ses yeux stimulait chez elle un instinct meurtrier, un appétit vengeur. Il ne faisait plus de doute que le désastre allait s'achever en carnage. Il y avait de l'euthanasie dans l'air. Prudent, Knult s'était réfugié sous une commode, tandis que Régis, n'ayant ni sa taille ni sa souplesse, ne pouvait espérer un repli si facile et demeurait seul face au fléau de Dieu. Les coups de l'énorme fourche à foin dont le rêve de Knult avait providentiellement armé le bras de sa bienfaitrice se mirent à pleuvoir. Le dogue en reçut ainsi une demi-douzaine sur un faciès que la nature avait pourtant pris soin de déjà écraser. Il détala en couinant, poursuivi par l'ange de la justice qui ne craignait pas de bondir. Le parquet tremblait sous leurs pas.

Dans son sommeil, le chien Knult soupirait d'aise. Voilà bien longtemps qu'il n'avait pas eu de songe aussi savoureux. Il était sur le point de sortir de sa cachette pour reprendre ses investigations alimentaires, quand une voix fraîche le tira de sa langueur comateuse.

« Regarde le chien comme il est mignon ! »

C'était une petite fille qui passait dans la rue, accompagnée d'une jeune femme blonde qui pouvait être sa mère. Elle devait avoir une douzaine d'années. Ses cheveux bruns étaient tirés en arrière, de magnifiques yeux bleus lui mangeaient le visage. Elle était tout sourire et s'était entichée de Knult.

« Il est si drôle, maman. Regarde ! »

Knult s'était réveillé et avait dressé une oreille inquiète. Il regardait l'enfant fondre sur lui et son museau renfrogné trahissait plus de dépit que de satisfaction. Être admiré et dorloté ne figurait pas au nombre de ses priorités. Lui, ce qu'il voulait, c'était surtout dormir. Quelque part dans ses rêves, un frigo l'attendait avec tous ses casiers, toutes ses étagères, un monde à explorer. Mais la fillette lui prodiguait déjà ses tendresses et ses baisers affectueux. Elle passait sur sa tignasse en bataille ses petites mains diaphanes en riant de son air consterné.

« Quelle tête il a, maman ! On le dirait sorti d'un dessin animé ! »

La jeune mère, dans la rue, ne pouvait s'empêcher de sourire. C'est vrai qu'il était drôle. Avec ce corps massif, cette couleur voyante, ce crâne mal peigné et, surtout, ce gros nez et cet air furibond ! La petite fille redoublait ses caresses et son gazouillis tendre. Knult, navré, se laissait malaxer. Voilà que maintenant on lui soulevait la cuisse pour lui masser le ventre, on dévoilait ses côtes et son intimité. Renversé sur le dos, il exhibait sa honte. Il les connaissait bien ces êtres impudiques, ces fronts dominateurs, avec leur goût de l'ordre, leur soif de possession et leur besoin d'affection. Il aurait pu gronder, il aurait pu s'enfuir. Pourtant, il restait là, indolent et soumis. Sa nature était de supporter que dix enfants par jour, un plombier variqueux, deux rombières séniles, s'arrêtent à sa vue et de leurs doigts pressants le triturent et le fouillent tout en attendant qu'il les remercie d'un jappement joyeux, d'un battement de queue.

Encore ne pouvait-il se plaindre. Quand Verna, par malheur, tombait entre des mains amicales, c'était plus délicat. Il ne suffisait pas qu'il soit doux, il fallait qu'il ronronne. Quel bonheur de n'être pas un chat !

Couché sur son tribord, la coque renversée, Knult s'abandonnait aux cajoleries de la petite fille tout en rongeant son frein. Il s'efforçait de relever la tête, ce qui donnait à ses longues oreilles flottant dans le vide l'allure de deux étendards en berne. La tension musculaire demandée à sa nuque tirait sur ses babines aux deux extrémités, de sorte qu'elles découvraient sous la moustache rousse et de blanches canines sa langue qui palpitait. Tous ses efforts pour conserver un semblant de dignité en précipitaient décidément le naufrage : on aurait cru qu'il riait les quatre fers en l'air.

« Délie, il est tard. Il est temps de rentrer. »

Dans la rue, la maman s'impatientait. La fillette plongea encore ses mains dans les poils ébouriffés de l'animal, puis se redressa à regret. Déjà sa mère reprenait son chemin, sa silhouette n'était plus qu'un souvenir dans l'ouverture du portail. L'enfant contempla le chien une dernière fois. Ses yeux furent attirés par un objet qui brillait dans la cour à quelques mètres de lui. Elle s'avança. C'était un pendentif en argent. Sa chaîne trempait dans une flaque où les gouttes de pluie en tombant formaient des cercles concentriques.

« Délie, dépêche-toi ! »

La voix était lointaine maintenant, le ton impératif. Il fallait s'en aller. L'enfant ramassa furtivement le bijou, le glissa dans sa poche et, sans un regard pour Knult, disparut dans la rue.

*
* *

Le type était grand, sec, le visage anguleux. Ses yeux étaient fiévreux et soulignés de cernes. Ses cheveux foncés, peignés en arrière, dégageaient un front haut plissé en son milieu par une ride soucieuse. Ses sourcils très noirs et tirés au cordeau lui donnaient un air volontaire. Il avait vingt-quatre ans et ne souriait pas.

C'était la seconde fois depuis la veille qu'il dérangeait Knult. Dans la nuit déjà, après qu'une gamine eut réveillé l'animal par ses familiarités, il était apparu dans la cour et y était resté un moment à fureter de tous côtés dans une attitude étrange. Il s'était mis à quatre pattes, s'était pris la tête dans les mains. Le chien l'avait entendu renifler. Peut-être qu'il pleurait. Ce n'était pas le soir pour espérer faire un somme à l'abri du porche. Knult s'était levé et avait gagné la rue pour se dégourdir les pattes. Se sentant suivi par cet individu qu'il connaissait à peine – il avait identifié son odeur comme celle d'un habitant de l'immeuble –, il avait dû faire une promenade plus longue que prévu sans d'ailleurs parvenir à le semer. Une fois rentré, il était allé se coucher dans son cagibi. Il avait espéré signifier à son poursuivant qu'il était importun. Mais non, il avait fallu que celui-ci vînt encore s'asseoir face à lui dans la pénombre pour l'observer sans rien dire. Knult avait adopté une attitude digne. Il était resté immobile à attendre qu'il s'en allât.

Au bout de plusieurs minutes de cet affrontement silencieux où le regard du chien avait plongé dans celui de l'homme, ce dernier avait fini par comprendre qu'il dérangeait. Il s'était levé, avait emprunté l'escalier et était rentré chez lui. L'animal s'était débarrassé d'un gêneur. Un gêneur peu ordinaire, il est vrai : il n'avait pas cherché à le caresser, à se l'approprier d'une façon ou d'une autre. Il avait seulement braqué sur lui ses yeux brillants de fièvre avec une expression de supplication muette sur le visage. C'était tout ce qu'il avait fait.

C'était tout ce qu'il avait fait et voilà que maintenant il remettait ça. Quelques heures après l'aube, il avait surgi dans le cagibi et, cassé en deux sous l'escalier, il avait pris place sur un bout de paillasse repliant ses jambes sous lui, voûtant ses épaules pour entrer tant bien que mal dans ce réduit minuscule sans déranger le chien. Celui-ci avait d'abord feint de l'ignorer. À son arrivée, il avait ouvert un œil suspicieux, puis avait fait mine de se rendormir. En réalité, il ne dormait pas. Il écoutait. Or, ce qui l'ennuyait beaucoup, c'est qu'il n'entendait rien. Le type, à nouveau, devait l'observer.

Il se demandait ce que cela pouvait bien signifier. Peut-être était-ce un malade ? Un de ces exaltés qui tombent fous amoureux de vous, ne peuvent plus détacher leurs regards de votre personne et vous comblent de leurs attentions, de leurs caresses, de leurs menus cadeaux aussi longtemps que dure l'ivresse de leur passion. Un jour, pourtant, le flacon est vide, sa liqueur consommée. Le parfum qui subsiste a lui-même épuisé son pouvoir enivrant. Et alors on vous jette, on vous met au rebut en vous rouant de coups, on entend vous tuer en ne vous aimant plus. Car la passion disparaissante ne peut laisser place nette. Il lui faut en partant trouver à sa violence un transport équivalent. La puissance qui servait l'émotion amoureuse se met au service de sa passion contraire qu'on appelle la haine. C'est comme ça. On pousse vers les étoiles un balancier argenté et l'on croit s'envoler. Mais un manche en acier vous retombe dessus et vous arrache la gueule.

Le chien Knult avait sur la question des considérations toutes personnelles et le souvenir cuisant d'une ceinture en cuir dont les baisers brûlants avaient suivi de près des excès de tendresse. Il se décida à ouvrir les yeux. Le type, tassé sur lui-même, les genoux sous le menton, le fixait toujours. Il ne bronchait pas. Se pouvait-il que ce soit un fou furieux comme l'autre ? Il se rappelait cet individu sinistre, ce monstre en survêtement qui l'avait arraché quelques semaines après sa naissance à l'affection de sa mère. Cet être vil semblait avoir abdiqué toute considération de soi. Ses biceps étaient flasques et blancs, marqués d'un tatouage débile aux contours délavés. Il portait son ventre mou en bandoulière comme un signe obscène de relâchement. Une boucle d'oreille dorée, des cheveux longs sur la nuque et coupés en brosse sur le crâne achevaient de parfaire ce modèle de vulgarité satisfaite. Son intériorité ne faisait pas mystère. Elle était fort visible, tout entière étalée sur son physique écœurant.

Lorsque Knult fut introduit au sein de sa petite famille, il reçut un accueil auprès duquel les fastes de Versailles pouvaient passer pour une cérémonie de patronage ou une kermesse de village. La femme du monstre qui, à peine sortie de sa seconde grossesse, n'avait déjà plus d'âge, s'extasiait sur son air trognon, sur ses oreilles qui balayaient le carrelage. Les deux enfants sautaient de tous côtés en poussant des cris de marcassins. On déroula le tapis rouge. On lui attribua un panier en rotin, un coussin moelleux, un collier qui sentait bon la chèvre et un os énorme en plastique bleu, tout à fait immangeable. Il fut admis sur le divan en skaï à l'heure des jeux télévisés, il partagea les amburguères des gamins au repas du soir. On le caressa jusqu'à l'épuisement, on le bécota à l'étouffer. Il ne touchait plus terre.

Il ne savait pas encore que ce moment n'était que l'ordinaire du chiot fraîchement acquis et que ces heures heureuses étaient très fugitives. De fait, elles ne survécurent pas à sa maturité. Au bout de quelques mois, son embonpoint naissant, sa charpente sans grâce, le rendirent moins intéressant. Les enfants avaient découvert d'autres jeux. On trouvait qu'il aboyait trop ou pas assez. Le monstre surtout prenait l'habitude de défouler sur lui la rancœur née de ses frustrations. Et elles étaient nombreuses. Il lui réservait ses insultes colorées, ses coups de pied rageurs, ses plus belles châtaignes, lesquelles constituaient le signe avant-coureur des fréquentes tempêtes conjugales autant que leur aboutissement. Au moins, était-on assuré qu'ainsi ni la matrone ni les moutards ne feraient les frais de l'ire paternelle. Ils n'écopaient plus des anciennes baffes perdues.

La promenade biquotidienne avait pris des allures burlesques. Il fallait se soulager sur commande en moins de deux minutes, ne pas louper le réverbère et réintégrer l'ascenseur au pas de course, traîné comme un poulet au bout d'une ficelle. Un soir qu'il n'avait pas eu le temps de satisfaire ses besoins dans le délai imparti, Knult avait pissé d'un air malheureux sur la moquette devant la porte d'entrée. Ce fut à cette occasion qu'il goûta pour la première fois la ceinture du monstre. Pour celui-ci, ce fut une découverte. Il se sentit naître une vocation pour le cirque. Chaque jour ou presque, il se mit en devoir de répéter son numéro de cow-boy grimaçant, le fouet au poing et l'invective à la bouche. Le principe en était simple. Le chien devait recevoir les coups cinglants sans bouger, écrasé sur le sol en signe de soumission, les yeux papillotant de peur. Le visage convulsé du dompteur soufflait à quelques centimètres son haleine fétide qui lui défrisait les poils. Plus il gueulait, plus c'était réussi. Le plus souvent, les enfants regardaient le spectacle d'un air indifférent. Le père en survêtement triomphait, l'air chafouin, la bidoche modeste.

Un beau matin, au cours de la sortie réglementaire, Knult prit ses pattes à son cou pour ne plus jamais revenir. Il se fit vagabond, erra des semaines entières, chapardant sur les marchés, dormant sous les voitures. Un clochard hirsute et deux bambins secourables tentèrent bien de lui mettre le grappin dessus. Mais il ne se laissa ni effrayer ni attendrir. Il goûtait trop sa liberté nouvelle. Même si parfois son estomac criait famine et si, aux jours de givre, il était dur de se réveiller les articulations douloureuses, il n'appréciait rien tant que ses divagations matinales dans les squares qui fleuraient bon l'odeur des pissotières, l'abri d'un soupirail où l'on peut ronger tranquille un os tiré d'une rigole, les flaques boueuses où l'on patauge avec entrain, les sacs-poubelles que l'on éventre à la nuit tombée et qui dégorgent sur le bitume leurs trésors inattendus.

Un jour, il avait fini par découvrir ce cagibi sous l'escalier. À l'entrée, le portail en vieux chêne demeurait toujours à demi ouvert. La porte de l'immeuble n'était elle-même jamais fermée. Il pouvait aller et venir comme il voulait. Le réduit, inoccupé, n'était pas visible du seuil auquel l'escalier faisait face. Knult avait décidé d'élire domicile dans cet endroit accueillant qui lui offrait des garanties de sécurité et préservait son indépendance.

Cependant, un type était là maintenant qui troublait sa retraite. Peut-être qu'il voulait l'évincer, lui prendre sa tanière. Oui, c'était cela qu'il voulait avec son regard borné et son visage livide, avec ses coudes collés au corps et ses genoux supportant le menton. Il ne devait avoir que ça en tête. Un frisson parcourut l'échine de Knult sous l'épaisseur des poils. Il lui revint en mémoire ces autres minutes d'angoisse où il avait été repéré pour la première fois dans son abri. Il s'adonnait alors à son activité de prédilection, couché sur le flanc, la truffe frémissante, les pattes agitées de quelques tremblements nerveux. Il rêvait qu'il était revenu chez le monstre et qu'en son absence, il souillait voluptueusement son survêtement de gala, abandonné sur une chaise. Knult ronflait à pleins poumons et c'est probablement ce qui le fit remarquer. Une plainte évoquant le crissement de pneus d'un semi-remorque sur une chaussée humide le tira de son sommeil.

« Mais qu'est-ce que c'est que ça ? Un chien ! »

Il étrangla dans un sursaut un dernier ronflement et écarquilla les yeux, le cœur battant à tout rompre. La silhouette massive de Mme Estrouffigue bouchait l'entrée du cagibi. Elle revenait de chez le coiffeur et la demi-sphère de sa chevelure jaune lui donnait l'apparence d'un joueur de football américain saisi en contre-jour.

« Il ne manquait plus que ça ! Un chien ! »

Autant que Knult pouvait en juger par les vibrations que sa voix de stentor faisait rouler par vagues sur sa moustache rousse, elle n'était pas contente, elle n'était pas contente du tout. Il voulut donner son congé, abandonner sur-le-champ le local indûment occupé. Il se redressa pour déguerpir. Mais le gorille en jupons bloquait l'issue du placard. Il aurait fallu se faufiler entre les deux piliers qui lui tenaient lieu de jambes et Knult n'était pas prêt à prendre ce risque. Le dépit se peignit sur sa gueule. Ses oreilles s'effondrèrent de trois bons centimètres, ses sourcils remontèrent en accent circonflexe douloureux. Les poils rougeoyants de sa moustache s'aplatirent misérablement de part et d'autre de son museau comme s'ils venaient d'être douchés. Cette transformation physique involontaire produisit sur Mme Estrouffigue un effet anesthésique comparable à celui d'une intraveineuse de penthotal. Quelque chose bougea dans sa poitrine cuirassée, quelque chose qui n'avait pas vibré depuis longtemps et qui se libérait en lui montant à la tête.

« Mais… Mais c'est que tu es adorable, toi ! »

Elle avait l'impression de ne plus savoir ce qu'elle disait. Son esprit flottait loin au-dessus de son crâne. Elle se sentait légère, aérienne. Comme c'était bon d'aimer quelqu'un ! Knult, stupéfait, regardait ce colosse au coffre avantageux qui fondait sous ses yeux. Était-il possible que ce fût lui qui ait produit un tel résultat ? Il pencha la tête et fronça un peu plus les sourcils. Le dragon de l'escalier laissa échapper un gémissement d'amour. N'y tenant plus, elle saisit le chien dans ses bras. Knult, ravi, prenait conscience de son pouvoir.

« Et comment tu t'appelles ? » Elle lui enleva le collier en cuir de chèvre que le monstre lui avait autrefois attaché autour du cou. Bien qu'usé par la pluie et cuit par le soleil, il avait tenu bon et, véritable présomption de domesticité, avait à plusieurs reprises préservé Knult de la fourrière. À l'intérieur, on lisait encore un nom écrit maladroitement au stylo à bille en capitales d'imprimerie. Les caractères étaient à demi effacés.

« K… Knult ! Uh ! Uh ! Drôle de nom ! Remarque, il ne te va pas si mal. »

Sans doute, pensa Knult. Mais c'est du nom de Knout que l'avait baptisé le monstre un jour qu'il l'avait entendu dans un mauvais téléfilm. C'était un terme utilisé par les bourreaux de l'ancienne Russie. Un fouet dont les lanières de cuir se terminaient par des crochets ou des boules de métal. Son ancien propriétaire avait trouvé ça drôle et l'avait attribué au chien.

« Knult, mon petit Knult ! »

Ma foi, s'il fallait absolument porter un nom, celui-ci en valait bien un autre. Ayant échappé à l'éviction, l'animal n'allait pas chipoter. Il était prêt à porter tous les sobriquets de la terre pourvu qu'on lui fichât la paix. Désormais, et pour tout le monde, ce serait Knult.

À compter de ce jour, Mme Estrouffigue prit le chien sous sa protection. Elle aménagea le cagibi pour son plus grand confort, y disposa une paillasse et un bol en plastique qu'elle venait chaque matin remplir d'eau. Le soir, alors que Knult était le plus souvent absent, elle déposait sur le carreau une coupe remplie de croquettes inodores et sans saveur. Il ne les finissait jamais, mais elle persistait à croire que c'était là un mets de choix, indispensable à son équilibre alimentaire.

Peu à peu, la vie de l'animal s'était organisée. Sous la haute protection de sa tutrice, il coulait des jours heureux. Les quelques locataires que sa présence avait pu indisposer en avaient fait les frais : on leur avait gentiment demandé d'évacuer les lieux. Knult était ainsi devenu le destinataire exclusif de toute la tendresse de Mme Estrouffigue, le dépositaire de ses émotions secrètes, le confident d'une âme de midinette emprisonnée dans une carcasse fruste.

Au fil des mois, la présence du chien avait produit sur le tempérament de la dame des effets inattendus. Du temps de feu maître Estrouffigue, avocat à la Cour, sa position sociale l'avait totalement déchargée des tâches éducatives. Ses enfants avaient grandi sous la férule d'une gouvernante sans qu'elle s'en occupât. Elle les avait aimés, certes, et avait veillé sur leur avenir, mais en demeurant à l'abri de tout sentimentalisme excessif. Elle était passée à côté de la douceur et des épanchements du cœur. Or, voilà qu'au soir de son existence, un chien lui révélait un monde inconnu d'exquis attachements. Les soins qu'elle lui prodiguait lui apprenaient qu'il y avait du bonheur à s'occuper d'autrui.

Pour élargir son terrain d'expérience, elle était alors passée de l'animal à l'humain. Elle s'était mise à considérer ses locataires avec l'amour maternel qui lui avait fait défaut dans sa vie de famille. Elle avait commencé à les couver d'une affection tyrannique. Elle exigeait de tout savoir, elle les poursuivait, ne les quittait pas d'une semelle. Ils apprenaient à leurs dépens que sa compassion de despote figurait dans le contrat de bail.

Devant Knult, le type remua. Il cherchait quelque chose dans la poche de son pantalon. Le chien se demanda ce qu'il allait en sortir. Une laisse pour l'attacher et le traîner dehors ? Un de ces engins qui vous envoient dans les yeux un gaz paralysant et vous privent d'odorat pendant une semaine ? Il les connaissait bien pour les avoir testées, ces armes chimiques portatives, ces instruments de torture légale à la portée de toutes les bourses. Il avait servi une fois de cobaye à un gamin envahissant dont l'intérêt pour l'expérimentation scientifique était des plus précoces. Le jet du produit incapacitant lui avait brûlé la truffe et il avait mis huit jours pour distinguer à nouveau une tache d'huile de vidange d'un pipi de chat. L'enfant prodige avait paru apprécier l'expérience. Il avait pourchassé Knult pendant près d'un mois dans l'intention probable de prolonger leur collaboration. Le chien, quant à lui, avait jugé prudent de ne plus l'approcher.

Knult poussa un soupir de soulagement. Le type avait sorti de sa poche un petit parallélépipède rectangle blanc qu'il lui tendait dans la paume de la main en esquissant un sourire engageant. De toute évidence, le geste était amical. L'expression du visage ressemblait à une invite. Le truc devait se manger. Méfiant tout de même, le chien étira son nez volumineux et flaira la main ouverte à fin de vérification. C'était un sucre. Bon. Il s'était trompé. On ne lui voulait aucun mal. Il regarda encore l'homme qui hocha la tête avec une lenteur prudente. Après tout, il ferait peut-être un compagnon acceptable, plus discret et plus respectueux que les autres. Cela valait la peine de tenter l'aventure. En toute hypothèse, il fallait rester poli.

Knult se saisit du morceau de sucre du bout des dents et l'avala d'un coup, sans respirer. Le jeune homme sourit aux anges. Le chien, lui, essaya de ne pas tordre le museau. L'effort qu'il venait d'accomplir était considérable. Il n'y avait rien à faire, il avait beau se forcer, il avait toujours détesté le sucre.

*
* *

Cela faisait trois ans maintenant que l'homme avait rejoint le chien. Ils s'étaient habitués l'un à l'autre ou, plus exactement, le chien s'était fait à la présence de l'homme sans modifier ses manières, tandis que l'homme s'était plié au mode de vie du chien. Ils dormaient, roulés en boule sous l'escalier, dans ce cagibi qui appartenait à Knult. Ils partageaient tout. Les hivers rigoureux avec leur cortège d'épreuves, la nourriture plus rare, la pluie glacée, le visage fermé des passants. Et puis la fraîcheur printanière des premiers bains dans la Garonne, la torpeur des après-midi d'août abandonnés à l'écrasante blancheur du soleil, la douceur des soirées d'automne quand on regarde tomber les feuilles des platanes. Il y avait aussi les puces carnivores dont il était si ardu de se débarrasser au plus fort des chaleurs et le dogue Régis qui les confondait l'un et l'autre dans une même aversion. Il y avait encore les longues promenades sur la ceinture des boulevards aux feux précoces de l'aurore, les siestes langoureuses, la quête des repas.

Knult ne s'était jamais satisfait des croquettes qui se reproduisaient chaque soir dans son écuelle. La gastronomie obéissait pour lui à des règles complexes où le plaisir du palais ne pouvait être complet sans l'excitation du pistage et le frisson du larcin. Il passait des heures à arpenter les trottoirs, le nez en bouche d'aspirateur, les oreilles rabattues à l'horizontale, guettant le moindre indice, surveillant les bordures, le réceptacle complice des caniveaux. L'homme suivait, tête baissée, ajoutant l'agilité de son regard au radar olfactif de la bête. À eux deux, le butin n'était jamais négligeable. Un fruit à moitié gâté, un bout de gâteau, un os encore charnu, faisaient toujours l'affaire. Les jours de grand-faim, on consommait sur place en se partageant les trouvailles. La plupart du temps, l'homme les emportait dans une poche de Prisunic et on les mangeait plus tard, en toute quiétude.

La nourriture la plus savoureuse était encore celle que l'on avait volée. Dans ce domaine Knult ne manquait pas de ressources. La solution la plus simple consistait à attendre la nuit tombée, ce moment où s'allument dans les étages les lucarnes des hommes, tandis que les rues se vident. On pouvait alors s'attaquer sans vergogne aux sacs-poubelles qui, devant chaque porte, contenaient les scories intimes et journalières d'une maisonnée. Le procédé, cependant, était facile et par là même un brin vulgaire. Knult préférait dégoter les restaurants dont les cuisines donnaient sur une arrière-cour. La chaleur des fours contraignait souvent leurs occupants à laisser les fenêtres ou une porte ouvertes. Il suffisait de s'embusquer et d'attendre une absence fortuite, un moment d'inattention, pour dérober un poulet tout chaud, un rôti fumant ou un morceau de fromage avec un quignon de pain. Il n'y avait rien de plus réjouissant que ces moments où l'homme et l'animal s'enfuyaient dans la nuit étoilée, le cœur battant, chargés d'un méfait réussi, emmenant de quoi composer un festin. Devant leur gamelle richement remplie, ils n'éprouvaient ensuite aucun remords. Knult avait appris à l'homme à ne pas se soucier de sa subsistance. Ils ne craignaient pas le lendemain.

Quand d'aventure ils rentraient bredouilles de leur tournée, il ne leur restait qu'à s'orienter vers les abattoirs. C'était une expédition assez compliquée qui n'était pas sans risques. Aussi ne s'y hasardaient-ils qu'en toute dernière extrémité. Il fallait marcher pendant plus d'une heure pour parvenir devant des hangars effrayants, immenses et sombres, ceints d'une clôture électrifiée. À l'entrée, c'était un ballet continuel de camions et de voitures de service, un nuage de gaz d'échappement, balayé par la lumière puissante des phares. Là, il fallait déjouer la vigilance du gardien qui surveillait chaque va-et-vient, ramper sous la fenêtre de sa cahute ou courir à côté d'un semi-remorque pour ne pas être vu.

À l'intérieur, l'homme et le chien devaient progresser sans se faire repérer, se glisser furtivement d'une voiture à une autre sur un parking gigantesque et mal éclairé, longer les murs métalliques des bâtiments où la viande était préparée pour la boucherie et desquels leur parvenaient les cris indistincts des équarrisseurs. Ils évitaient les quais où, dans un concert de meuglements, les bêtes encore vivantes étaient débarquées des véhicules. Ils contournaient les bureaux où les camionneurs se retrouvaient pour faire signer leurs bons de livraison et se détendre autour d'un gobelet de café avant de reprendre la route. Enfin, ils atteignaient un hangar reculé, à proximité d'une issue condamnée donnant sur une avenue déserte. Ce local servait d'entrepôt pour les déchets. À l'exception des chambres froides situées de l'autre côté, c'était le seul à ne pas être en permanence visité.

Deux ou trois fois dans la nuit, un fourgon y entrait et des hommes revêtus de combinaisons bleues, portant gants en latex et masque de papier blanc, déchargeaient des sacs pleins d'os, de lambeaux de chair et de peaux dans de grands conteneurs en métal gris. Après leur départ, l'endroit demeurait désert pour plusieurs heures. La large porte à glissière était verrouillée, mais Knult et son compagnon avaient trouvé le moyen de s'introduire dans la place par une fenêtre située à trois bons mètres du sol et qui ne fermait pas. Pour y accéder, ils se servaient de grosses caisses en bois à armatures métalliques. Elles devaient être utilisées pour le transport ferroviaire comme l'indiquaient les étiquettes d'identification collées sur leurs pans latéraux. Il n'y avait qu'à les empiler adroitement, puis à les gravir comme s'il s'agissait d'un escalier.

Une fois la fenêtre enjambée, il fallait sauter dans le noir et se recevoir tant bien que mal sur une dalle en béton. Le chien s'élançait dans le vide sans état d'âme. L'homme avait toujours une petite appréhension. Il suffisait d'un rien, un chariot abandonné, une poubelle déplacée, un outil de boucherie oublié pour que le saut s'achève en une chute fracassante. Mais la chance les accompagnait. Ils pénétraient dans l'entrepôt sans dommages, se servaient rapidement dans les conteneurs, poussaient l'un d'eux sous la fenêtre et, après s'y être hissés, repartaient par où ils étaient venus.

Pour se procurer de la nourriture, les solutions ne manquaient pas. Cet hiver-là, pourtant, la famine menaçait. Il neigeait. Mme Estrouffigue s'était transportée à Megève pour le réveillon. La jeune locataire qu'elle avait chargée d'assurer la ration de croquettes quotidienne oubliait une fois sur deux de la déverser dans la gamelle en fer-blanc. Les poubelles étaient chaque soir prises d'assaut par des bandes de chiens errants et épuisaient vite leurs maigres trésors. Les restaurateurs fermaient leurs fenêtres, les passants leur cœur. Il faisait trop froid, on ne s'apitoyait pas devant la mine du chien. Les piétons, tout à leurs préparatifs de la fête, n'avaient pas le temps de lui faire l'aumône d'un bout de croissant ou d'une friandise. Son compagnon faisait la manche sans plus de succès. Pour comble de malchance, le personnel des abattoirs se mit en grève quelques jours avant Noël et les conteneurs dans l'entrepôt restèrent désespérément vides.

Le chien Knult ne se troublait pas. Il en avait vu d'autres. Il restait des heures, bien au chaud sous son escalier, à attendre que ça passe. L'homme l'amusait avec sa nervosité et ses gargouillements comiques. À intervalles réguliers, il quittait la paillasse où il se réchauffait contre l'animal et sortait aux aguets, comme si des entrecôtes devaient subitement pleuvoir du ciel. Puis il rentrait, l'air soucieux, le temps de soulager ses membres déjà saisis par le froid avant d'ouvrir à nouveau la porte et de disparaître dans un tournoiement de flocons.

Le réveillon approchait. La neige momifiait la ville sous son silence blanc. Les absences de l'homme se faisaient plus longues. Il revenait transi, les cheveux constellés de cristaux et les mains vides. L'insuccès évident de ses recherches l'affectait de moins en moins. Il manifestait au contraire un optimisme joyeux qui allait croissant et semblait proportionnel à son infortune. Knult était intrigué. Se pouvait-il qu'il eût découvert une bonne adresse jusque-là inconnue et qu'il se la réservât, laissant son ami à ses tiraillements digestifs ? Le chien aurait conçu des doutes si les gargouillis permanents qui émanaient du ventre de son compagnon n'avaient constitué une preuve irréfragable de son honnêteté.

Le soir de Noël, l'homme disparut de longues heures. Un peu partout, on commençait les libations qui précèdent le repas de fête. On riait, on échangeait les premiers cadeaux. Les enfants allaient se coucher, impatients du lendemain, trop excités pour dormir. Sous l'escalier, Knult rêvait qu'il défonçait à coups de tête la porte du réfrigérateur de Mme Estrouffigue, de ce maudit garde-manger qui n'avait toujours pas révélé ses mystères. Il n'avait rien avalé depuis trois jours. Sous la violence du choc, le frigo venait de tomber en arrière et s'était ouvert en deux dans un fracas assourdissant. Une lumière de commencement du monde éblouissait le chien. Une odeur extraordinaire de hachis parmentier, profonde et dense comme si le plat sortait du four, enveloppait sa truffe. Elle lui dilatait les narines, s'engouffrait dans sa gorge, plongeait dans l'œsophage et atteignait l'estomac qu'elle perçait de mille coups d'aiguille.

Un spasme douloureux réveilla l'animal. L'odeur paradisiaque ne s'était pas évanouie. Devant lui, un gigantesque plat en inox copieusement garni de viande hachée et de pommes de terre écrasées répandait son fumet délicieux. Son compagnon se tenait à côté en souriant. Derrière lui, il y avait Luciano, le boucher, avec ses grandes mains et sa mine joviale et puis aussi Verna qui miaulait de satisfaction.

« Joyeux Noël, mon cher Knult ! » lui dit le jeune homme avec une infinie tendresse dans la voix.

C'était donc cela qu'il tramait depuis plusieurs jours. Une surprise gastronomique ! Knult ne regrettait pas de l'avoir admis auprès de lui voilà quelques années. Certes, il manquait de la plus élémentaire fantaisie et était un piètre compagnon de jeu. Par exemple, il n'aboyait jamais après une volée de moineaux et ne savait pas rire de leurs mines effrayées. Souffler dans les plumes d'un pigeon affolé ne le réjouissait que rarement et jouer des heures avec une fourmi l'amusait à peine.

De même, ses capacités olfactives étaient des plus limitées. Il n'affectionnait que fort peu les pelouses interdites parsemées de déjections aux parfums tour à tour suaves et épicés, légers et entêtants, volatils ou plombés. Il montrait un goût très relatif pour les réverbères, les troncs d'arbres et les pneus de voitures où l'on prend connaissance des dernières nouvelles avant d'en laisser derrière soi. Le chien devait s'adonner à sa passion des senteurs en gourmet solitaire. Son ami aurait été incapable de distinguer un pipi de mammouth d'une miction de caniche. Se rouler sur la dépouille d'un rat putréfié ne lui serait pas venu à l'idée. Il ignorait tout de l'arôme enivrant que laisse à sa suite une femelle en feu, du divin bouquet qu'exhale son derrière, de cette floraison où se niche l'amour. Il ne savait rien des remugles épatants qui montent des rigoles, des relents balsamiques des murs auréolés où se soulagent les hommes, de la puanteur savante et architecturée des égouts. Les fins effluves de la vie n'avaient pas de sens pour lui. Le monde luxuriant des odeurs lui demeurait fermé. Au fond, le chien le plaignait.

Cependant, malgré ses défauts, l'homme avait su imposer sa présence discrète et prévenante. Knult avait fini par apprécier sa fidélité, sa faculté de rester des heures immobile et jusqu'à sa façon de le regarder éperdument en silence, comme s'il attendait quelque chose dont sa vie dépendait. Et puis à deux, il faisait tellement plus chaud ! Et comme il était confortable d'avoir un ami pour vous chercher les puces ou vous gratter le bas du dos, là où vos pattes ne peuvent aller ! En ce soir de fête, le chien se découvrait une nouvelle raison de se féliciter d'une telle compagnie : l'homme était capable d'inventer un gueuleton en pleine disette. Précieux ami ! Irremplaçable acolyte ! Knult ignorait comment il avait pu s'assurer les services du boucher, ce géant peu accort qui l'observait d'un œil méfiant chaque fois qu'il rentrait avec Verna d'une balade nocturne. Mais il fallait se rendre à l'évidence : son jeune comparse avait de la ressource et de l'habileté. La table était mise et on pouvait faire ripaille.

De fait, ce fut un réveillon mémorable. Pendant que Knult et Verna engloutissaient le hachis, Luciano et le jeune homme débouchaient une bouteille de gaillac et sortaient des verres ballons apportés pour l'occasion. Ils trinquèrent tard dans la nuit, dans ce vestibule, avec le carreau brun pour seule table et la minuterie pour lampion. Ils n'auraient échangé leur coin d'escalier pour aucun palais au monde. Cette entrée d'immeuble leur semblait contenir l'univers. Elle resplendissait de ce bonheur simple que procure la satisfaction des besoins élémentaires après une longue privation. De quoi se remplir la panse et se réchauffer le cœur, il n'en fallait pas davantage.

Le boucher était un convive fort agréable. Très volubile, il parlait en faisant de grands gestes et en donnant de fréquentes bourrades sur les épaules de son interlocuteur. Ses histoires paraissaient enchanter le jeune homme qui riait aux éclats. Cela faisait trois ans qu'il n'avait pas dîné avec un des siens. Il était heureux. Knult, collé contre le chat, lui-même roulé en boule, les regardait, repu, la tête légèrement inclinée, le museau encore luisant d'huile, quelques miettes de pommes de terre incrustées dans les poils. Il se laissait bercer par la discussion. Ce Luciano n'était pas un mauvais bougre en définitive et son accent du Midi donnait à ses propos le tour chantant d'une comptine.

Vers minuit, les deux hommes sortirent faire quelques pas dans la neige. Ils étaient un peu ivres et l'air frais les dégrisa. Le ciel était pur, d'un noir velouté. Il fourmillait d'étoiles. C'était vraiment une nuit magique. Ils marchèrent longuement sans rien dire, tout à la douceur de ces heures volées, de cette pause gagnée sur la vie amère et les soucis lancinants. Lorsqu'ils rentrèrent, fatigués et sereins, il n'y avait personne pour les accueillir. Dans les pattes l'un de l'autre, le chien et le chat dormaient depuis longtemps.

*
* *

Knult était assis dans la cour. Il contemplait avec Verna les premières lueurs de l'aube, la pâle réverbération de l'éclairage électrique sur le point de s'éteindre, le scintillement de la rosée sur les géraniums de Mme Estrouffigue. C'était le printemps. L'animal aimait se lever avant le soleil pour jouir du calme finissant de la nuit et voir s'éveiller l'immeuble et ses habitants. Le chat du boucher avait pris l'habitude de le rejoindre tous les matins. Il se pelotonnait contre lui pour partager cette méditation silencieuse sur les pavés un peu froids. À cette saison, il passait ses nuits sur les toits en galante compagnie ou, dans les caves à chasser le mulot. Il arrivait toujours fourbu, poussiéreux, l'œil vaguement égrillard. Knult ne faisait pas de commentaire. Mais Verna s'empressait de lustrer, sa toison blanche de sa petite langue râpeuse. Bien qu'il se fût toujours défendu de le reconnaître, la toilette de son ami avait toujours fait l'admiration du chien. Cela relevait à la fois de l'acrobatie de haute volée et d'un exhibitionnisme éhonté. Lui qui n'avait jamais vu son arrière-train ne savait au juste s'il devait envier ou condamner le contorsionniste. Il atteignait un âge où se gratter avec succès une oreille relevait de l'exploit. Ce déclin le navrait tout en le mettant à l'abri des attitudes susceptibles de nuire à la sobriété de ses mouvements, à cette dignité dont il ne se départait pas.

Sur le rebord d'une fenêtre, deux pigeons roucoulaient. Verna esquissa un geste pour se lever, puis se ravisa. De toute façon, ils étaient hors d'atteinte. Knult s'amusa de ce réflexe de prédateur. Son compagnon avait à domicile toute la viande qu'il désirait – et la plus fraîche –, mais il ne pouvait s'en empêcher : il avait besoin de sentir sous sa dent un cœur qui palpitât, de jouer de sa patte griffue avec la vie disparaissante. Il fallait qu'il éprouve encore et encore le plaisir sans pareil, le plaisir extatique de tuer. Le chien avait bien essayé une fois avec un lézard cacochyme, car il avait l'esprit curieux de tout nouveau divertissement. Cela ne l'avait pas amusé. Deux coups de patte assénés avec la grâce d'un buffle effectuant un entrechat avaient suffi à briser la colonne vertébrale du malheureux reptile. Knult l'avait regardé se tortiller quelques secondes avant qu'il ne s'immobilise dans la posture si peu convenable du cadavre. Il était resté un moment devant ce petit corps inerte, couvert d'écailles vertes, devant cette tête plate et cette queue effilée. Il avait fini par l'abandonner, décidant pour terminer que les jeux de Verna étaient tout à fait ineptes.

Au deuxième étage, dans l'appartement qu'occupait autrefois le petit-fils de Mme Estrouffigue, on s'était réveillé. Les volets s'ouvrirent. Le visage plaisant d'une jeune fille apparut dans l'encadrement de la fenêtre. Au même instant, une série de bruits violents se firent entendre dans la rue. C'était le camion-benne des éboueurs qui passait. Knult réprima un renvoi. La veille, il avait dîné dans l'antichambre d'un restaurant mexicain. Le morceau de viande qu'il avait dérobé lui restait sur l'estomac. Il pensait avec tendresse à l'heureux consommateur de *chili con carne* qu'il avait sauvé de l'indigestion. L'ingrat avait peut-être fait un esclandre sans savoir à quoi il avait réchappé.

À côté du chien, Verna s'était assoupi. La rumeur matinale de la ville commençait à prendre corps. Elle croissait avec lenteur, sûre d'atteindre bientôt son plein volume, son rythme de croisière : premiers vrombissements de voitures, premiers mots saisis à travers les carreaux dans la chaleur douillette des logis, premiers cris lancés de trottoir à trottoir dans la fraîcheur caverneuse des ruelles. Derrière sa vitre, Mme Estrouffigue exhibait son profil taillé à la serpe devant la machine à café. On entendait des bruits de vaisselle, le cliquetis des déjeuners. Une odeur de lait frémissant dans une casserole s'était répandue dans la cour et titillait le chat. Il se redressa et prit congé. Luciano avait dû ouvrir le volet métallique du magasin. On allait pouvoir passer à table.

À son tour, Knult eut soif. Il déplia ses membres endoloris et se dandina jusqu'à l'immeuble où il croisa un des locataires qui, en complet veston, partait travailler. Sous l'escalier, son jeune comparse recroquevillé poussait de profonds soupirs. Il luttait pour dormir encore. L'arrivée du chien lui fit ouvrir un œil qu'il referma aussitôt. L'animal ne lui prêta aucune attention. Depuis six ans, il s'était habitué à ses réveils difficiles. Il se mit à laper avec volupté l'eau que sa bienfaitrice continuait de mettre à sa disposition devant le cagibi. Une coupe en grès flammé remplaçait maintenant l'ancien bol de plastique. Il se délectait de boire. Il adorait l'épaisseur de l'eau, sa profondeur mate, sa vélocité de cataracte sur la langue et dans le fond du gosier. Il ne parvenait pas à comprendre comment les hommes pouvaient s'acharner à élaborer d'âpres breuvages, d'infectes mixtures qui dessèchent le palais au lieu de l'irriguer. C'était bien là leur manque habituel de simplicité, leur perverse inclination à chercher le plaisir au-delà du besoin. Comme s'il n'était pas déjà prodigieux d'étancher sa soif.

Alors que sa langue plongeait encore dans l'eau claire, il eut un hoquet. Un hoquet de rien du tout. Mais une seconde plus tard, une douleur fulgurante lui traversa la poitrine et il hoqueta à nouveau. Le jeune homme, sous l'escalier, se réveilla. La tête rentrée dans les épaules, le dos rond, le chien était agité de contractions musculaires. Les pattes raidies par l'effort, il ouvrait grand la gueule comme s'il voulait cracher.

Son compagnon bondit pour lui porter secours. Il lui donna quelques tapes dans le dos, voulut lui faire prendre l'air pour le revigorer. Lorsqu'il le déposa sur les pavés, l'animal était sur le point de perdre connaissance. Son cœur tressautait dans sa poitrine. Son œsophage se dilatait comme si une balle d'acier s'y forçait un passage. Il avança avec peine en titubant. Ses paupières papillotèrent sur des globes retournés à la blancheur effrayante. Avec un faible râle, il s'effondra mollement sur ses pattes et se coucha sur le flanc.

Autour de lui, son compagnon désemparé allait et venait en gémissant. Il frappait aux portes, demandait de l'aide, suppliait entre deux sanglots que l'on sauve son chien. Son chien qui était là tout raide.

Son chien qui était raide mort.

Philosophie à l'abattoir

L'homme empila soigneusement les caisses. Lorsqu'elles eurent atteint la hauteur désirée, il les gravit quatre à quatre comme les marches d'un escalier. Un rayon de lune projetait sa silhouette fantomatique sur la paroi métallique du hangar, allongeant démesurément ses membres, faisant de lui une inquiétante anguille, un poisson effilé pourvu de jambes et de bras aux mouvements électriques. Il n'y avait personne alentour, le dernier fourgon porteur de déchets venait de quitter l'entrepôt quelques minutes auparavant. La nuit était sereine, striée de quelques pâles nuages. On entendait au loin le ronronnement grave des moteurs diesels, les beuglements étouffés des veaux, les cris des ouvriers au travail, brouhaha confus d'où émergeaient de temps à autre une phrase tronquée, un commandement bref, une plaisanterie masculine. À l'entrée, devant le poste de garde, il était passé sans que personne ne le remarque. C'était à croire que le seuil de vigilance du planton demeurait préréglé sur « Blitzkrieg », « division blindée » ou « attaque nucléaire massive » et que toute intrusion d'intensité inférieure ne justifiait pas que l'on demandât les papiers. Il aurait presque pu dire bonjour en passant.

Il se hissa sur le rebord de la fenêtre qu'il repoussa lentement du coude. À l'intérieur, l'obscurité était totale, presque aussi dense que le silence. Un silence de plomb qui contrastait avec les bruits rassurants du dehors. Tandis qu'il scrutait les ténèbres, il ressentit un léger picotement sur les joues et la nuque. C'était chaque fois la même chose. Avant de sauter, il avait toujours une vague appréhension. S'élancer dans le noir lui demandait de régler ses comptes avec ses vieilles peurs d'enfant. Celles qui serraient autrefois sa petite poitrine quand s'éteignait la lumière, quand la porte de sa chambre se refermait sur un théâtre d'ombres, lorsqu'un dessin sur un mur, un vêtement sur une chaise, pouvaient se transformer en démon grimaçant qui progressait vers lui dans l'obscurité. Les hantises infantiles ont la vie dure. Et il n'avait plus désormais ses draps comme remparts, son ours en peluche comme sentinelle. Seulement la faim au ventre pour motivation. Il passa ses deux jambes dans l'ouverture et se laissa tomber.

Il se reçut en souplesse sur la dalle en béton. Il ne s'était pas rompu les os. Ses muscles répondaient bien à ses sollicitations. Il se trouvait même assez agile. Il resta un moment accroupi, jouissant du silence, de la solitude, du plaisir interdit de se trouver dans cet entrepôt qui pour quelques minutes lui appartenait. Enfin, il se redressa. Il tourna les yeux vers le coin du hangar où il savait devoir trouver les conteneurs en métal. À cet instant, il reçut en plein visage un coup d'une violence inouïe. Il eut l'impression que sa pommette droite explosait sous l'impact, tandis que l'onde de choc se propageait sous son crâne, anéantissant toute pensée. Sa tête, projetée en arrière comme un hochet de plastique, n'était plus retenue que par le maigre ressort de son cou. Déséquilibré, il bascula et s'écrasa sur le sol, les coudes déchirés. Il était sonné. Le disque éblouissant d'une torche électrique s'approchait.

Avant qu'il pût réagir, des mains épaisses le saisirent par le col de sa chemise et le remirent sur pied. Mais ce n'était pas de la sollicitude. Un second coup de poing défonça sa poitrine, le faisant expirer douloureusement, le ployant vers l'avant. Un autre qu'il reçut sur la bouche et qui avait la dureté de l'acier lui imprima un mouvement inverse. Il tituba et fit quelques pas en arrière. Il sentit dans son dos deux types l'empoigner pour le maintenir debout en lui tordant les bras, tandis que trois autres se relayaient face à lui pour le passer à tabac. Cela dura long-temps. Des poings compacts comme de la pierre écra-bouillaient son visage et le réduisaient en charpie. Les châtaignes arrivaient sans répit, lui arrachant de faibles gémissements mêlés au sifflement de sa respiration, sem-blable à une vessie qu'on crève. Peu à peu, tout se décol-lait. Sa souffrance devenait lointaine. Il la sentait encore, mais comme séparée de lui. Il avait seulement conscience de ces cinq types qui peut-être allaient le tuer. Il avait la sensation amortie de cette plaie qu'était devenu son corps. Il n'y avait aucune pensée, aucune peur. Juste l'impres-sion d'être pris dans un rêve au bord de la nausée.

Ils finirent par le laisser choir. Il s'effondra comme un pantin désarticulé, le nez dans la poussière. Plus tard, il se souviendrait du goût de terre que ses lèvres tuméfiées ramenaient du ciment. Il se souviendrait du contact froid du sang et de la salive contre sa joue. Il se souviendrait d'avoir entendu ses tortionnaires s'éloigner et des quelques paroles qu'ils avaient lancées en partant.

« Je crois qu'il a son compte », avait fait une voix perspicace. Un des types avait tenu à le faire profiter de sa mauvaise haleine.

« Puto dé foutral ! Tu te rappelleras qu'ici c'est réservé aux gens qui travaillent. La prochaine fois que tu veux faucher quelque chose, va dans un grand magasin, avait-il murmuré, plein d'esprit, tout près de son oreille. Et ne t'avise pas de montrer à nouveau ta face de rat dans le coin, tu pourrais finir avec les veaux à l'équar-rissage… » Cela les avait fait rire et ils étaient retournés défendre leur bonne humeur devant les bêtes à l'abattoir. Il y avait eu le claquement sec de leurs pas, le grincement du lourd portail jouant sur sa glissière et puis, à nouveau, le silence.

*
* *

« Vé-té-ri-naire ! Tu m'entends ? Je suis vétérinaire ! Pas toubib ! La prochaine fois, tu iras te faire pendre ailleurs ! »

Paul ne répondit pas. Il était allongé sur une table métallique articulée, destinée aux interventions chirurgicales animalières. Le plan de travail étant trop court, ses jambes pendaient dans le vide. Il empoignait la table de part et d'autre à la fois pour maintenir sa position incertaine et pour trouver un exutoire à la douleur. Une pince et un crochet de chirurgie lui fouillaient la pommette droite et tiraient durement sur la peau.

« C'est de l'exercice illégal de la médecine ! La dernière fois, c'était une intoxication alimentaire, la fois d'avant tes maux de gorge ! Bon Dieu, c'est pas l'hôpital de la Charité, ici ! Je vais finir par avoir des problèmes avec l'Ordre ! »

Le vétérinaire avait le teint mat, un nez bien droit, des yeux noisette pétillants et des cheveux auburn ramenés en arrière qui formaient une courte queue-de-cheval. Ses lèvres charnues, d'ordinaire souriantes, étaient figées en accent circonflexe. Sa poitrine appétissante, que moulait une blouse verte de praticien, remontait par intervalles sous l'effet de la colère. Elle s'appelait Véro. Véro le véto.

Elle avait connu Paul quelques années auparavant dans des circonstances qui l'avaient immédiatement frappée. Son chien s'était fait renverser par une voiture place Saintes-Scarbes. L'accident avait eu lieu quasiment sous ses fenêtres. Elle avait entendu un crissement de pneus, suivi d'un petit choc sourd et d'un cri de détresse. Elle avait écarté de deux doigts les stores qui occultaient la vitrine de son cabinet et avait vu, au milieu de la rue, un jeune homme au visage anguleux accroupi près d'un chien roux inanimé. Ils se trouvaient devant une voiture arrêtée. Son conducteur, un homme d'un certain âge coiffé d'un chapeau, était descendu pour faire avec les bras des gestes d'impuissance tout en balbutiant des excuses.

Ce genre d'incident, guère original en lui-même, représentait pour tout vétérinaire citadin un apport de clientèle non négligeable dont il fallait se réjouir à condition de ne pas le montrer. Dans le cas de figure auquel la jeune femme se trouvait confrontée, la déontologie était d'un faible secours, puisqu'elle recommandait simultanément de ne pas racoler le chaland en attendant qu'il s'avisât de son enseigne et de porter secours sans tarder à la petite victime qui gisait sous ses yeux. Elle hésitait, ne sachant quel parti prendre. Dehors, l'excitation gagnait. Les automobilistes qui s'étaient agglutinés en une longue cohorte auraient voulu que l'on dégageât le passage. Le jeune homme, alarmé, refusait de déplacer le chien. Des coups de klaxons nerveux commençaient à fuser. Une délégation de mécontents s'était approchée du lieu du drame pour parlementer. Le ton montait.

Véro avait pensé à son carnet de rendez-vous désespérément vide, à sa salle d'attente dont la sonnette n'avait pas tintinnabulé de la matinée. Elle débutait dans le métier. Les clients étaient rares, les journées bien longues. Elle s'était finalement décidée à sortir sous le prétexte commode qu'elle n'avait de toute façon rien d'autre à faire. Le garçon, qui avait à peu près son âge, ne l'avait pas remarquée tout de suite. Il était occupé à chercher sur le corps de l'animal une éventuelle blessure ou un hématome qui offrît une piste et la consolation de soins à entreprendre. Il le palpait avec une grande précaution, indifférent aux jacassements de la foule autour de lui.

« Il a traversé d'un coup, comme ça, j'ai rien pu faire !

— Pauvre bête ! Faudrait appeler un vétérinaire !

— C'est vraiment dommage, y en a pas dans le quartier…

— Attendez, je vais à la boucherie. J'ai le téléphone au magasin.

— Vous pourriez libérer le passage, flûte ! Y en a qui bossent quand même !

— Ouaip !

— Tûûûût ! »

Le jeune homme lui avait plu tout de suite avec son visage grave, son front haut, son regard profond barré de sourcils sombres et soyeux, impeccablement rectilignes. Elle lui avait trouvé un air de prince déchu, de héros de roman noir. Elle s'était approchée et avait murmuré doucement : « Venez, je suis vétérinaire. » Elle avait emporté le chien dans ses bras. Il l'avait laissée faire. Ils étaient entrés dans le cabinet, tandis que l'attroupement se dispersait à regret, que la circulation reprenait avec ses bruits de moteur, ses vrombissements soulagés.

Sur la table d'opération, elle avait ausculté l'animal inerte en jetant des coups d'œil furtifs au garçon qui ne quittait pas son compagnon des yeux. « Knult. Il s'appelle Knult. Nous nous sommes disputés », s'était-il contenté de dire pendant qu'elle baladait la plaque froide du stéthoscope sur le poitrail du chien. Drôle de type. Sa mise, d'une propreté irréprochable, trahissait par l'usure des vêtements un état de grand dénuement qui ne laissait rien augurer de bon quant à l'issue de la consultation. Elle allait devoir s'estimer quitte avec un sourire navré et des protestations de gratitude. Elle avait l'habitude. Ce n'était pas la première fois, avec tous ces demi-mendiants qui erraient en ville, assortis chacun d'un quadrupède apprivoisé. Au moins, ce vagabond-là était correct et séduisant. Le chien, en revanche, puait. De forts effluves émanaient de son pelage dans lequel elle passait ses mains avec une répulsion qu'elle s'efforçait en vain de dissimuler. La distance exagérée qu'elle maintenait entre son nez et la bête donnait l'impression qu'elle cherchait à toucher le plafond sans perdre le sol de vue. Cette pestilence, qui allait à coup sûr condamner la pièce et ferait fuir les clients si jamais il en venait, ne semblait pas indisposer le jeune homme. Il était inquiet et attendait le diagnostic.

Véro, hélas, n'arrivait pas à déterminer l'origine de la syncope. L'animal n'avait ni plaie ni bosse. Aucun organe vital ne paraissait touché. La vétérinaire sentait un frisson d'anxiété lui parcourir la nuque. Son honneur professionnel était en jeu. Elle retournait une paupière, découvrait une gencive, triturait un ventre mou. Pas de résultat. Ses gestes devenaient nerveux. Son orgueil féminin craignait d'autant plus le ridicule que le garçon lui plaisait et qu'elle voulait lui plaire. Un thermomètre au poing, elle manipulait le sac de poils malodorant qui lui donnait la nausée. Toujours rien.

Le jeune homme lui jetait à présent des regards suspicieux. Il fallait qu'elle se reprenne, qu'elle se reprenne très vite. Elle amorça un mouvement de réanimation. Elle savait qu'il était inutile et craignait que cela ne se vît. C'était grotesque. Ces manipulations déclenchaient de nouvelles émanations nauséabondes qui saturaient maintenant l'atmosphère. Désespérée, elle lançait vers le téléphone des coups d'œil affolés. Mais il ne sonnait pas et ne semblait pas désireux de le faire. Elle ne savait plus comment s'en tirer. C'était mathématiquement perdu. Elle pouvait plier boutique, prendre un billet pour le Guatemala, se reconvertir dans le commerce des moufles. Elle se sentait défaillir.

Finalement, c'est Paul qui l'avait tirée de ce mauvais pas. « Et si vous lui faisiez une piqûre ? » Mais oui ! La voilà, l'idée ! Elle s'étonnait de ne pas y avoir pensé plus tôt. Une bonne petite injection de strychnine à haute dilution et hop ! L'animal allait cavaler pendant huit jours sans s'arrêter ! L'affaire était entendue : elle allait le doper.

Cet expédient ne fut pas nécessaire. À peine avait-elle sorti une seringue de son étui plastifié, ajusté l'aiguille et aspiré le contenu d'un minuscule flacon frappé d'une tête de mort, que la grosse truffe noire du chien s'était mise à frémir et ses moustaches rouquines à papilloter. Quand il avait vu l'instrument qui lui était destiné, il s'était levé d'un bond et avait filé ventre à terre par la porte du cabinet restée ouverte. Son maître s'était aussitôt élancé à sa poursuite. Véro était demeurée figée, l'aiguille pointée vers le ciel. En un instant, Paul avait disparu sans même la remercier.

Elle s'était dirigée vers l'évier pour vider le contenu de la seringue qu'elle avait jetée ensuite dans une poubelle. Elle s'était soigneusement lavé les mains et inondée de parfum. Elle était allée s'asseoir devant son bureau. Elle avait rangé quelques crayons, vérifié l'alignement des tampons encreurs, tourné les pages vierges de son agenda. Puis elle avait fondu en larmes. C'était la première fois que cela lui arrivait.

Elle était tombée amoureuse.

*

*   *

« Avec qui t'es-tu battu pour te mettre dans un état pareil ? »

Les doigts experts de Véro croisaient et décroisaient le fil chirurgical, ponctuaient la plaie de son message en morse, resserrant jusqu'à les faire blanchir les lèvres de chair rose sur la pommette de Paul. Un trait, un point. Un trait, un point. La blessure se refermait progressivement sous l'action de la pince et du crochet en acier inoxydable. Un trait, un point. Un trait, un point. Il grimaça de douleur.

« Je ne sais pas. Je ne les ai pas vus.

– Tu ne les as pas vus ! Ça, c'est la meilleure ! Faut croire qu'ils n'étaient pas là, qu'il n'y avait personne. Mais toi, je t'assure, tu y étais, il n'y a pas d'erreur ! »

Elle le regarda en poussant un soupir d'exaspération. Il avait la tête carrelée comme un ballon de football, la régularité en moins. Ses lèvres tuméfiées avaient éclaté en plusieurs endroits. Son œil gauche était fermé et sa paupière, qui avait doublé de volume, avait pris la teinte olivâtre d'une huître agonisante. Au-dessus, l'arcade sourcilière n'était pas plus engageante. Palourde de chair vive échouée dans la vase, songea Véro. Le front était ornemental. Il semblait travaillé par des taupes psychédéliques. L'ossature avait été remuée de fond en comble et elle poussait en mottes de manière titanesque. L'ensemble auquel il fallait rajouter la plaie sanguinolente de la pommette était proprement effrayant. En entrant dans le cabinet, la démarche boiteuse, les vêtements maculés de poussière et de sang, Paul avait d'ailleurs fait fuir deux clients. Malgré la garde rapprochée de leurs molosses (un pinscher, un pékinois), ils avaient préféré céder leur tour et s'éclipser avec pudeur lorsque Véro arrivant dans la salle d'attente avait laissé échapper un cri d'effroi. Cela ne faisait rien. Les clients à présent n'étaient plus aussi rares qu'autrefois.

Elle soupira à nouveau et poursuivit son travail de raccommodage. Elle était furieuse contre lui, contre son désespoir, sa lente dérive vers le néant. Ses jolis doigts effilés ne tremblaient pas pourtant. Un trait, un point. Un trait, un point.

« Tu ne crois pas qu'il serait temps que tu reprennes une vie normale ? »

Il serrait les mâchoires et ne voulait pas répondre.

Un trait, un point. Un trait, un point.

« C'est vrai quoi, tu pourrais chercher du travail, reprendre des études. »

Un trait, un point. Un trait, un point.

« Avoir un logement décent, quitter cette tanière. »

Un trait, un point. Un trait, un point.

« Cesser de penser à ce chien. »

Un trait, un point. Un trait, un…

Elle interrompit sa patiente couture. Il avait levé vers elle des yeux méchants. L'un d'eux paraissait à demi éteint, presque invisible sous la paupière boursouflée. L'autre lançait des éclairs.

« Un chien ? Quel chien ? Ai-je jamais eu un chien ? Ai-je jamais connu de chien ? » Son ton était sans réplique, plus coupant qu'un bistouri. Il y avait dans sa voix un tremblement imperceptible et une haine contenue qui ne demandait qu'à rompre sa digue en flots dévastateurs. Elle hésita avant de répondre.

« Paul, tu sais bien de quoi je veux parler. Knult est mort maintenant, il faut réapprendre à vivre. » Elle avait essayé de donner à son propos un tour conciliant, presque anodin, plein de compréhension et d'amicale tendresse. Il poussa un cri de triomphe rageur.

« Ah ! Knult ! Je le savais ! Tu ne l'as jamais compris ! Tu es complètement passée à côté ! Comme je te plains ! Ah ! Ah ! Un chien ! Un chien ! Knult !

— Et quoi d'autre ?

— Un seigneur, un maître ! L'éveil lui-même ! La quintessence du savoir dans un corps qui sans avoir à parler était à même de le dire !

– Mais dire quoi à la fin ?

– Tout. C'est-à-dire rien. Plus que toi et moi pourrons jamais connaître. Le vide auquel nous sommes promis, la désintégration finale, le bonheur sans lendemain.

– Je ne vois pas de quoi tu parles… » Elle avait lancé cette phrase par imprudence. Elle la regretta aussitôt.

« Le contraire m'eût étonné ! Tu ne vois rien, tu ne vois jamais rien ! Personne ne voit jamais rien ! Vous vivez tous anesthésiés, englués dans vos chaumières, à faire vos comptes, à souscrire des polices d'assurance, à surveiller les programmes télé. Pof ! Pof ! Un moutard de temps à autre. Pof ! Et puis les vacances. Tous ensemble, au même endroit. Tas de crétins agglutinés sur les plages ou derrière d'absurdes ascenseurs pour gravir les montagnes. Le teint cuivré deux fois l'an, toujours prêts à reprendre le servage avec les mêmes souvenirs dans la tête. Pof ! Encore un moutard. Et le travail, les choses sérieuses, ces pitreries organisées ! L'argent que vous gagnez, celui dont vous rêvez et l'autre qu'on vous prend à pleins sacs en vous servant des boniments, tandis que les cheveux tombent, que les rides se creusent, que les premières métastases copulent joyeusement. Ça ne fait rien, la vie est longue. Il reste la prochaine voiture à choisir, des tas de matchs à la télé, d'innombrables caddies à remplir. Quel bonheur, quand on y pense, que toutes ces activités exaltantes et de première importance ! Un intérieur à vitrifier, un nouveau meuble à acheter, un bibelot de plus pour la table du salon, les Duschmoll qui viennent dîner demain et à qui on n'a rien à dire, parce qu'on n'a plus rien à dire à personne, parce qu'on est mort depuis longtemps et qu'on ne s'en est pas rendu compte ! »

Et voilà. C'était reparti. Il était intarissable. Il jubilait dans sa colère. Véro, résignée, avait repris son ravaudage. Un trait, un point. Un trait, un point. Elle savait qu'il faudrait maintenant attendre qu'il ait vidé son sac.

« Tous morts ! Rats crevés que vous êtes ! Vous ne méritez pas le peu de conscience qui vous reste ! Misérables ! Et vous voudriez que j'entre dans le rang, que je m'aligne ? Il faut que rien ne dépasse, hein ? Que personne ne vienne troubler le petit ordonnancement de vos certitudes ? Il faudrait plonger dans le bac à légumes, se faire des intraveineuses de yaourt, se vautrer en votre compagnie, abject troupeau de veaux toxicomanes ! Ô spectacle obscène ! Ô inexprimable vision ! »

Véro fit un dernier nœud et sectionna le fil chirurgical. Elle avait l'habitude de ces accès de fureur torrentielle. Elle respectait et même admirait la rage inextinguible de Paul, sa révolte farouche, son refus radical de tout conformisme. Elle avait tendance à recevoir la vie avec plus de simplicité et elle lui savait gré de venir la réveiller de temps à autre par ses emportements au vitriol qu'il répandait tous azimuts et qui n'épargnaient rien. Mais ce qui justement l'amusait, c'est que la colère de Paul était tellement énorme qu'il ne pouvait trouver un objet précis à son ressentiment. Il menait un combat colossal contre un ennemi qui était partout et nulle part. Ne pouvant nommer sa cible, il en était réduit à utiliser un « vous » très général qui signifiait qu'il en voulait au monde entier, c'est-à-dire au fond à personne sinon à lui-même. Elle ne put réprimer un léger sourire. Ses lèvres bien ourlées se relevèrent à leurs commissures. Paul s'en aperçut et redoubla de fureur.

« Et toi, avec tes leçons bien apprises, tu viens me parler de Knult comme d'un chien ! Un chien ! Qu'en sais-tu d'abord ? Qui sont les chiens ? Tu te crois plus digne que les bêtes que tu tripotes et qui te paient tes pulls en cachemire et tes sorties mondaines ? »

Cette fois, elle ne souriait plus.

« Paul, tu vas trop loin… » Son menton tremblait un peu.

« Pas si loin que ça : seulement hors d'ici. » Il saisit sa veste posée sur une chaise et sortit en claquant la porte. Comme d'habitude, il ne l'avait pas remerciée. Véro inspira profondément et se mordit les lèvres pour ne pas pleurer. Quel salaud ! Elle l'aimait. Elle le détestait. C'était chaque fois la même chose. Il finissait toujours par partir, par faire semblant d'ignorer la secrète passion qu'elle nourrissait pour lui. Il était fou et elle en était folle. Depuis leur première rencontre, cela n'avait fait que s'aggraver.

Dans les jours qui avaient suivi l'accident de Knult, ils s'étaient croisés de plus en plus souvent. Dans la rue, chez le boucher, au jardin public où elle se promenait durant la pause de midi. Ils avaient fait connaissance. Difficilement à vrai dire, car les premiers temps Paul parlait peu. Elle s'était donc forcée à caresser le chien, à fourrager ses poils hirsutes en demandant de ses nouvelles. Elle prenait sur elle pour ne pas détourner la tête, pour garder le sourire même s'il était un peu figé. Après quoi, elle se précipitait chez elle pour se désinfecter les mains à l'eau de Cologne.

Elle ne savait pas au juste ce qui la poussait à se faire violence pour ce garçon taciturne qui ne lui rendait pas ses amabilités. Elle était plutôt jolie. Les propositions ne manquaient pas. Mais c'était justement ça qui lui donnait envie de chercher autre chose. Elle ne se sentait pas comblée par ses amours au long cours ou par ses brèves aventures dont elle commençait à connaître le scénario à l'avance et parfois les répliques. Elle avait beau s'en défendre, la routine l'ennuyait. Avec Paul, elle voyait s'ouvrir une porte sur un monde énigmatique qu'elle ne connaissait pas, sur des interrogations qui, jusque-là, n'avaient pas été siennes. Ce n'était vraiment pas un garçon ordinaire.

Elle avait tout de suite compris qu'il lui apportait la part excitante de mystère et d'imprévu qui lui manquait. Il lui en avait fait voir de toutes les couleurs, comme disait Luciano le boucher. Elle était devenue son amie, sa confidente, le témoin de ses colères. Elle s'était maintes fois improvisée médecin pour lui éviter l'aide sociale et les consultations publiques. Elle lui avait prêté de l'argent, elle avait soigné son animal. Elle l'avait invité à dîner (la vision de Knult bâfrant à table à côté d'eux dans une de ses assiettes en porcelaine hantait encore ses nuits). Elle l'avait emmené au cinéma (il avait fallu faire entrer le chien en cachette et il s'était mis à beugler au beau milieu d'une scène d'amour, quelle histoire !).

Et quand cette bestiole fétide était morte ! Lorsque Paul avait accompli cet acte dément, lorsqu'il avait mangé son chien et qu'il avait été si malade, intoxiqué par cette viande écœurante ! Elle l'avait pris chez elle, elle l'avait veillé plusieurs nuits, attendant que la fièvre tombe, qu'il puisse à nouveau absorber quelque nourriture sans vomir. Elle était toujours prête à venir à sa rescousse, à l'accueillir, à l'écouter. À travers lui, il est vrai, elle avait vécu d'incroyables aventures. Aucun vétérinaire au monde ne connaissait aussi bien qu'elle la vie intime des cabots. Elle avait acquis sur la question un savoir dont elle aurait pu se targuer sans rougir en Sorbonne. Ce n'était pas cela néanmoins qui l'intéressait. Les chiens empestaient, il n'y avait rien à faire. Elle ne pensait qu'à Paul.

Lui, de son côté, semblait ne pas la voir. Il la fréquentait d'une manière détachée et lui manifestait une totale ingratitude. Il était toujours à suivre son chien, à cultiver son désespoir, son incurable pessimisme. Elle ne l'en aimait que davantage. C'était son destin, elle ne pouvait aller contre et elle en était infiniment malheureuse.

*
* *

Paul ne gardait aucun souvenir de son retour des abattoirs. Comment il avait quitté le hangar, quel chemin il avait emprunté, les réactions sur son passage. Rien. Il lui avait pourtant fallu traverser toute la ville ! Il se rappelait seulement, comme dans un rêve nauséeux et atténué par la barrière du sommeil, être resté des minutes ou des heures râlant dans la poussière, l'estomac au bord des lèvres, un goût de sang et de métal dans la bouche. Puis il s'était retrouvé chez Véro dans la salle d'attente, devant deux retraités qui lui jetaient des regards affolés. Il y avait eu les soins, sa pommette couturée et une discussion passionnante, un échange d'idées animé et très enrichissant. Véro était vraiment une fille remarquable. Il était conscient du soutien inestimable qu'elle lui apportait. Quand il avait mangé Knult, par exemple, et qu'il avait failli en crever, c'est elle qui l'avait tiré d'affaire. Elle l'avait guéri de son indigestion à force de prévenance.

Il éprouvait à son égard une profonde gratitude qu'il ne lui montrait pas toujours, car il lui arrivait de s'emporter. Il se laissait prendre au piège de son tempérament. Tout de même, il était démonstratif. Il lui rendait visite à intervalles réguliers, se forçait à parler quand il n'en avait pas envie, lui réservait la primeur de ses confidences. Quand il était seul, il aimait penser à elle et alors il se régalait de la joie qu'il lui apportait par toutes ses marques d'affection. C'était une fille remarquable, vraiment. Pleine de charme et d'allant. Délicieuse avec ses cheveux cuivrés et ses yeux où brillait continuellement une lueur de gaieté. Il se demandait souvent si elle avait un petit ami ou un fiancé en titre. À la réflexion, il se disait qu'elle ne semblait avoir personne et que c'était étrange. Il se promettait de tirer cela au clair.

Il se flattait, en effet, de posséder un esprit sensible et pénétrant. Il lui suffisait d'approcher les gens pour les connaître. Hélas, depuis deux mois que Knult était mort, il avait perdu l'enthousiasme qui le poussait à considérer avec tendresse sa propre aptitude à la compassion. Il avait entrepris une expérience avec le désespoir qui requérait toute son énergie et ne lui laissait guère le temps d'étudier les facultés stupéfiantes de son âme. De la disparition brutale du chien, il avait conclu qu'elle était venue à point pour le mettre au défi de l'épreuve initiatique suprême : celle du vrai dénuement, d'une perte définitive de ses dernières attaches.

En apparence, il avait tout abandonné six ans auparavant pour suivre le chien. Au fil des mois, il avait dû renoncer à pas mal de choses qui excédaient de beaucoup le simple délaissement du confort matériel : sa fierté (anéantie dès le premier jour où il avait fait la manche), l'estime des autres (réduite à rien dans le regard des passants et des locataires de l'immeuble), sa vie intellectuelle (assez aride, il fallait le reconnaître, en compagnie de Knult). Et puis, il avait perdu l'amitié d'Arnaud qu'il avait vu peu à peu s'éloigner et disparaître dans le tourbillon ascensionnel de la réussite sociale. Arnaud, cette âme subtile et bonne, qui l'avait jugé, et n'avait pas admis ce qu'il considérait comme une déchéance.

Le plus dur, peut-être, avait été de tirer un trait sur sa vie amoureuse. On avait beau avoir de la ressource, déployer une ingéniosité sans pareille pour rester propre et digne, il n'en restait pas moins difficile d'inviter une fille à passer la soirée sur une paillasse dans un réduit d'escalier. Surtout lorsque celui-ci était occupé par un chien peu partageur et des puces par trop affectueuses.

Les premiers temps, il avait encore abordé quelques jolis minois dans les rues en leur servant son habituel baratin pour capter leur attention. Tout à l'ivresse de la liberté que lui offrait sa récente oisiveté, il n'avait pas perçu que ces manœuvres d'approche, même couronnées de succès, étaient condamnées à rester sans suite. Son drame était de n'être attiré que par les jolies filles tirées à quatre épingles, issues du milieu bourgeois qu'il avait fui et dont il se faisait le contempteur véhément. Avec celles-là, il fallait montrer patte blanche, produire sa généalogie, annoncer des projets d'avenir. Elles voulaient des garanties, se refusaient toujours un peu comme on le leur avait appris. Elles n'en étaient que plus désirables.

Connaissant la règle du jeu par atavisme social, il s'y pliait de bonne grâce et même avec plaisir. Sa situation ne lui était apparue dans toute son horreur que le jour où le premier poisson avait vraiment mordu à l'hameçon. La belle remplissait tous les critères pour ne pas détonner dans son tableau de chasse. Il avait engagé la conversation sous un prétexte fallacieux, était parvenu à la prolonger avec la virtuosité d'un démarcheur à domicile pour finalement sortir vainqueur de la joute avec un rendez-vous en poche et la promesse d'une aventure piquante pour le lendemain.

Les difficultés avaient commencé lorsque, après trois promenades en ville, deux rencontres dans un jardin et un après-midi à la bibliothèque municipale, il n'avait plus su que proposer, ne pouvant ni attirer sournoisement sa proie chez lui ni prétendre être présenté à ses parents faute d'un préambule assez long. Il avait déjà eu toutes les peines du monde à dissimuler son état sans recourir au mensonge (ce à quoi il répugnait), à ne pas révéler son adresse sans pour autant la cacher (ce qui aurait été suspect), à se débarrasser de Knult sans lui interdire de le suivre (ce qui était impossible). Il avait eu recours à des ruses et à des faux-fuyants. Il avait passé sous silence qu'il était désargenté, il avait omis de dire le plus important et le plus compliqué : qu'il vivait avec un chien.

Il était dans une impasse. Il aurait fallu inviter la jolie demoiselle au restaurant, au moins lui offrir un café, lui proposer le cinéma et il ne le pouvait pas. Après plusieurs jours d'interrogations rageuses où il s'était épuisé à chercher une solution qui n'existait pas, il s'était résolu à ne plus la revoir. Il avait laissé un silence de plomb étouffer leur histoire et avec celle-ci sa vie sentimentale tout entière. Comme la belle n'avait jamais su où le joindre, leur relation en était restée là. Au début, il s'était consolé en s'exaltant tout seul, en s'imaginant ermite, au désert dans la ville, frère d'abstinence de tous les moines du monde. Mais ces visions cinématographiques où il se représentait en héros spirituel, les traits burinés par le sacrifice, ne le soutinrent qu'un temps. Il fut bientôt taraudé par un manque lancinant, visité par des rêves moites d'une incroyable douceur et pourtant cuisants qui le laissaient hagard au petit matin, abandonné à la tension douloureuse de son corps meurtri par la soif.

Bien sûr, il y avait Véro qui ne lui déplaisait pas et qui savait tout de lui. À plusieurs reprises, il avait laissé libre cours à des phantasmes de séduction dont elle était la cible. Dans ses songes fiévreux, il lui arrivait de l'imaginer dans des situations qui le faisaient rougir. Il ne pouvait cependant se résoudre à gâcher leur relation par une tentative qui aurait été déplacée. Il était rigoureusement impossible que Véro nourrît pour lui d'autres sentiments que ceux qu'inspire une fraternelle complicité. Et puis, elle tenait trop les chiens en aversion pour qu'ils pussent jamais s'entendre.

De frustration en frustration, Paul avait fini par refermer le couvercle sur la sensualité qui bouillonnait en lui. Avec ce renoncement, il crut longtemps avoir accompli l'abandon au-delà duquel devait se trouver la sagesse, l'ataraxie promise à l'école du chien. Il avait attendu le moment où il verrait l'univers s'éclairer par-dedans d'une lumière nouvelle. Il s'était persuadé que cette heure radieuse était imminente et que le radicalisme de ses choix ne pouvait qu'en hâter la révélation. Rien de tout cela ne s'était produit. La recherche quotidienne de discrets lavabos pour ses ablutions était restée une tâche démoralisante, le spectacle de la pluie en novembre avait continué de le plonger dans un grand abattement, les croquettes offertes à Knult par Mme Estrouffigue avaient gardé leur goût immonde. Non seulement la vie autour de lui ne s'était pas embellie, mais il avait parfois le sentiment qu'elle s'était décolorée. Il avait ressenti à plusieurs reprises un grand découragement et l'envie de revenir à l'humanité ordinaire, plus modeste d'ambitions et plus reposante.

S'il n'avait pas lâché prise, c'était grâce au chien qui conservait une parfaite égalité d'humeur en toutes circonstances. Il manifestait le même enthousiasme pour chaque menu événement, qu'il s'agisse des effluves du jour, des entrailles d'une poubelle ou de l'une de ses innombrables siestes. Paul en venait inéluctablement à l'idée que quelque chose faisait défaut à sa compréhension, quelque chose qu'il aurait été dommage de manquer si près du but faute de patience. Quelquefois, aux beaux jours, lorsqu'il faisait bon se rôtir au soleil sans rien faire ou arpenter gaiement les rues des matinées entières, il se convainquait que ça y était, que la sérénité était atteinte. Il se sentait bien. Néanmoins, dès que le mercure chutait à nouveau sur le thermomètre, dès qu'un fumet délicat échappé d'une cuisine lui mettait l'eau à la bouche, dès que le passage d'une jolie fille réveillait son désir mal éteint, il se sentait happé par un trou noir qui le ramenait cruellement à ses privations et à ses insuffisances. Il lui fallait admettre qu'il n'était pas arrivé, qu'il n'avait pas avancé, que tout restait à faire. Dans ces moments-là, c'était toujours le chien qui le ramenait à la surface par un jappement joyeux, un coup de langue baveux, un ronflement plus fort que les autres.

Et puis Knult était mort. La douleur dans laquelle l'avait plongé sa disparition s'était révélée si profonde et si vive qu'il avait été dans la nécessité de lui trouver un sens. Il y était parvenu assez vite. Ce qu'il avait eu en trop durant toutes ces années, ce dont il ne s'était pas délesté faute de l'avoir su, c'était son attachement pour le chien. Il s'était complu à vivre une aventure sans équivalent, à se dire le disciple d'un maître extraordinaire. Mais il lui restait à se défaire de cette dépendance même. Il lui restait à vivre seul, à ne plus suivre personne, c'est-à-dire, au fond, à devenir véritablement Knult.

Il appelait cela le dés-espoir, la fin de toute attente de quoi que ce soit qui vînt de l'extérieur. Il s'y employait consciencieusement. Il demeurait des heures dans son cagibi d'escalier, couché sur cette paillasse qui sentait encore l'odeur forte de l'animal. Il regardait les nœuds du bois sur les marches au-dessus de sa tête. Son esprit était lourd comme une pierre froide. Après son indigestion et le séjour chez Véro, il avait réintégré son abri et ne formait pas le projet d'en partir. Il ne formait plus de projet. Il s'appliquait à ne plus en former aucun.

Il n'avait pas retrouvé la peau de Knult qu'il avait mise à sécher dans la cour, ni d'ailleurs les os dans leur poche. Quelqu'un les avait fait disparaître. De toute façon, ça n'avait plus d'importance. Plus rien n'avait d'importance. Mme Estrouffigue s'était arrêtée un matin pour dire que maintenant, ça ne pouvait plus durer, le chien n'était plus là, n'est-ce pas, et malgré toute l'affection qu'elle avait pour ses anciens locataires, pour lui en particulier qui avait été comme un frère pour son petit-fils, elle ne pouvait pas garder chez elle un vagabond, un fainéant, un misérable qui ruinait sa réputation et, par là même, rebutait les futurs locataires, lesquels manquaient ainsi une chance inouïe de trouver chez elle un havre de paix et de chaleureuse amitié. Il n'avait pas répondu, gardant les yeux dans le vague, attendant qu'elle ait terminé son sermon. Sa voix tonitruante était parvenue jusqu'à lui depuis l'extérieur d'une caverne où il s'était fossilisé. Poussant une salve de soupirs, Mme Estrouffigue avait regagné son appartement de sa démarche imposante et chaloupée.

Un jour, Véro était venue lui rendre visite. Elle devait savoir que, devant l'escalier, la gamelle de Knult restait à présent vide. Elle avait paru affectée de le voir dans cet état de stupeur. Elle lui avait dit qu'elle le trouvait bizarre. Il lui avait répondu avec un grand calme. Il lui avait parlé du dés-espoir. En quelques phrases laconiques, il avait exposé le contenu de sa nouvelle philosophie. « Plus d'espoir, plus d'attente, tu comprends, ça ne peut être que ça, le bonheur. Être seulement là. Radicalement présent. Détaché du passé comme de l'avenir, branche séparée du tronc, ni reliée à la terre, ni perdue dans le ciel. » Elle n'avait rien compris comme d'habitude. Il l'avait entendue prononcer des mots qu'il détestait : pessimisme, dépression, fatigue… Il s'était un peu lâché. À quoi bon discuter avec elle ? Son désespoir à lui découlait de sa lucidité. C'était la posture d'un esprit libre. Rien à voir avec une opinion négative, encore moins avec une pathologie. Le prenait-elle pour un malade ? Cela l'avait vexé, au fond. Ils s'étaient quittés en des termes assez froids, chacun reprochant secrètement à l'autre son étroitesse d'esprit.

Ils ne s'étaient pas revus jusqu'au début de l'été, jusqu'à cette nuit où Paul, mourant de faim, était revenu aux abattoirs et s'y était fait rosser. Il n'avait eu alors d'autre solution que d'aller chez Véro pour lui demander de l'aide. Elle l'avait soigné en protestant pour la forme. Il était parti en s'emportant sur le fond. Pendant des mois, il ne lui donna plus de nouvelles.

*
* *

C'était l'automne. Les jours passaient et sans s'en rendre compte, Paul glissait lentement d'un désespoir de nature philosophique vers un état ambigu, voisin de la neurasthénie. L'aridité mentale et affective dans laquelle il se trouvait pouvait passer pour une forme de tranquillité, mais n'était autre que ce point ultime de tension où l'équilibre psychique donnant l'impression de l'apaisement menace en réalité de se rompre.

Quelquefois il sortait dans les ruelles du vieux Toulouse. Il marchait longtemps et ne prenait pas garde à sa destination. Il se sentait transparent, d'une limpidité cristalline, et attentif à tout. Il regardait les vitrines, les automobiles, les gens qu'il croisait, l'expression de leur figure, leurs vêtements, ce qui dépassait des paniers à provisions. C'était un flux qu'il remontait comme à contre-courant sans trouver de résistance. Tout ce que saisissait son regard le traversait, passait derrière sa tête et disparaissait aussitôt loin après lui.

Sa poitrine était une éponge aux trous immenses. Ses yeux, deux boules de suie sur lesquelles pendaient des franges de cils effilochés. Cela lui faisait mal à force de regarder. Il conservait au coin des lèvres un mince sourire dont la légère tension lui rappelait continuellement le masque ouvert de son visage. Il n'éprouvait rien. Il se contentait d'affleurer à sa propre surface, de voir chaque détail de la rue. Il enregistrait tout ce qui flottait dans l'air, tout ce qui animait le fluide épais de l'espace devant lui. Il fendait ce bouillon, les flots impavides de la vie extérieure. Il se sentait infiniment présent et peut-être aussi tout à fait mort.

Tout le monde devait le remarquer avec ses yeux écarquillés, avec ses cheveux qui hurlaient sur son crâne. Paul. Anciennement Paul. Paul le décavé, Paul le désespéré. Il s'appelait Paul. Maintenant c'était il ne savait plus comment. Maintenant c'était autre chose. Juste un type qui errait en ville et qui dévisageait les passants. Un fantôme paulien peut-être pour ceux qui l'avaient connu, une vague déambulation pour les autres. Paul, il s'appelait. C'était avant. Il ne savait plus quand. Ce n'était plus très important de toute façon. C'était loin, il se fichait bien de toutes ces histoires.

Un soir, trois mois après les abattoirs, il s'était assis sur un banc public. Au milieu d'une petite place rectangulaire que la foule lacérait de ses trajectoires en zigzags. Il regardait la multitude. Il regardait les mouvements de ciseaux de ces jambes innombrables et les plis par milliers des vêtements qui brouillaient tout. Il s'était appelé Paul, ça, il le savait. Maintenant il était seulement cela. Une surface sensible et usée. Des yeux tendus où se peignaient les traits d'autrui, les fastes d'un univers vibrionnant et passionnant qui ne le concernait plus.

À cet instant, sur ce banc de bois, il ressentit sa première vraie sensation depuis la mort de Knult. Une vague immense de lassitude le submergea. Il poussa un long soupir et eut le sentiment que ses jambes se vidaient. Il était terriblement fatigué. Tandis que ses yeux continuaient de balayer la foule aux cent pattes, ce gros insecte qui galopait devant lui, une pensée claire s'imposa à son esprit avec la force de l'évidence. Il se dit avec simplicité, comme une chose banale à laquelle on pense négligemment, que le moment était venu de mettre un terme à tout cela, qu'il pouvait en finir tout de suite, qu'il suffisait de pas grand-chose. Il se le dit sans émotion, avec froideur, et sa décision était prise. Entre cette pensée et son exécution, il n'y avait plus que la distance qui le séparait de la lame du couteau qu'il tiendrait dans sa main tout à l'heure. Il se leva. Il n'y avait pas de tristesse en lui. Seulement une grande fatigue et cette pensée du couteau qui brinquebalait.

Il commença à marcher, prêt à se couler dans le flot humain qui le guiderait où il devait aller. Soudain il s'arrêta. À une vingtaine de mètres de lui, assis sur le bord du trottoir, un chien émergeait de la foule. Un chien à la fourrure rouge qui riait, l'œil pétillant de malice. Un chien, il n'y avait pas de doute, un chien qui s'appelait Knult.

*
* *

C'était bien lui, c'était Knult. Le même poil fauve orangé, la même moustache rouquine sur le nez proéminent. Et cette allure trapue, ces oreilles pendantes, cette tignasse en bataille ! Il fit quelques pas et s'arrêta encore. Le sang, les pensées, les émotions, toute la vie affluait à nouveau à son visage et celui-ci s'illuminait. Au diable, le désespoir ! Au diable, la sagesse ! C'était impossible et pourtant cela s'était produit : Knult était revenu. Son cœur battait à grands coups dans sa poitrine. Une bouffée de chaleur lui picotait les joues. Il s'appelait Paul. Il s'était toujours appelé Paul. Il eut envie de crier, d'interrompre tous ces gens qui n'avaient pas vu cet événement se réaliser tout près d'eux et qui allaient leur train, qui poussaient leurs pensées comme si de rien n'était. Je suis Paul ! Ah ! Ah ! Vous entendez ! Paul ! C'est mon nom ! Ça vous épate, hein, ça vous en bouche un coin ! Je suis de retour, vous allez voir ; et cette fois, ça va être du sérieux, ça va pas être la même chose ! Vous n'avez qu'à bien vous tenir !

Ouais, tout allait reprendre comme avant ! Cette existence de voyous, cette indolence d'arsènes, cette complicité de vieux garçons ! Même son attachement ! Oh oui, son attachement ! Comme il le désirait à présent ! Comme il était impatient de suivre le chien, d'observer ses mimiques, de guetter ses impulsions ! Il allait tout faire comme lui, tout apprendre de lui. Il allait s'en remettre entièrement à sa décision. Mais bien mieux qu'autrefois, mille fois mieux, avec une patience accrue, une compréhension nouvelle. Désormais il ne le quitterait plus. Il ne refuserait aucune initiation. Il prendrait tout avec une joie égale : les interminables ratissages olfactifs des trottoirs, les courses-poursuites avec le dogue Régis, les échanges silencieux en compagnie de Verna, cette habitude de thésauriser les charognes dont il ne saisissait pas toujours l'impérieuse nécessité et même l'odieux bruit de succion que faisait le chien la nuit en éliminant ses puces du bout des dents. Il recevrait tout comme une bénédiction et ce serait diablement bon d'être là. Ce serait bon d'être avec Knult et de passer avec lui sous le soleil. Oh comme ce serait bon !

Il regarda l'animal. Il voulait goûter le vin des retrouvailles. Se rendre ivre des moindres détails. Le chien le fixait en penchant la tête sur le côté. Sa truffe palpitait. C'était bien le même. Cependant il était changé. Sa silhouette était plus massive, ses traits plus découpés paraissaient vieillis. Ses yeux brillaient d'une flamme plus mordante qu'auparavant. Paul fronça les sourcils. De quoi s'agissait-il ? Son allure était subtilement modi-

fiée. Il aurait juré que c'était Knult et pourtant il y avait
ces différences troublantes qui en dénaturaient l'image. Il
ne quittait pas l'animal des yeux, n'osant plus avancer.

Il sentit soudain une vague de froid descendre dans ses
jambes. La gueule du chien venait de s'ouvrir sur un rire
sardonique et laissait voir la capsule métallique d'une
dent en argent. Ce n'était pas Knult. C'était autre chose,
qui tentait de se faire passer pour lui. Quelque chose de
froid et de méchant qui ne lui voulait pas du bien. Paul
déglutit avec peine. Dans le regard de l'animal se lisaient
les flamboiements d'une satisfaction démoniaque. La
couronne en métal était une épine d'acier plantée dans
son sourire. Sa tête trop lourde penchait sur le côté d'une
manière inquiétante. Elle semblait vouloir se détacher du
corps. Elle menaçait de tomber pour rouler jusqu'à ses
pieds et happer sa jambe d'un coup de mâchoires.

Paul fut pris de frayeur. Il voulait partir. Il avait peur
de ce fantôme, il avait peur de mourir. L'apparition
contrefaite de Knult parut triompher. Sans se départir de
son rictus mauvais, elle manifesta sa joie muette en
dénudant un bref instant ses gencives comme si elle
allait gronder. Ses babines retroussées tremblèrent
au-dessus de ses crocs. Mais aucun son ne sortit de sa
gorge. La lueur mortelle qui animait ses yeux s'éteignit
brusquement et l'animal perdit toute expression. Il jeta à
droite et à gauche des regards indifférents, se leva, se
retourna avec lenteur et avant que Paul ait eu le temps
d'accomplir un mouvement, se perdit dans la foule.

Paul resta un long moment immobile. Il était hagard.
Une sueur glacée coulait le long de ses tempes. Autour de
lui, ça marchait, ça courait dans tous les sens. Quelques
passants lui jetaient des regards de pitié, d'autres s'écar-
taient en l'apercevant, la plupart n'avaient pas le temps
de le voir. Il décida de rentrer. Il prit le chemin familier
qui le ramenait chez lui. Il reconnut le porche, le portail

automatique à lourds battants, la cour pavée de noir ainsi que les murs en briques rouges. Il entra dans le bâtiment principal et vit l'escalier qui menait aux appartements. Il remarqua que la porte de son cagibi était fermée. D'ordinaire, elle restait toujours ouverte. Quelqu'un avait dû venir. Peut-être voulait-on le congédier ? Il s'approcha sans appréhension. Les émotions qu'il venait de connaître après plusieurs semaines de désert le laissaient sans force. Il posa sa main sur la poignée et souleva la clenche rouillée du loquet. La petite porte joua sur ses gonds. La serrure n'était pas verrouillée.

Tandis qu'il ouvrait, quelque chose tomba qui était coincé dans le montant. Il se baissa pour le ramasser. C'était un morceau de papier plié en huit. Il l'ouvrit. Un message y figurait en lettres majuscules. Il le lut et blêmit. Ses doigts furent pris de tremblements. Il replia la lettre, la glissa dans sa poche. Puis il disparut sous l'escalier et se coucha pour réfléchir.

« ON A EU TON CHIEN. ON AURA TA PEAU À TOI AUSSI, PAUVRE MINABLE. » Voilà ce qui était écrit à l'encre bleue sur fond bistre. Et le billet n'était pas signé.

Petit-Bernard

Ange Fraboli n'avait plus de voiture. C'était embêtant. Sur le trottoir près duquel se trouvait sa vieille Renault deux heures auparavant, il demeurait pensif, les bras ballants le long de son corps dégingandé, une moue d'ennui sur le visage. Il l'avait laissée devant cette boucherie, il en était sûr, et maintenant elle n'y était plus. Il fallait avoir du vice pour voler une voiture pareille. Elle était borgne du côté gauche, les lanternes brisées révélaient de sombres orbites. Les pare-chocs maintes fois sollicités par d'enthousiastes embrassades ne tenaient plus qu'à la discrétion de bouts de ficelle velus. La carrosserie d'un marron pisseux, défoncée à plusieurs endroits, était zébrée aux points d'impact par des estafilades de rouille.

À l'intérieur, les ramages de la décoration le disputaient au plumage. Le velours fleuri des fauteuils était élimé et constellé de taches. Le siège du conducteur laissait échapper d'une large plaie une pièce de mousse jaunie. Une épaisse couche de poussière recouvrait la plage avant et le tableau de bord. De ce matelas neigeux n'émergeaient que les reliefs fossilisés d'une sucrerie à demi fondue et un cendrier ouvert dégorgeant de mégots. À l'exception des pédales, le sol était inaccessible, jonché d'objets et de détritus : boîtes de bière vides, emballages de fast-food, Kleenex usagés, vieux blouson en jeans,

81

cartouches de cigarettes et procès-verbaux pour stationnement interdit jetés devant le siège du passager.

Ange Fraboli alluma une Camel sans filtre. Un vicieux, c'est sûr, le type qui avait fait ça. Sa seule excuse : les fils électriques qui pendaient sous le volant et qui constituaient une véritable invite au brigandage. Ange avait été contraint de les sortir de leur boîtier pour mettre en marche le moteur un jour où la clef de contact s'était cassée dans la serrure. Et depuis, le démarreur était resté en l'état.

Il allait la regretter, cette voiture, elle lui avait rendu de fiers services. Il l'avait achetée pour une somme dérisoire à un Portugais appelé Geraldo Gomes. Celui-ci rentrait au pays et, dans sa précipitation, il avait oublié de raturer la carte grise en la lui cédant. Pour ne pas être en reste, Ange avait omis de signaler le changement de propriétaire à la préfecture. Il ne pouvait se montrer ingrat envers un homme qui s'était séparé de son véhicule avec d'aussi faibles exigences financières. Il tenait à perpétuer son souvenir. Lorsque des agents de police l'arrêtaient pour un contrôle, il se présentait infailliblement comme Geraldo Gomes, 12, rue des Gestes, demandeur d'emploi. C'était un grand sentimental.

Cela lui permettait, en outre, de conserver des relations courtoises avec les représentants de l'autorité. Il soutenait leurs interrogatoires d'un air respectueux et soumis. Il montrait la carte grise du Portugais en s'excusant d'avoir oublié ses papiers. Généralement, après vérification de la provenance de la voiture, il s'en tirait avec une convocation au commissariat quelques jours plus tard et l'obligation de présenter un véhicule remis à neuf et des pièces d'identité au complet. Bien entendu, il ne s'y rendait jamais.

À présent, il n'avait plus son engin, et c'était embêtant. Il restait sur le trottoir à se demander quel parti adopter. Ses cheveux châtains gominés et son front fuyant lui donnaient un faux air de fouine. Un double menton servait de fondations à la moue boudeuse de sa bouche. Il avait un visage étonnamment replet pour un corps aussi longiligne. Sa veste en cuir râpé, son pantalon sombre et filiforme et ses chaussures en daim achevaient de composer son personnage d'échalas inquiétant et décontracté. Il tira une longue bouffée de sa cigarette et rejeta la fumée avec lenteur. Derrière lui, dans la boucherie, il sentit qu'on l'observait. Il évita de se retourner et conserva une attitude dégagée.

Oui, c'était embêtant. À cause des chiens et des chats. Il n'allait plus pouvoir les enfermer dans le coffre. Il ne pourrait plus les loger dans les petits casiers à lapins qu'il avait récupérés à la campagne et qu'il avait installés à l'arrière. Grâce à eux, il lui arrivait de transporter jusqu'à six bestioles en même temps. Le tout dans la plus parfaite discrétion. C'était important la discrétion. Dans son métier, elle constituait même une garantie de survie commerciale. Car Ange Fraboli était voleur d'animaux domestiques. Une activité comme une autre dans laquelle il avait acquis un certain savoir-faire et qu'il exerçait avec une irréprochable conscience professionnelle, bien qu'il détestât les bêtes et qu'il en eût peur. Son gibier la plupart du temps le sentait et ne lui manifestait qu'une compassion très mitigée. Aussi, lorsqu'il travaillait, s'était-il résolu à porter des gants de manutentionnaire en cuir renforcé. Ils atténuaient la douleur des morsures, mais ne l'aidaient guère à passer inaperçu : il lui fallait marcher les poings dans les poches pour ne pas attirer l'attention.

« Ils vous l'ont prise vers quatre heures. Ça a fait un sacré rambail ! »

Ange se retourna pour voir à qui appartenait cette voix au fort accent méridional qui venait interrompre le cours de ses pensées.

« Ils vous l'ont prise vers quatre heures. J'ai tout vu derrière la vitrine. »

C'était un grand type à la mine joviale, costaud comme un fût de chêne, au coffre emballé dans un grand tablier de coton blanc, souillé de traces de sang séché. Luciano le boucher sortait à grands pas de sa boutique, ravi de l'information qu'il colportait.

« C'est deux flics en civil qui se sont arrêtés. Y en a un qui est inspecteur, je crois, parce que l'autre l'a appelé "inspecteur". Un petit brun avec de fines moustaches et les yeux qui partent dans tous les sens. Y se sont arrêtés pour regarder la voiture en rigolant. Faut dire que votre voiture, hein, elle est pas ordinaire ! Alors, ils ont fait le tour en continuant à se marrer, comme ça, et puis tout d'un coup, ils ont plus rigolé du tout. Y en a un qu'a montré à l'autre quelque chose à travers la vitre et ils ont ouvert la portière. Faut dire que vous, punaise ! les pévés, y vous font pas mal ! Ils les ont comptés, mais y en avait tellement que le petit inspecteur, là, il est devenu tout rouge avec ses moustaches toutes droites et y s'est mis à rouler des billes pas possibles. Ils ont appelé leurs collègues avec le radio-téléphone et des agents sont arrivés avec la fourrière et vous ont emporté la voiture. C'était y a pas une heure, vers quatre heures, je vous dis. »

De toute évidence, l'événement, qui devait égayer la vie morne du quartier, le réjouissait au plus haut point. En expirant un nuage de fumée, Ange esquissa un sourire ironique. Il avait perdu sa voiture, mais au moins il s'amusait. Il imaginait le nom de Geraldo Gomes affiché dans tous les commissariats de France et de Navarre, recherché par toutes les polices pour non-paiement de contraventions, sa tête mise à prix pour un montant astronomique. Un record dans l'histoire du filoutage de petite voirie, un cas d'école pour élèves plantons, la terreur des patrouilles motorisées ! Geraldo Gomes qui découpait à cette heure des écorces de chênes-lièges dans les forêts de Setubàl ! Il avait intérêt à ne plus s'aventurer de sitôt par ici, l'ami portugais, s'il ne voulait pas allonger la liste déjà longue des erreurs judiciaires et des procès boiteux ! *Persona non grata*, le Geraldo Gomes ! Triquard à vie sur le territoire français ! Arh ! Arh ! Ahr ! Les côtes d'Ange Fraboli étaient soulevées par des hoquets de rire.

« Pour la récupérer, ça va être coton ! Entre l'amende, le prix de la fourrière et celui des pévés, ça va vous coûter plus cher que la voiture ! » s'esclaffa Luciano le boucher. Voyant que son interlocuteur prenait bien sa mésaventure, il laissait éclater sa bonhomie naturelle et se tapait sur les cuisses en découvrant ses grandes dents.

« Ouais, articula Ange en riant, ils peuvent se la garder, ma chignole. Je la leur donne ! » Il jeta négligemment le mégot de sa Camel et l'écrasa sous la semelle de sa chaussure.

« Alors ça, c'est pas mal ! s'exclama Luciano. Vous allez pas la récupérer ? » Il demeurait interdit, entre la gaieté et la perplexité, un sourire hésitant sur ses lèvres charnues. Il ne savait pas s'il devait trouver l'anecdote cocasse ou s'en montrer choqué. C'est vrai qu'elle ne valait pas grand-chose, cette charrette, mais une voiture tout de même !

« La récupérer ? Et pour quoi faire ? répondit Ange. D'ailleurs, pour y aller, il me faudrait une tire, non ? Et j'en ai plus. » Il renifla un grand coup et cracha sur le goudron. « Allez, salut. » Il traversa la rue avec désinvolture en tirant de son paquet une nouvelle cigarette.

« Alors ça, c'est pas mal ! » répéta Luciano en le regardant s'éloigner.

*
* *

Le chat blanc se passa la patte sur le museau pour lisser ses fines moustaches. Dans la petite cuisine, sa robe soyeuse tranchait magnifiquement sur les carreaux de terre cuite rouge. Dans une pose très digne, le port de tête presque hautain, il faisait face à huit cages de bois dont trois seulement étaient occupées. La première était habitée par un caniche noir et chevelu qui pleurait sourdement derrière du grillage à poules. La seconde et la dernière contenaient deux chats, l'un isabelle, l'autre tigré, qui semblaient accepter leur captivité avec davantage de philosophie. Les yeux mi-clos, les trois félins tenaient un conciliabule, préparant quelque projet d'évasion dont celui d'entre eux qui n'était pas sous les verrous devait être l'instigateur.

Le caniche poussa un jappement de désespoir suivi d'un profond soupir. Le museau aplati sur le plancher de sa prison, les oreilles étalées en corolle autour de la tête comme de longs cheveux féminins, il levait vers le ciel des yeux noisette suppliants et embués de larmes. Bernadette Soubirous contemplant la Madone. Le chat blanc se tourna vers lui, le toisa un moment avec un air de dégoût, puis revint à ses comparses et à son plan de cavale. Plus loin dans l'appartement, une clef joua dans une serrure. Il y eut un claquement sec et des bruits de pas amortis par une moquette bon marché. Le chat blanc dressa l'oreille, bondit sur la table où traînaient les reliefs d'un maigre repas et s'éclipsa par la fenêtre ouverte. Ange Fraboli entra dans la pièce en maugréant, son courrier entre les doigts.

« Fichue journée, fichue journée, fi-chue jour-née ! »

D'une main recouverte de bagues gothiques où les têtes de mort rivalisaient avec les diables cornus, il se massait la mâchoire inférieure qui rougeoyait du côté gauche. De ce point névralgique qui commençait à enfler, la douleur rayonnait par vagues sur tout son visage. Il posa sans les ouvrir ses lettres sur la table au milieu des miettes de pain et se laissa tomber sur une chaise. Dans sa cage, Bernadette Soubirous tenta une opération de diversion. Son instinct lui recommandait d'essayer d'attendrir son geôlier. Le caniche poussa un cri de supplication à arracher des larmes à un instructeur de la Légion étrangère. Il jeta vers l'homme un regard implorant, la tête entre les pattes, le corps bien aplati sur le sol, dans une position de soumission strictement réglementaire. Le tableau était déchirant. Pour toute réponse, il reçut un coup de pied sur la truffe qui lui fit pousser un kiaï pathétique et s'écraser définitivement sur la carpette. La forme du pied était restée imprimée dans le grillage. Ange Fraboli ne lui avait pas accordé un regard.

Il n'était pas d'humeur à faire risette. Il grimaçait en songeant au coup qu'il venait lui-même de recevoir. Les risques du métier, il en convenait. Mais ce n'était jamais très agréable. Il avait à peine fait son deuil de sa voiture, lorsqu'il avait repéré dans la grande rue Nazareth un teckel solitaire qui semblait en mal d'affection. Il s'était dépêché d'enfiler les gants qu'il portait toujours sur lui. Il avait pris cette précaution plus par habitude que par nécessité, car les teckels, il le savait d'expérience, font partie de ces chiens forts en gueule qui aboient beaucoup et ne mordent jamais. Si d'aventure ils avaient reçu une formation de combat sous la férule d'un maître ombrageux, leurs courtes pattes et leur manque de souplesse rédhibitoire les condamnaient à de vaines gesticulations une fois qu'ils étaient saisis. Il suffisait de leur poser habilement les deux mains de part et d'autre des côtes en serrant assez fort pour que ces malheureuses saucisses ambulantes offrent le spectacle impayable de leurs frénétiques et inutiles contorsions. Ange Fraboli aimait les teckels. C'étaient des chiens coopératifs.

Celui-là se dandinait tranquillement et urinait d'un air satisfait sur chaque auréole du trottoir. Ange se félicitait de l'aubaine. Un gibier facile, aisé à camoufler, voilà qui le dédommagerait de la perte de son véhicule. Il s'était approché avec une lenteur calculée, les mains dans les poches, jetant à droite et à gauche des coups d'œil discrets. Arrivé à la hauteur du teckel, il s'en était emparé avec l'agilité fulgurante d'un chasseur de vipères. L'animal n'avait pas bougé. Ange l'avait glissé contre sa poitrine, dissimulé à l'intérieur de sa veste et il avait fait demi-tour. Visiblement heureux de ce qu'il prenait pour une manifestation de tendresse, le chien lui avait léché le cou. Son ravisseur en avait été écœuré. Impossible pourtant de porter le clebs à bout de bras ou de le fourrer dans le coffre de la voiture qu'il n'avait plus. Il avait fallu endurer l'épreuve de cette langue gluante, réparant consciencieusement ses carences hygiéniques, effaçant derrière les oreilles des sédimentations de crasse qu'Ange avait mis plusieurs jours à constituer.

Le chien entreprenant de lui enduire le visage d'un masque gras de salive, il avait pressé le pas. Il s'apprêtait à tourner au coin de la rue, lorsqu'il avait été intercepté par une petite vieille, portant tablier synthétique, bas noirs et fichu. Elle lui barrait la route en brandissant un grand sac à main de forme trapézoïdale surmonté de poignées longues comme des courroies de ventilateur.

« Macarin' ! Mais c'est qu'il me vole Mistouille, cette fouzègue ! »

Elle lui avait attrapé le bras de ses doigts secs et noueux et avait commencé de le secouer.

« Tu vas le lâcher, espèce de mal ensaqué ! Au secours ! Au secours ! Il veut me le roustir ! »

Ange avait hésité une seconde de trop. Il avait reçu au visage un choc violent qui lui avait fait penser que la vieille était munie d'un coup-de-poing américain. Avec la chance qu'il avait, c'était probablement une ancienne championne de savate ou de lutte gréco-romaine. Elle allait lui offrir un aller simple pour le service de réanimation le plus proche. Il se voyait déjà tentant de parer les coups précis de ce lutteur des hospices, succombant devant le rouleau compresseur de la mémé en kimono, gisant bientôt sur le trottoir, les bras en croix devant le troisième âge triomphant, sous les applaudissements d'une foule vindicative. Mais non. C'était le sac qu'elle lui avait collé en travers de la figure avec toute l'énergie que donne à une maman la vision de sa progéniture menacée. Ange avait étouffé un gémissement et porté les mains à la tête, laissant choir le teckel qui n'y comprenait goutte. Le fermoir et la boucle dorée de l'attache s'étaient incrustés dans sa joue et lui avaient fait affreusement mal.

« Voyou ! Tu mériterais une trempe ! » criait-elle de sa voix suraiguë en le menaçant encore de son arme défensive. Ange, qui avait son compte et craignait qu'elle n'ameute le quartier, avait voulu s'en aller. Cependant elle, ne le lâchait pas. Voûtée et sèche comme un haricot, elle secouait ce grand dadais vêtu de noir qui se protégeait le visage des deux mains. Sur les doigts de celui-ci, quelques mèches de cheveux gominés retombaient en désordre et dansaient misérablement. Par bonheur, le teckel effrayé avait fini par prendre la poudre d'escampette, ce qui avait mis un terme à la fulmination de la vieille. Elle s'était lancée à sa poursuite. « Mistouille ! Mistouille ! Viens ici ! » Et Ange, défiguré, s'était hâté de rentrer.

*
* *

Posté sur une avancée du toit, Verna regardait Ange Fraboli par la fenêtre de la cuisine. Il connaissait cet homme. Il l'avait vu un soir, il s'en souvenait très bien. Il était avec Knult sous le porche de l'immeuble où le chien avait élu domicile. Ils regardaient la vie s'écouler : quelques voitures, des promeneurs d'après-dîner, un ou deux chiens tenus en laisse. Le jour tombait. C'était ce moment incertain où, dans le clair-obscur qui suit le coucher du soleil, toutes les figures de la civilisation paraissent se confondre avant que ne s'allument les premiers réverbères. Pour les chats et les chiens, c'est l'heure où le moindre tressaillement dans l'ombre attire le regard, où la pénombre fourmille de détails passionnants.

Confortablement installés sous les boîtes aux lettres, dans le recoin près de l'ancienne loge du concierge, les deux amis attendaient de passer aux choses sérieuses. Verna venait de repérer dans les ténèbres du soupirail d'en face un frémissement des plus excitants. Il lui annonçait un délicieux divertissement pour le début de soirée. À son côté, Knult méditait vigoureusement. De puissantes vibrations faisaient entrer ses moustaches en résonance avec sa cloison nasale. Le crâne échevelé, écrasé entre ses pattes antérieures, il ronflait comme un buffle.

Cet abandon de soi faillit lui coûter cher. Verna vit bientôt fondre sur eux un individu patibulaire. Il était de grande taille, vêtu de noir. Sur le dessus d'une tête au museau de musaraigne, il portait de longs poils tout collés vers l'arrière. Il marchait à grands pas, précédé d'une odeur corporelle répugnante. Le chat eut le temps de s'esquiver sous une voiture qui stationnait dans la cour. Mais Knult, surpris dans son sommeil, n'eut pas cette chance. Le bonhomme, qui n'était pas animé d'intentions pacifiques, extirpa des poches de sa veste deux battoirs gigantesques gantés de cuir. Il se courba vivement et saisit Knult qui, se réveillant, poussa un cri de surprise. Il l'avait empoigné avec vigueur par la peau grasse du cou pour contrôler les mouvements de sa tête. De l'autre main, il prévoyait probablement de l'attraper par l'arrière-train pour l'emporter à bout de bras. Il n'en eut pas le loisir. Knult appliqua sa méthode défensive pour situations de crise. Une technique redoutable qui avait souvent fait ses preuves et qui décourageait les importuns : il roula sur le dos et se mit à pédaler.

Dans l'attitude du chien maladroit toujours prêt pour la grosse rigolade, il excellait. Ses oreilles rouges balayaient le pavé derrière sa tête, tandis que ses babines emportées par leur propre poids se mettaient à pendre, découvrant des crocs rieurs ainsi qu'une énorme langue rose et savonneuse. Son agresseur, déconcerté, lâcha sa nuque. Son visage de fouine se crispa. Le retournement du chien avait imprimé à son poignet un douloureux mouvement de torsion. Il essaya sans succès de maîtriser les pattes massives qui battaient l'air. Knult faisait mine de prendre le pugilat pour un jeu et, hilare, redoublait ses mouvements de pédalage. Il paraissait s'amuser merveilleusement. L'homme appréciait moins. Il avait le visage cramoisi et jurait. À chaque tentative, il prenait des coups de griffe qui lui auraient vingt fois arraché les mains s'il n'avait eu l'heureuse idée de les protéger.

Tout cela ne dura que quelques secondes. Le malfaiteur craignit sans doute que quelqu'un ne vînt, car il jeta des regards furtifs de tous côtés, puis il plaqua brutalement Knult au sol, un poing sur son poitrail, tandis qu'il sortait de sa poche une petite corde. Voyant que les événements prenaient une tournure peu négociable, le chien se résolut à user d'une arme qu'il n'employait d'ordinaire qu'en toute dernière extrémité : il se mit à pisser. L'individu reçut sur le pantalon et la chemise de longs jets d'urine que Knult, avec une maîtrise parfaite, émettait de manière intermittente pour en contrôler la portée et l'angle de tir. L'homme se redressa dans un sursaut de dégoût. Ses vêtements noirs étaient maculés de taches. Il se recula en vociférant et s'enfuit après avoir menacé Knult de représailles.

À présent, il était là, chez lui, sous les yeux de Verna. Le petit chat l'observait derrière la vitre. Il avait le cœur tranquille. Il avait retrouvé le malfrat et celui-ci ne perdait rien pour attendre.

*
*   *

La joue mortifiée d'Ange Fraboli avait adopté les contours impressionnants d'une pastèque. Pour la couleur, elle évoquait plutôt son contenu. L'hématome avait pris une teinte rouge foncé avec des nervures mauves sur son point culminant et quelques éraflures carmin sur le côté. Ange ressassait son infortune. Il avait des élancements dans toute la mâchoire et pas une pommade pour calmer la douleur. Sa trousse de premier secours était restée dans le coffre de la voiture. Il y avait tout là-dedans : pansements, désinfectant, potions analgésiques, lassos, muselières, tranquillisants, appâts en tout genre, tout, tout, tout. Il pensa avec hargne que ce matériel précieux était perdu et qu'il allait falloir le reconstituer. En attendant, il devrait travailler comme un amateur, sans outils, sans organisation, à la petite semaine. Sa conscience professionnelle s'en offusquait.

Il se leva pour préparer une compresse d'eau chaude. Il prit un torchon à la propreté douteuse qu'il passa sous le robinet et l'appliqua avec délicatesse sous sa pommette. Derrière leurs barreaux, les chats ne le quittaient pas des yeux. Le caniche Bernadette Soubirous, qui avait momentanément interrompu ses lamentations, ronflait, couché sur le flanc. Ange revint s'asseoir et se souvint du courrier qu'il n'avait pas décacheté. Une lettre de sa sœur qui lui racontait ses vacances dans le Massif central et les moindres faits et gestes de ses mioches. Poubelle. Un avis de son banquier qui lui proposait un nouveau rééchelonnement de ses dettes. Poubelle. Une relance pour le paiement du magnétoscope acheté à crédit le mois dernier. Poubelle. Une lettre comminatoire de sa propriétaire, Mme Estrouffigue. Ah ! Enfin quelque chose de drôle ! Il alluma une Camel, tira une longue bouffée et commença la lecture.

« Mon cher petit,

« Votre loyer demeure impayé depuis trois mois. Malgré mes demandes verbales toutes empreintes de douceur et deux magnifiques lettres restées sans réponse, vous n'avez toujours pas fait le nécessaire pour vous acquitter de vos petits devoirs comme je m'acquitte des miens, ce qui me fait beaucoup de peine. Vous savez combien vous m'êtes sympathique et je crois vous avoir montré que je vous considérais comme un fils. Vous connaissez, d'ailleurs, l'affection que j'éprouve envers l'ensemble de mes locataires qui sont un peu mes enfants, logés çà et là dans mon quartier. J'ai pour les uns et les autres une affection toute maternelle et je suis heureuse de pouvoir veiller sur cette grande famille, de connaître les soucis et les joies de chacun, de participer à vos succès, d'aider ceux d'entre vous qui traversent des passes difficiles dans la mesure de mes possibilités.

« Mais vous comprendrez, j'en suis certaine, que mon amour pour vous tous a des limites que m'imposent des contraintes purement matérielles. Or il se trouve précisément que ces limites n'excèdent pas trois mois d'impayés. Imaginez ce que deviendraient les autres locataires qui comptent sur mon réconfort et sur mes prévenances, si j'étais conduite à la ruine pour avoir été trop complaisante à votre égard ! Et tous ceux qui pourraient à votre place bénéficier de cette atmosphère aimante et chaleureuse que je m'emploie à faire régner sur la moitié du centre-ville, y avez-vous songé ? Je m'étonne que le sort de ces défavorisés dont vous mettez en danger les chances de bonheur ne vous soit pas venu à l'esprit. J'ai peine à croire que la désolation que vous vous apprêtez à semer sur votre passage vous échappe. Votre irrémissible égoïsme me consterne et me plonge dans une souffrance morale où le dégoût le dispute au chagrin. Je ne puis plus ouvrir mon livre de comptes sans me rappeler votre cynisme et alors je frôle l'évanouissement. Vous êtes un monstre.

« Vous me faites horreur. Je prie le Ciel de vous indiquer la voie du repentir et votre carnet de chèques. Réglez-moi votre dû au plus vite. Car je crains que les flammes de l'enfer ne vous happent et ne vous rôtissent de façon imminente.

« Pensées affectueuses,

« Madame Estrouffigue. »

Ange posa la lettre et expulsa un nuage de fumée qu'il regarda moutonner sous ses yeux. Mme Estrouffigue ! Il l'imaginait rédiger son courrier et briser sur le papier une demi-douzaine de crayons avant d'en terminer la rédaction. Elle avait des menottes d'haltérophile. La jointure de ses doigts s'en souvenait encore. Quand il la rencontrait, il prétendait à présent qu'une dermatose prurigineuse lui interdisait de sortir les mains de ses poches. L'excuse était formidable. Il l'utilisait aussi quand il voulait cacher ses gants. Cependant l'astuce avait ses inconvénients : les filles, une fois informées, devenaient nerveuses et consentaient difficilement à lui parler en l'absence d'hygiaphone. Bah ! Toutes des oies de toute façon.

La cigarette au bec, il passa les doigts dans ses cheveux gominés et les essuya sur sa cuisse. Il avait l'habitude des missives menaçantes de sa propriétaire. Depuis quatre ans qu'il habitait chez elle, il aurait pu en constituer une superbe collection : billets tendres « pour prendre des nouvelles », lettres de reproches débordantes de courroux, notes caressantes et habiles, avertissements sans frais, circulaires informatives, urgences télégraphiques, larmoiements épistolaires, derniers avis avant poursuite, etc. Cette correspondance torrentielle n'exerçait pas de prise sur lui. Il avait le chic pour ne payer qu'à contretemps, obtenir des délais moratoires, négocier des remises de dettes ou faire effacer ses ardoises par lassitude. Cela lui rendait Mme Estrouffigue sympathique, mais diminuait son estime pour ses méthodes de travail. S'il avait été à sa place, il aurait pris moins de détours : les représailles auraient été immédiates et massives.

Enfin ! Ce n'était pas à lui d'apprendre à la vieille comment gérer son patrimoine. D'autant qu'à sa connaissance, il était le seul à faire des difficultés sur le règlement. Les autres locataires, qu'elle inondait de lettres, la craignaient comme la peste et préféraient payer rubis sur l'ongle plutôt que prendre le risque d'intensifier un harcèlement épistolaire déjà épuisant. Ange jugeait donc prudent de garder pour lui son savoir-faire dans le recouvrement des créances, quitte à laisser son génie commercial inexploité. Rien ne l'assurait qu'un de ces jours Mme Estrouffigue ne finirait pas par mettre en branle une procédure d'expulsion. En y songeant, il fut soudain pris d'un doute. Il posa sa cigarette et relut la lettre qu'il tenait du bout des doigts.

Ahr ! Ahr ! C'était pas demain la veille !

*
*   *

L'inspecteur Moskato soupira. Il alluma son ordinateur, un portable qui émettait un bruit de tondeuse à gazon. Il était obsolète, bien sûr. Complètement dépassé depuis belle lurette. Dans la police, il était de règle que tout soit toujours obsolète. L'écran répandit dans la pièce un halo de lumière bleutée. Un petit personnage de western esquissa quelques pas de *square dance* avec une donzelle en robe à frous-frous. Sans prévenir, le cow-boy se retourna et dégaina deux énormes pistolets dont il vida les chargeurs en direction de l'inspecteur dans un nuage de fumée. C'était le rituel de bienvenue. Un instant plus tard, une série d'icônes noir, blanc et gris, s'affichaient sur l'écran. L'inspecteur Moskato ouvrit le fichier frappé d'une tête de chien sous laquelle figurait la mention : « Trafic d'animaux ». Il y eut une hésitation, un bruit semblable au grincement des rouages d'une presse d'imprimerie. La machine peinait. Enfin, un éclair pâle anima le fond bleu et celui-ci fut recouvert par une page blanche striée de lignes minuscules. L'inspecteur Moskato les relut en plissant les yeux.

FAITS RELATIFS À LA DISPARITION D'ANIMAUX DOMESTIQUES

Période : deux dernières années.

Périmètre : centre-ville, quartier commercial, vieille ville.

Plaintes déposées : 43.

Motif : disparition soudaine de chiens et de chats.

Allégations des plaignants : enlèvement crapuleux (21 plaintes), vengeance de voisinage (9 plaintes), règlement de comptes familial (6 plaintes), grand banditisme

(4 plaintes), terrorisme international (2 plaintes), esprit malfaisant de Mme Estrouffigue (1 plainte).

Témoignage direct : néant.

Preuves : néant.

Indices : 8 laisses sectionnées, 4 manteaux en laine pour chiens de petite taille retrouvés sur la chaussée, 3 lettres d'associations de protection animalière réclamant l'ouverture d'une enquête, 27 lettres anonymes de dénonciation (dont 5 familiales, 8 de voisinage et 14 relatives à Mme Estrouffigue).

Hypothèse n° 1 : esprit malfaisant de Mme Estrouffigue.

Hypothèse n° 2 : trafic organisé d'animaux domestiques.

Probabilité de l'hypothèse n° 1 (après vérification) : néant.

Probabilité de l'hypothèse n° 2 (au vu des indices) : faible.

Opportunité d'ouvrir une enquête : aucune.

Conclusion : affaire classée.

Un tic nerveux agita le visage de l'inspecteur Moskato. Ses doigts se mirent à courir sur le clavier de l'ordinateur. Sur l'écran, le nombre de plaintes déposées augmenta de 43 à 44. La rubrique des indices s'enrichit d'« os en plastique abandonné au milieu d'un jardin ». Un indice d'une importance capitale. Un indice à remettre en cause les techniques les plus sophistiquées en matière d'investigation criminelle. De quoi revenir aux sources de l'intuition policière. Parce que l'intuition, c'était son truc à l'inspecteur Moskato. Et avec l'os en plastique, de l'intuition, il lui en venait par paquets. Des quantités phénoménales. Il faut avouer qu'il n'y avait rien de plus terrible que de voir ça, cette désolation, cet os perdu autour duquel rien ne gambadait plus. La vie semblait s'être retirée de ce petit coin d'herbe dans l'une des cours de la rue Perchepinte. C'était à vous fendre le cœur. Les yeux de l'inspecteur Moskato s'embuèrent. Il s'empressa de pianoter pour reprendre ses esprits. La probabilité de l'hypothèse n° 2 passa de « faible » à « forte ». La mention « opportunité d'ouvrir une enquête » vit le mot « aucune » disparaître. Le mot « maximale » le remplaça.

L'inspecteur Moskato lissa les fines moustaches qui ornaient sa lèvre supérieure. Et comment qu'il allait l'ouvrir, cette enquête ! Ça n'allait pas traîner ! Il le retrouverait, son Petit-Bernard, son Bernie, son Bernardino. Un caniche magnifique, noir avec des yeux vifs et de longues oreilles qui tombaient sur ses épaules comme des cheveux féminins, soyeux et bouclés. Et intelligent ! Fidèle ! Un chien exceptionnel. Trois jours qu'il avait disparu. Il était sorti dans le jardin comme tous les soirs. Il avait emporté son os en plastique rouge dans la gueule. Et puis, il n'était pas rentré. Il n'avait pas pleurniché derrière la porte. L'inspecteur Moskato n'avait pas eu à s'extirper en grommelant du fauteuil où il compulsait ses Dalloz.

Au bout d'un moment, une inquiétude confuse l'avait tiré de ses lectures juridiques. Il s'était souvenu que l'animal était dehors depuis longtemps et qu'il était anormal qu'il ne se fût pas déjà manifesté. Inquiet, il était allé sur le perron et n'avait vu que ça, cet os en plastique sur le gazon désert. Ce simple détail introduisait une tension dramatique insoutenable dans ce tableau paisible, dans l'image de la pelouse baignée par la lumière crépusculaire du réverbère. Il avait d'abord cru que le chien s'était échappé, qu'il allait revenir ou qu'on le lui ramènerait. À tout hasard, il avait placardé dans le quartier des affichettes où, sous la photo de Petit-Bernard, il indiquait son numéro de téléphone et promettait une récompense à qui le lui retrouverait. De nos jours, il n'y avait que les chasseurs de primes pour rendre service à leur prochain.

À la réflexion, l'inspecteur Moskato s'était dit que Petit-Bernard n'avait pas pu s'enfuir sans emporter son os. Ce n'était pas dans ses manières. Il ne s'en séparait jamais. Il lui fallait toujours vous le poser sur le pied ou entre les jambes dans l'attente frémissante et anxieuse que vous consentiez à le lui lancer quelque part, n'importe où, pourvu qu'il puisse cavaler après et le ramener triomphalement en faisant des bonds de cabri. Il passait son temps à attendre qu'on lui lance son os ou quelque chose. Il était pas croyable, ce chien. Le bout de queue frétillant, le regard par en dessous, la trombine concentrée, il piétinait du matin au soir comme un joueur de tennis attendant le service de l'adversaire. Il tenait une forme physique étonnante, toujours sur la brèche, toujours partant pour la compétition sportive. Quel chien fantastique ! C'était une chienne, d'ailleurs. Petit-Bernard, elle s'appelait. D'habitude, l'inspecteur trouvait ça plutôt drôle. Mais ce jour-là, il n'avait plus envie de rire.

Son flair de limier l'avait convaincu que Petit-Bernard avait été volé. C'était presque dans l'ordre des choses. Une bête pareille ne pouvait faire que des envieux. Un fait nouveau avait confirmé cette hypothèse. Dans l'après-midi, il avait embarqué une épave en stationnement interdit. Un nombre impressionnant de pévés impayés, abandonnés sur le tapis de sol, avaient attiré son attention. Arrivé à la fourrière, il avait demandé aux agents d'ouvrir le coffre et on avait trouvé à l'intérieur quatre cages artisanales, plusieurs laisses, des chaînes, des muselières ainsi qu'un arsenal d'instruments destinés de toute évidence à la capture des grands fauves. Seule la présence de bourres de poils de chats et de chiens accrochées à la moquette indiquait que le gibier était domestique.

L'inspecteur avait immédiatement perçu l'importance de sa découverte. Il était tombé sur l'un des membres du réseau dont parlait la rumeur publique. Les grandes affaires policières sont souvent le fruit du hasard. Il avait repris espoir en songeant que Petit-Bernard pouvait être sauvé. Il était rentré promptement au commissariat et l'avait traversé jusqu'à son bureau sans parler à personne. Il consignait à présent les événements du jour dans son dossier. À la fin du document, il ajouta quelques mots qui donnèrent à son rapport la dimension d'une enquête criminelle de portée internationale. Suspect identifié : Geraldo Gomes, ressortissant portugais, domicilié 12, rue des Gestes, propriétaire du véhicule vraisemblablement utilisé pour le transport hors frontières des animaux volés et du matériel utilisé pour leur capture. Fonction au sein du réseau : encore inconnue. Chef de bande, exécutant ou simple passeur.

Il relut les lignes qu'il venait d'écrire. Un frisson parcourut ses épaules. Il se sentait furet sur le point de lever un lièvre, approchant le gîte où celui-ci se terre dans l'ignorance de l'imminente curée. Stimulé par l'accélération que venait de connaître son affaire, il décida d'ajouter quelques détails pour parfaire son texte. Traits caractéristiques : fume des Camel sans filtre, boit de la bière, utilise des Kleenex, porte un vieux blouson en jeans oublié dans son véhicule.

Magnifique ! Un chef-œuvre de rapport ! Il se rengorgea. Cette fois, il allait réussir un coup retentissant ! Après ça, le patron ne pourrait plus lui refuser le congé pour formation qu'il demandait depuis des années. Pour entrer à l'école d'avocats, il en avait besoin. L'école d'avocats, c'était le rêve de l'inspecteur Moskato. Il avait choisi la police par réaction familiale, pour s'opposer à son père qui était gendarme et qui considérait les flics comme la lie de l'humanité. Toutefois, il ne détestait pas son métier, il ne fallait pas croire. Il accomplissait son travail avec diligence et scrupules. Il lui arrivait de revenir au commissariat en dehors des heures de service pour relire une déposition ou peaufiner un rapport. Il prenait avec lui Petit-Bernard, caché au fond d'un grand sac de sport. Dans son bureau, il lui intimait l'ordre de se coucher et de se tenir tranquille. Le chien l'écoutait d'un air attentif. Il s'allongeait sous la table et posait sa tête frisottée entre ses pattes rigoureusement parallèles. Le fait est qu'il ne bougeait pas. Il se contentait de hurler comme une génisse chaque fois qu'on passait dans le couloir.

L'inspecteur Moskato ne s'en effrayait pas. L'introduction d'animaux familiers dans les locaux professionnels ne faisait pas partie des avantages acquis des personnels de police, mais il était convaincu que la porte vitrée du bureau constituait un rempart suffisant et que, si l'on exceptait Georges, son binôme qui était dans la confidence, la présence du chien était demeurée inaperçue dans la maison. En réalité, tout le monde le savait. Cependant comme chacun s'en moquait et que l'inspecteur passait pour un dingue, l'infraction au règlement n'était pas très dommageable. Cette petite faiblesse mise à part, l'inspecteur Moskato était un modèle d'honnêteté et de méticulosité. Avec lui, le travail était toujours impeccable. Et comme ses dossiers n'aboutissaient jamais, les affaires étaient toujours impeccablement classées. Il faisait la fierté de ses chefs.

Il fut tiré de ses méditations par des éclats de voix à la sonorité désagréable. Dans le couloir, on entendait piailler. L'écran de son ordinateur était maintenant occupé par des garçons vachers qui se battaient en duel dans un village du Far West. Chaque fois que l'un d'eux tombait dans la boue, un autre surgissait pour prendre sa place et la pétarade recommençait. L'inspecteur Moskato s'était laissé emporter par ses rêves. Il avait pourtant du pain sur la planche. Le réseau de trafiquants était loin d'être démantelé. L'infâme n'avait pas mordu la poussière. Petit-Bernard était dans les fers.

L'inspecteur fit disparaître le tableau animé et commanda l'extinction de l'ordinateur. Il ouvrit le tiroir du bureau métallique et regarda son revolver de fonction. Devait-il le prendre ? Il ne raffolait pas des armes, ça allait à l'encontre de ses principes, il pouvait blesser quelqu'un. Tout de même, l'affaire était risquée. Il y avait peut-être du danger. Ses fines moustaches noires s'étirèrent, entraînées par la grimace dubitative de sa bouche. Tant pis, on verrait bien ! Ce serait peut-être un carnage, il y aurait du sang partout. Mais ils l'avaient cherché. Il ne fallait pas s'en prendre à Petit-Bernard. Il saisit le revolver et l'enfouit dans sa poche. De toute façon, il n'était jamais chargé.

L'inspecteur se leva. Il savait ce qu'il avait à faire. 12, rue des Gestes, il y avait un suspect à interpeller. Un type qui n'avait plus que ses pieds pour véhicule. Il prit ses clefs et ouvrit la porte du bureau. Dans le couloir, le vacarme continuait. Une petite vieille desséchée aux cheveux blancs noués en chignon et à la mâchoire prognathe prenait le patron à partie. Son visage était ridé comme une pomme fanée. Ses yeux enfoncés étaient ardents et sombres. Elle tenait d'une main un teckel ahuri et de l'autre un sac à main d'une taille invraisemblable. Elle criaillait d'une voix stridente qui agressait les tympans de son interlocuteur.

« Mais puisque je vous dis, monsieur le commissaire, que je l'ai vu, ce grandasse, comme je vous vois ! Un voyou, un bon à rien ! Il a essayé de me voler mon chien. Ce pauvre Mistouille en est encore tout patraque ! Il faut l'arrêter, monsieur le commissaire ! Je le reconnaîtrais entre mille, cette fouzègue ! »

Le commissaire haussa les épaules. La vieille femme venait deux fois par semaine dénoncer quelqu'un.

« Et comment il s'appelle votre agresseur, madame Moulisse ? »

À l'autre bout du couloir, l'inspecteur Moskato lâcha ses clefs et ne put réprimer un cri :

« Geraldo Gomes ! »

*
*   *

Ding-Dong ! Ange Fraboli se gratta la tête de ses doigts embagousés. Il reposa la lettre de Mme Estrouffigue et tira une longue bouffée de sa cigarette. Il regarda le vieux poste de télévision sur l'étagère du vaisselier. Ding-Dong ! Il faudrait penser à le changer un de ces jours. Il allait finir par rendre l'âme. Le dernier film avait été impossible à regarder tant l'image était mauvaise. Ding-Dong ! Ding-Dong ! Peut-être aussi qu'il change-rait l'antenne. Il achèterait une antenne parabolique. Si ça se trouve, il pourrait l'avoir à crédit. Avec un peu de chance, il recevrait les émissions sur les chaînes ita-liennes. Oui, exactement, une antenne parabolique, c'était ce qu'il lui fallait.

Ding-Dong ! Le type qui sonnait à sa porte renonça et s'éloigna en traînant les pieds. Ange Fraboli ne répon-dait jamais aux types qui sonnaient à sa porte. Une fois sur deux, c'était pour réclamer de l'argent et il n'en avait pas. Et quand il en avait, il préférait l'employer à autre chose qu'à payer ses dettes. Et puis quoi, est-ce que c'était sa faute si la saison avait été mauvaise ? Il n'avait pratiquement rien attrapé sinon un fox teigneux, un loulou épileptique, deux cockers et maintenant ce caniche neurasthénique qui chialait du matin au soir. Ah ! Il était verni, on pouvait le dire ! Il avait eu beau arpenter les trottoirs tout l'été, les occasions avaient été rares. À croire que tous les cabots avaient émigré sur la côte pour cribler les plages de leurs moulages tubulaires, de leurs savants colimaçons. Le chien errant lui-même, ce pain bénit qui se multiplie après les départs en vacances et qui faisait d'ordinaire sa fortune aux beaux jours, avait quasiment disparu. Il n'en avait vu qu'un et si famélique qu'il n'avait osé l'approcher de peur de se faire manger.

Et il ne parlait pas des chats ! Ces bombes hérissées de poils, toujours prêtes à lui péter à la gueule dans un tonnerre d'éclairs griffus. C'était un vrai cauchemar, les chats. Il ne s'en occupait qu'en désespoir de cause, pour ne pas rentrer bredouille. Et encore y allait-il la mort dans l'âme, comme un condamné à la peine capitale hissant des semelles de plomb sur les marches de l'écha-faud. Car ces instants funestes précédaient toujours une lutte sauvage auprès de laquelle les égorgements de chrétiens dans les cirques antiques pouvaient passer pour d'aimables enfantillages. Après ça, il lui fallait des heures pour retrouver ses esprits et une semaine au moins pour reprendre forme humaine.

Ange savait où trouver les chats de gouttière. Ils étaient accessibles la nuit lorsqu'ils sortaient en bandes pour piller les poubelles ou consommer la pâtée que de Bons Samaritains déposaient pour eux sous les voitures en sta-tionnement, du côté de la rue de la Pleau. Il tentait de les approcher sans les alerter à la faveur de leur très prenante activité masticatoire. L'ennui, c'est que par discrétion il devait choisir les ruelles les moins fréquentées et les plus obscures, parfois de véritables venelles où l'on n'y voyait guère et où le gibier avait l'avantage. Les deux derniers chats qu'il avait capturés lui avaient labouré la figure, dessinant sur son front le quadrillage presque parfait d'un jeu de bataille navale. Il avait dû garder la chambre pen-dant huit jours pour ne pas éveiller les soupçons. Il s'en souviendrait de ces abominables bestioles ! Il jeta un regard mauvais aux deux félins qui le fixaient sans bouger dans leurs geôles cubiques.

Oui, le butin était maigre. Les types du labo n'allaient pas lui en donner lourd. Enfin, il disait : les types du labo, mais il ne les avait jamais rencontrés. Il ne traitait qu'avec un intermédiaire. Celui-ci était peu loquace et méfiant. Il prenait d'infinies précautions pour ne pas révéler son identité. Le contact avait lieu dans un bistrot où on pouvait le rencontrer à certaines heures. Les livraisons étaient effectuées de nuit dans une zone industrielle. Le paiement se faisait en petites coupures, discrètement glissées dans une enveloppe. En ces temps de sentimentalisme universel, il ne faisait pas bon s'en prendre aux bêtes. Pas aux insectes, bien sûr, ni à tous les machins répugnants que chacun écrabouille chez soi sans remords. Mais à tout ce qui avait une figure, un semblant de famille, un œil mouillé pour attendrir. Tout ce en quoi l'être humain pouvait se reconnaître sans crainte de rencontrer sa laideur. Les rats, les araignées, les serpents et les lombrics demeuraient exclus de cette compassion diluvienne qui se répandait partout où était parvenue l'œuvre civilisatrice de la télévision. Mais les chiens ! Les chats ! Les ours ! Même les vaches maintenant !

Au fond, ce n'était pas vraiment la vie qu'on s'était mis à respecter avec une passion frénétique (dans ce cas, il aurait fallu prévoir sur les parquets des autoroutes pour les cafards, partager les repas en été avec des escadrilles de guêpes, s'offrir à poil aux moustiques comme des vierges jetées aux lions). C'était plutôt une image complaisante de soi-même sur laquelle on versait à présent et à qui mieux mieux des torrents de larmes. Le sujet était devenu très sensible et, dans l'industrie pharmaceutique, les chercheurs se faisaient des cheveux blancs pour continuer à satisfaire la demande sans attirer l'attention sur leurs méthodes expérimentales.

Ange n'ignorait pas que les animaux qu'il volait finissaient dans un chenil fatal, sur une table d'expérimentation, sous la caresse incisive d'un scalpel ou qu'ils luttaient contre des maladies qui n'étaient pas les leurs sous l'œil scrupuleux d'un laborantin en blouse blanche. Cela ne le dérangeait pas, car il avait la ferme conviction que ces bestioles étaient utiles à la science et qu'il accomplissait dans la clandestinité une mission salutaire à l'humanité.

« Mieux vaut vingt clebs découpés en rondelles qu'un seul être humain souffrant le martyre », avait-il coutume d'affirmer. D'ailleurs, c'était Dieu qui l'avait dit. Il l'avait entendu un dimanche qu'il s'était réfugié dans une église, débraillé et ruisselant de sueur. Il tentait d'éviter une pénible confrontation avec un dogue qui s'était amouraché de son fond de culotte et il n'avait trouvé que cet abri pour lui échapper. Il avait refermé les portes monumentales dans un grand fracas, tandis que le chien éructant tentait de les défoncer en poussant des hurlements d'apocalypse. Tout le monde s'était retourné. C'était la messe. Les aboiements furieux emplissaient la nef. Il y avait eu des mines lugubres et des regards réprobateurs. Ange avait pris un air contrit sans ôter les poings de ses poches. Le prêtre, un grand type énergique d'une quarantaine d'années, avait continué son sermon sans se troubler, gravant au cœur de l'intrus ces paroles divines qui étaient devenues la sentence maîtresse – et unique – de son code personnel : « Dominez sur les poissons de la mer, les oiseaux du ciel et tous les animaux qui rampent sur la terre. »

Certes, Dieu était une abstraction qu'il fréquentait assez peu, quelque chose comme une table de logarithmes égarée sur une étagère, l'axiome d'Euclide ou le théorème de Planck oublié au fond d'un placard, derrière une pile de boîtes de conserve. Mais enfin Dieu, ça se respecte et si l'on n'y pense pas souvent, il suffit que ce soit au moment propice. Chaque fois qu'il vendait un chien ou un chat, si ça se trouve, il sauvait quelqu'un du désespoir, peut-être du suicide, en lui rendant la peau élastique de ses vingt ans. Voilà ce qu'il se disait quand un soupçon de remords s'avisait de tarauder sa conscience (c'est-à-dire lorsque rien d'autre n'était meurtri et que ses proies anormalement dociles le laissaient physiquement désemparé, ne sachant que soigner, cherchant comme à regret d'introuvables blessures).

La cigarette avait fini de se consumer. Ange écrasa le mégot dans une assiette sale où restait une côte de porc décharnée. Sa joue maintenant énorme ne le faisait plus souffrir. Il la voyait émerger, bombée et sombre, à côté de l'aile gauche de son nez. Il saisit un quignon de pain et referma sur lui ses lèvres en cul-de-poule. Bah! La vieille Estrouffigue pouvait bien maronner. Si les choses se gâtaient, s'il lui prenait l'envie de l'expulser et de lui mettre un huissier au derrière, il saurait la voir venir. Et alors, basta! il aurait toujours la solution de déménager de nuit sans laisser d'adresse. Ahr! Ahr! Ahr! Avec le bonjour de Geraldo Gomes! Il laisserait une lettre sur la cheminée, dans laquelle il se confondrait en excuses. Il lui demanderait de prier le Ciel pour que ses immondes péchés lui soient pardonnés : ses loyers impayés, le compteur électrique trafiqué, le trou dans le mur de la cuisine. Ahr! Ahr! Ahr! Il imaginait sans peine sa déconfiture à la mère Estrouffigue, avec son nez à trier les lentilles, sa taille cerclée de fer, sa coiffure en bouilloire renversée! Il était mort de rire. Ahr! Ahr! Ahr! Il passa sa main dans ses cheveux gras et l'essuya sur ses pantalons. À côté de lui, Bernadette Soubirous recommençait à chialer en sourdine.

*
* *

« Voyons, madame Moulisse, ce grandasse, comme vous dites, il était comment au juste ? » Elle s'appelait Moulis, mais dans la région, on disait Moulisse. L'inspecteur Moskato, derrière son bureau, prenait son air le plus affable.

« Pouh ! Il était pas aimaple, macarin' ! J'ai cru qu'il voulait m'estourbir ! » La petite vieille semblait avoir rétréci sur la chaise en chrome et skaï qu'on lui avait offerte. Elle paraissait cassée en deux, avec son teckel sur les genoux et son sac immense qui lui touchait le menton. Elle parlait d'une toute petite voix. « Il avait des yeux de cendre, un vrai regard d'assassin. » L'inspecteur Moskato sentit un frisson grimper le long de son dos.

« Un individu dangereux, madame Moulisse ?

– Et comment ! C'est ce que j'ai dit à M. le commissaire, mais il a pas voulu me croire. Il me croit jamais. Qu'est-ce qu'il est tuile quand même ! Je lui porte une affaire en or, une affaire à tout casser et il m'écoute à peine. Il regarde de côté en faisant des mines ! Ah ! Il me fait peine avec ses gros dossiers et ses airs d'important. C'est pas demain qu'il va se les gagner, ses galons, je peux vous le dire ! Il finira aux automobiles comme le fils de Mame Papaysse qui fait la circulation toute la journée, pauvre garçon. »

L'inspecteur Moskato se dandina dans son fauteuil.

« Et pour en revenir à votre problème, madame Moulisse, ça s'est passé comment ?

– Eh bé, pour tout dire, ce matin, je m'étais sentie cabourle.

– Ah.

– Voueï. J'avais la tête en panaris.

– Oh ! Seigneur ! Un mauvais coup ?

– Vous ne devinerez jamais.

– C'est lui ! Votre agresseur ! Il vous a frappée !

– Non. C'est l'ailloli. J'en ai mangé hier soir et il me reprochait. Y avait trop de mayonnaise. » L'inspecteur Moskato poussa un soupir de lassitude. « La mayonnaise, c'est bon. Mais faut pas en abuser. Sinon vous êtes rabané à vie de n'importe quel plat. Vous aimez l'ailloli, monsieur l'inspecteur ?

– Oui, madame Moulisse, j'adore l'ailloli, j'ai une passion pour l'ailloli.

– Ah ! C'est bien. Pasque l'ail, c'est bon pour les artères. C'est bon pour le rhume aussi. J'en prends toujours quand j'ai la gorge qui m'écuit. »

L'inspecteur Moskato s'inquiétait. Il se demandait comment il allait s'en sortir. De petites gouttes de sueur perlaient à son front.

« Donc, madame Moulisse, si nous reprenions au début ? Votre agresseur…

– Mon agresseur ? Oh ! Ce gangster… » Elle semblait se souvenir d'une chose lointaine, d'une connaissance sans importance.

« Oui, ce gangster, je veux tout savoir de lui.

– Eh bé, comme j'étais pas sortie de la matinée à cause de ma migraine d'ailloli, j'étais bien embêtée. J'avais pas fait les commissions pour le midi, vous comprenez. Remarquez, c'était pas grave, j'ai toujours un bout de tripe noire ou un reste de bouillon au frigo. Mais pour le soir, j'allais faire pleurer les étagères, c'est sûr. »

L'inspecteur Moskato pensa que c'était lui qui allait se mettre à pleurer. Mme Moulisse paraissait confortablement installée sur sa chaise. Elle tripatouillait son teckel. Elle était heureuse d'être là. Ça pouvait durer des heures.

« Alors quand je suis allée promener – comme tous les après-midi –, j'en ai profité pour faire mes courses. Oh ! Pas grand-chose, une matabiane, quelques pommes de terre, du persil. Je voulais me faire une sauce à la pamparre pour le soir. Le Mistouille, il adore ça. Avec un peu d'huile, on fait revenir les patates à la poêle, mais pas trop, pasqu'après ça rabastine et ça devient sec comme un haricot. Le difficile, c'est pas le plat, c'est plutôt de garder un œil sur le feu, vous savez. Mais peut-être que les soucis de cuisine ne vous parlent pas, monsieur l'inspecteur ?

– Il est vrai, madame Moulisse, que ce n'est pas, comment dire, ma priorité du moment.

– Et pourtant ils existent les soucis de cuisine ! » Elle haussa soudain le ton. Sa voix redevint perçante. « Ils existent et ils me fatiguent quelque chose ! Surtout avec Mame Estrouffigue ! Elle me harcèle, monsieur l'inspecteur ! Elle me met des lettres plein la boîte ! Elle a toujours le nez de travers ! Une fois c'est le fumet du rôti qui lui plaît pas, le lendemain c'est l'odeur du merdassou ou celle de la sanquette. Il faut toujours qu'elle rouspète, cette tataragne ! Elle va me faire venir chèvre ! »

L'inspecteur Moskato avait le sang qui lui montait à la tête. Seigneur ! Jusqu'où devrait-il endurer cette épreuve ? Il ne rêvait que d'un dessin. Un beau dessin. Un splendide portrait-robot. Bien propre, bien net. Sans légende ni commentaire. Pas même un titre, pas même la mention « avis de recherche ». Rien. L'absence reposante de mots. Il esquissa un large sourire et se pencha sur son bureau, se rapprochant ostensiblement de la vieille femme d'un air rassurant.

« Je comprends, madame Moulisse, je comprends. Mais il serait plus simple et plus efficace pour la bonne marche de nos investigations que nous ouvrions pour cette question-là un dossier séparé. De cette façon, je pourrais le transmettre au service qui s'occupe plus spécialement des problèmes de cuisine et de Mme Estrouffigue.

– Ah ! Vous croyez ?

– J'en suis sûr. C'est la meilleure manière de procéder.

– Et vous allez l'arrêter ?

– Qui ? Votre gangster ?

– Non. Mame Estrouffigue.

– Ah ! Je…

– Il faut l'arrêter, monsieur l'inspecteur. Elle est nuisible.

– Certainement, certainement. Mes collègues vont s'en occuper tout de suite, n'ayez crainte. Et nous, de notre côté, nous pourrons mettre le grappin sur ce malfaisant qui a tenté de vous agresser. Est-ce que vous vous rappelez les traits de son visage ?

– Pardi ! Si je m'en rappelle ! Il doit avoir une de ces bougnes ! Il s'est reçu mon sac par la figure ! Il a dû voir bimbaroles ! J'y suis pas allée de main morte, rappelez-vous que !

– Ah ! Ah ! Vous avez bien fait, madame Moulisse, vous avez bien fait. Mais, plus précisément, essayez de vous souvenir, à quoi ressemblait-il ?

– Pour dire le vrai, j'ai pas vu grand-chose.

– Ah bon !

– Non. En fait, j'ai même rien vu.

– Fichtre ! »

Quelque chose se brisa dans le cœur de l'inspecteur Moskato. Ses fines et fières moustaches perdirent goût à la vie. Elles penchèrent dangereusement vers les commissures de ses lèvres, prêtes à glisser dans le vide. Cette déposition durait depuis plus d'une heure et elle n'allait déboucher sur rien ! Et pendant ce temps Geraldo Gomes devait bien ricaner ! Il avait probablement déménagé et emporté à jamais Petit-Bernard avec lui ! L'inspecteur balbutia :

« Vous… Vous voulez dire que vous n'avez pas vu son visage ?

– Pas au début, non. Il était trop loin. Il était là qui rôdaillait sur le trottoir, mais j'y avais pas fait attention. J'avais détaché Mistouille pour ses besoins. Il s'était éloigné, il est très pudique, vous savez. Je discutais les nouvelles avec Mame Papaysse à l'autre bout de la rue.

– Et alors ?

– Et alors, tchiques et miques, je l'ai vu qui s'approchait. Il est arrivé près de Mistouille et je continuais de l'observer du coin de l'œil. Je le trouvais de plus en plus bizarre à proportion qu'il arrivait. Et tout d'un coup, macarin', est-ce qu'il m'attrape pas Mistouille, cette brute !

– Et là, vous l'avez vu quand même, vous l'avez vu ! » L'inspecteur Moskato n'avait pu s'empêcher de crier, les nerfs à vif. Cet interrogatoire avait pris une intensité dramatique qui l'épuisait littéralement.

« Bien sûr que je l'ai vu ! Je suis pas encore bonne pour la caisse en sapin ! Quatre-vingt-deux ans et pas de cluques ! Il était à un pas de chat, je pouvais pas le manquer. Il était habillé comme un cacarot. Des pantalons sans pli comme ils portent les jeunes maintenant et une veste noire toute râpée. Oh ! C'est pas un vaillant, ça se voit tout de suite !

– Oui, mais son visage, son visage ! »

L'inspecteur tremblait. Il mordillait nerveusement son stylo à bille et roulait des yeux exorbités. Le suspense était insoutenable.

« Il était laid comme une cuque. Des cheveux châtains et gras tirés en arrière. Pouparel par en dessous jusqu'à la bouche, avec le menton qui rebondit. Après, il avait plutôt le nez et le mour d'une mirgue. On aurait dit qu'un plantoir lui était resté coincé dans le museau. Une vraie trogne de rat ! Pour le reste, il était plutôt ficelle. Le genre de grand dadais fainéant qui se fait de nos jours. Et aussi des bagues partout par les doigts, des bagues d'esquelettes et de monstres à cornes, enfin quoi, vous savez, ces babioles que portent les mauvais garçons. »

L'inspecteur Moskato se rencogna dans son fauteuil, enfin apaisé. La tension était retombée. Un sourire béat rayonnait sur son visage. Il nota quelques mots sur un bloc de papier. Signalement : grande taille, longiligne, cheveux châtains coiffés en arrière, visage de fouine, menton replet, porte une veste de cuir noir et des bagues à têtes de mort.

« Il aurait pu me chiper le sac, ça ray, j'en aurais trouvé un autre. Mais Mistouille, alors là, non ! C'est si mignon, ça petit ! Ah ! Il m'a fait inquiéter, ce vaurien ! Il m'a fait venir les catarines ! Macarin', j'en ai encore le sang qui se croise sur le ventre ! »

Mme Moulisse poursuivait son récit et ses imprécations. Elle caressait amoureusement son teckel qu'elle avait à présent revêtu d'un manteau en tissu écossais rouge et noir. Toujours souriant, l'inspecteur Moskato tapotait du stylo son bloc-notes en lui jetant des regards compréhensifs. Ses moustaches s'étaient à nouveau stabilisées sur un plan horizontal. Il avait repris l'attitude protectrice du fonctionnaire de police qui pèse chacun de ses actes. Il accordait à la petite vieille une immense attention, il n'était là que pour elle. Et il ne l'écoutait plus.

Le ravisseur de Petit-Bernard serait bientôt sous les verrous. L'inspecteur connaîtrait le fin mot de l'histoire. Ce n'était plus qu'une question d'heures.

Le monstre en survêtement

« Un peu de respect pour ton père ! »

Le coup de poing partit en biais dans l'épaule du gamin. Celui-ci étouffa un cri de douleur et ravala ses larmes. Il était trop petit encore. Pas de taille à lutter. Mais plus tard il verrait, ce gros porc. Il verrait. Il les lui ferait payer toutes ces humiliations. Dans cinq ou six ans, on allait voir qui serait le plus fort, on allait voir lequel des deux bleuirait les épaules de l'autre (il ne le frappait jamais que sur les épaules, c'était pas battre un enfant, ça, sur les épaules, ça le faisait pleurer de rage, le gosse).

« À ton âge, j'aurais jamais parlé à mon père comme ça, merdaillon ! »

Il lui casserait la gueule, c'est sûr. Ce serait le plus beau jour de sa vie. Il ne s'était pas bercé de son premier refrain révolutionnaire que déjà il concevait des projets de grands soirs et de lendemains qui chantent. Il ne savait pas encore que ça n'arriverait jamais. Qu'au moment où il serait en mesure de le faire, il aurait bien d'autres choses en tête que de s'occuper de ces vieilles histoires. Ces brimades seraient loin et il n'y penserait plus. Lorsque les ans auraient assoupli le caractère de son père et gommé ses emportements, il se demanderait d'où lui vient cet esprit de révolte, cette fureur intime, cette haine de l'autorité. Il deviendrait quelqu'un et, dans le secret de son cœur, il continuerait de voir rouge et il serait rouge lui-même jusqu'au terme de son existence.

Pour l'instant, il avait treize ans et, en reniflant, il remâchait sa rancune.

« J'aurais jamais manqué de respect à mon père, moi ! »

Le respect ! Comme si on pouvait l'obtenir sur ordre ! Il lui semblait plutôt que c'était une chose qui se gagnait et qui se méritait. Mais comment lui expliquer ça, à ce porc, avec ses gros biceps blancs et son ventre mou qui saillait sous le ticheurte, au-dessus du pantalon de survêtement. Le gamin aurait bien aimé se replier dans sa chambre, se jeter en travers du lit et pleurer tout son saoul. Il aurait aimé vider sa rage dans la profondeur discrète de l'oreiller. Il ne le pouvait pas. Il fallait rester à table aussi longtemps que le repas n'était pas terminé.

« Qu'est-ce que tu attends pour manger ? »

Il ne manquait plus que ça. Il fallait que sa mère s'y mette maintenant. Il regarda son assiette pleine à ras bord de carottes à la béchamel. Ça lui rappelait la fois où son chien avait vomi sur la moquette. Ce brave Knout ! Il ne les avait pas aimées lui non plus, ces carottes. Personne ne les avait aimées. Personne ne les aimait jamais. Elles n'étaient pas comestibles. Preuve en avait été faite le jour où ce pauvre chien avait été sommé de les engloutir et de nettoyer le carrelage de la cuisine où elles étaient tombées (sa mère avait glissé malencontreusement sur une petite voiture). Après tout, il fallait bien qu'il serve à quelque chose, ce clebs. « Mange, Knout, Mange ! »

Knout avait humé le monticule tombé du ciel avec suspicion, sans quitter ses maîtres du regard. Ses oreilles s'étaient mises à pendre misérablement, sa moustache rouquine était descendue plus bas que son niveau habituel. Il ne paraissait pas enchanté par ce festin providentiel. Une certaine détresse se lisait dans ses yeux. « Tu vas manger, oui ! » Quand il avait vu le paternel s'emparer de sa ceinture en cuir, la ceinture, qu'il ne mettait jamais pour cause de survêtement, le chien s'était rué sur les carottes avec un entrain qui faisait plaisir à voir. Il les avait liquidées en un rien de temps, la queue basse, le dos voûté, les oreilles parfaitement effondrées. La mère avait battu des mains, les enfants s'étaient sentis soulagés, le père avait rengainé son arme.

Deux minutes plus tard, c'était la catastrophe. Alors que la famille s'apprêtait à manger les amburguères prévus pour le lendemain, un affreux gargouillis s'était fait entendre au salon. Tout le monde s'était précipité et on avait trouvé Knout qui contemplait d'un air affligé le pâté orange et blanc qu'il venait de livrer sur la moquette. Le gamin avait trouvé les carottes plus belles qu'avant et sa mère lui avait collé une taloche entre deux cris horrifiés. La petite sœur avait ricané. Le père avait ressorti la ceinture. Il l'avait fait chanter sur l'échine de l'animal. C'était il y a six ans et plus. Le lendemain, le chien s'était enfui au cours de sa promenade. Les enfants avaient beaucoup pleuré. Rien ne les sauverait plus des carottes à la béchamel.

Le gamin avait essayé tous les registres de la persuasion. Les protestations, les suppliques, les cajoleries, les crises d'appendicite aiguë, rien n'y faisait. Imperturbable, sa mère préparait des carottes à la béchamel tous les mardis. Ce jour-là, dès le matin, il portait le deuil. C'était une journée perdue, une journée atroce, sans rémission, corrompue par le soleil noir de midi qui, souvent, montrait encore le soir sa face hideuse. Il en devenait superstitieux. À la récréation dans la cour de l'école, il jouait à la balle contre un mur et il se disait que, s'il parvenait à l'attraper trente fois sans la laisser toucher terre, il se passerait quelque chose qui lui épargnerait l'épreuve terrible des carottes à la béchamel. Il ne savait pas très bien quoi au juste, une pénurie soudaine de légumes, un urticaire géant, une chute de météorite sur la casserole fatale, il faisait confiance au destin qui travaillait pour lui, à l'univers bruissant de mystères. Il suffisait de respecter quelques principes. Par exemple, il s'interdisait rigoureusement d'être heureux dans les heures précédant ces funestes repas. Car il lui semblait que la moindre faiblesse, le plus petit sourire déchaînerait des forces inconnues, ferait s'acharner le sort contre lui et qu'alors les carottes à la béchamel seraient vraiment abominables.

Ce mardi-là, le gamin ne se souvenait pas d'avoir commis une faute. Il avait respecté toutes les règles, il n'avait rien à se reprocher. Or les carottes à la béchamel atteignaient d'infects sommets. Elles avaient attrapé au fond de la casserole et la mère, toujours arrangeante, avait dit que ça n'était pas grave, qu'en ne prenant que le dessus, ce serait aussi bon qu'à l'accoutumée. Cependant ce n'était pas bon du tout et, après la première bouchée, un silence de consternation s'était fait autour de la table. Seule la fourchette maternelle avait poursuivi son va-et-vient avec un enthousiasme visible.

« Y a un goût, il avait dit.

— Comment ça, y a un goût ? avait demandé sa mère en serrant très fort sa fourchette.

— Ben, ouais, un goût, quoi, il avait ajouté.

— Un goût ! Un goût ! Qu'est-ce que ça veut dire, un goût ? » La fourchette s'agitait dangereusement vers le plafond. Il avait cherché du regard un soutien autour de lui, mais son père et sa sœur étaient plongés dans l'étude du petit tas informe, beige et orange, qui fumait dans leur assiette.

« Chais pas, moi, y a un goût. Y a un goût, c'est tout. » Il se demandait s'il ne vaudrait pas mieux battre en retraite et terminer le repas en apnée.

« Y a un goût, y a un goût ! C'est tout ce qu'y sait dire ! On se demande pourquoi y va à l'école, çui-là ! Y dit rien d'autre : y a un goût, rien que ! Ça veut rien dire, ça, y a un goût ! Un goût de quoi, d'abord ?

– Ben, un goût de… Un goût de…

– Y sait pas ! Ah ! Ah ! Y sait pas ! » Sa mère exultait. Elle tournait de tous côtés un visage radieux qui exprimait le triomphe. Les autres ne pipaient mot, accaparés par l'observation minutieuse de leur bouillie dont la sauce en séchant commençait à ternir.

« C'est pas que je sais pas. C'est qu'un goût, c'est un goût. C'est tout. » Il aurait fallu dire que c'était immangeable ou que c'était ignoble. Son instinct de survie le retenait néanmoins de traduire.

« Mais c'est pas possible ! Un goût, c'est toujours un goût de quèque chose ! Un goût tout seul, ça existe pas. C'est comme si tu disais un goût de rien, c'est comme si t'avais pas mangé ! » Elle était tout excitée par sa trouvaille. « Tu comprends, dire "y a un goût", ça veut rien dire. Pasque y a toujours un goût. C'est comme dire "y a une langue dans ma bouche" ou "y a des yeux sur ma tête". Et de ça, on s'en fout, pasque ce qu'on veut savoir, c'est la couleur de tes yeux et si tu portes des lunettes. Alors le goût, hein, c'est pareil, il est toujours de quèque chose, il est pas de rien. »

Le gamin en avait marre de tout ce baratin. Cependant il était trop tard pour revenir en arrière. Les carottes étaient froides. Elles le révoltaient sans conciliation possible.

« Ça a un goût de charbon. » Il n'avait jamais mangé de charbon. Il se disait que sa couleur et son aspect rendaient bien la sensation qu'il avait eue sur la langue tout à l'heure. L'analogie n'était peut-être pas d'une grande exactitude, mais il n'était pas interdit d'être habile. Sa mère eut un petit rire nerveux débordant de sollicitude. Elle reprit ses explications sémantiques.

« C'est pas possible non plus ! Le goût, ça peut être que le goût de quèque chose que t'as dans la bouche. Et dans ta bouche, t'as pas mis de charbon, hein, t'en as pas mis ? Et qu'est-ce que t'as mis ? Des carottes. Donc le goût que tu parles, c'est un goût de carottes. »

Elle marqua une pause. Elle semblait chercher les mots les plus justes. Elle affinait sa pensée.

« En conclusion et avant de te laisser finir ce bon repas, je dirais que si quand t'as des carottes dans la bouche, tu sens un goût de carottes, c'est qu'en fin de compte, y a pas de goût. »

À ce moment-là, le père leva le nez comme s'il venait de faire une découverte qui le laissait incrédule. Il avait sur le visage une expression bornée que ses enfants connaissaient bien et qui n'était pas bon signe.

« Si. Y a un goût », fit-il d'une voix sourde.

Ce fut le détonateur d'une conflagration conjugale dont le gamin n'avait plus à se préoccuper. Elle se déroulait à un même niveau hiérarchique et celui-ci le dépassait. La fusillade fut sévère. Ses parents s'engueulèrent copieusement pendant dix bonnes minutes en utilisant toutes les ressources de leur vocabulaire. Les invectives volaient. Les assiettes n'étaient pas loin de suivre. « Pourvu qu'ils choisissent les pleines ! » pensa le garçon en poussant discrètement la sienne vers la grosse main de son père. Puis la petite sœur éclata en sanglots. On crut un moment qu'elle avait pris un coup perdu dans l'échauffourée. Mais non. Lorsqu'on parvint à interrompre le concert de ses bramements, elle déclara entre deux hoquets qu'elle n'en voulait plus et que c'était vrai qu'y avait un goût.

Pour les belligérants, cette intervention fut quelque chose comme l'annonce de la destruction de Hiroshima dans les faubourgs de Nagasaki. Elle mit fin aux hostilités de manière abrupte. Le père eut un sourire modeste, enfila sa veste de survêtement, annonça qu'il allait faire un tour et claqua superbement la porte. La mère prit acte de sa défaite. Sans prononcer un mot, le visage fermé, les gestes hargneux, elle débarrassa la table, jeta les restes de carottes brûlées et fit la vaisselle. Ensuite elle se rendit au salon où elle repassa du linge. Les enfants, inquiets, redoutant de déclencher au moindre mouvement une nouvelle explosion, attendirent qu'elle eût quitté la cuisine pour retourner dans leur chambre. Ils jouèrent en silence, se couchèrent seuls et eurent des crampes d'estomac jusqu'au petit matin.

*

*   *

Ils étaient trois autour de la table : un type en survêtement, un autre assez grand au visage énergique avec des cheveux poivre et sel coupés très court et Luciano le boucher. Les deux premiers avaient la quarantaine. Le troisième était plus jeune et recevait les deux autres. Il était vingt et une heures trente, le vent d'autan soufflait, il faisait froid et noir dehors. On buvait pour trinquer, on buvait pour se réchauffer. On mesurait sa solitude. Le type en survêtement en avait gros sur le cœur. Il avait des problèmes avec sa femme et ses mioches, il ne se sentait pas bien chez lui. Il avait envie de ficher le camp. Mais cela, il ne le disait pas. Il parlait des matchs de première division, de la couleur de la bière, des seins et des fesses des filles. Il ne se gênait pas pour rire grassement.

Le grand aux cheveux poivre et sel avait des difficultés lui aussi, d'un autre genre. Il traversait un éprouvant désert intérieur. Il était abandonné de Dieu. Celui-ci ne le soutenait plus malgré ses prières et seule la récitation nocturne des psaumes repoussait provisoirement jusqu'à l'aube les langues de feu qui desséchaient son âme. Il était prêtre. Mais cela, il ne le disait pas lui non plus. Il s'efforçait d'écouter avec compassion le type qui déblatérait devant lui. Il tentait de ne pas s'arrêter à ses propos vulgaires et mille fois entendus. Il voulait atteindre la vérité de son être, simplement le comprendre et il n'y arrivait pas. Il se le reprochait et, comme il se forçait à rire, il se trouvait indigne.

Quant à Luciano le boucher, il était au supplice. Il avait invité le curé de la paroisse, Alex Boltanski, à boire un verre. Il avait pour lui une véritable vénération. Il s'était réjoui de la soirée qu'ils allaient passer ensemble à discuter de choses simples et pures. Il avait préparé une heure avant son arrivée le vin cuit et les biscuits secs. Il avait fait du feu dans la cheminée, enlevé la poussière sur les meubles, vérifié l'alignement des rideaux et des disques sur les étagères. Alex Boltanski avait été ponctuel. Tout avait bien commencé. La conversation avait pris très vite son rythme convenable, ce ton intime et feutré et cette mélodie plaisante que Luciano affectionnait par-dessus tout et qui le reposaient des platitudes bruyantes du magasin. Et voilà que l'autre était arrivé à l'improviste. Il s'était installé sur une chaise, il avait demandé de la bière et en avait repris plusieurs fois. Un gars sympathique au demeurant, direct et sans problèmes, un équarrisseur qu'il avait connu lors d'une visite aux abattoirs. Cependant Luciano, au moment des présentations, avait omis de préciser qu'Alex était un homme d'Église et, maintenant, l'autre se répandait en propos graveleux et en blagues douteuses et Alex ne disait rien.

Il aurait dû rattraper le coup, glisser une fine allusion. Il aurait fallu indiquer sans en avoir l'air, avec délicatesse, que ce gars à la carrure d'athlète qui esquissait un sourire douloureux à chaque obscénité avait un statut moral un peu particulier. Il aurait fallu prévenir qu'il pouvait s'effaroucher au moindre mot grossier, qu'il était un peu comme ces bourgeoises émotives pour lesquelles il convenait d'appeler un chat un chien et qui se pâmaient dès que le sexe entrait dans la conversation sans périphrase ou silences entendus (son copain Paul ne lui avait-il pas dit un jour que, même dans leurs discussions, elles pratiquaient l'amour sans risques ?). Oui, il aurait fallu préciser qu'il y avait un mode d'emploi. Mais cela, il ne le pouvait pas.

Il souffrait tant de l'incongruité de la situation qu'il ricanait bêtement, beaucoup plus fort qu'il ne l'aurait voulu. Il tapait sur ses larges cuisses et, montrait toutes ses dents à chaque plaisanterie scabreuse du type en survêtement. Il ne maîtrisait pas sa voix. Ses éclats de rire montaient beaucoup trop haut comme du gros verre qui se brise et ils se perdaient dans le silence où l'abandonnaient par instants les deux autres. Il était affreusement gêné, il était responsable de tout. Il était à la torture.

De son côté, l'équarrisseur, ne voyant que des visages hilares autour de lui, se sentait encouragé à poursuivre et redoublait de verve. Ce n'était pourtant pas un soir à faire de l'esprit, avec tous les problèmes qu'il avait. Des gosses effrontés qui ne lui obéissaient pas, une femme qui râlait tout le temps, des carottes à la béchamel tous les mardis, elle était vraiment perverse, cette bonne femme, elle finirait par le détruire. Enfin, puisqu'il était là et que son hôte et son convive avaient l'air d'apprécier, il voulait bien continuer, si ça pouvait faire plaisir. Il lança une gauloiserie plus salace que les autres. Luciano poussa un cri strident et se tordit de rire en se tenant les côtes. Le gars aux cheveux gris parut se concentrer quelques secondes. Il n'avait peut-être pas compris. L'effort faisait naître une ride entre ses sourcils. Peut-être que c'était une blague trop compliquée. Peut-être qu'il n'était pas habitué à l'humour fin. La tension qui se lisait sur ses traits se relâcha brusquement.

Un sourire d'abord hésitant, puis de plus en plus franc fendit son visage, l'illuminant de l'intérieur. Il y avait une nuance de soulagement dans son expression. Ça y était, il avait pigé.

Galvanisé, l'équarrisseur décida d'enfoncer l'estoc. Il avala une gorgée de bière et, bien calé sur sa chaise, le dos droit, les deux coudes posés sur la table, il lança une plaisanterie vraiment énorme, un truc humide et pileux à réveiller un mort. Luciano poussa un hululement de joie en trépignant sous la table, en proie à des convulsions. Il hoquetait et peinait à reprendre son souffle. L'autre semblait sidéré avec un sourire plein de dents qui montait jusqu'aux oreilles et qui ne redescendait pas. L'équarrisseur était ébahi. Il se savait drôle, mais là il touchait à l'excellence. Peut-être qu'il avait un vrai talent, un tempérament comique, et qu'il ne s'en était pas aperçu à cause de son métier, de ses soucis domestiques et des carottes à la béchamel. Si ça se trouve, il avait raté sa vie. Il était fait pour le music-hall, les salles de spectacle, le cinéma.

Il regarda Luciano éponger avec une serviette les larmes qui ruisselaient sur ses joues. Il poussait en gloussant de faibles gémissements et se plaignait d'avoir mal au ventre tellement il avait ri. Il regarda l'autre aussi qui décidément s'en était payé une bonne tranche. Son sourire tiré à l'élastique avait maintenant séché sur sa figure et refusait de s'en aller. Dire qu'il avait ce pouvoir, cette faculté insensée de soumettre les autres, de les tenir dans sa main, à la merci de son humour ravageur ! Dire qu'avant ce soir il n'en avait jamais pris conscience ! Il sentait une vigueur nouvelle se diffuser dans son corps. En arrivant tout à l'heure, il était accablé. Et maintenant, grâce à cette amitié chaleureuse et à l'écoute admirative des deux hommes, il avait retrouvé confiance. Il pouvait repartir d'un bon pied.

En face de lui, Alex Boltanski avait une impression étrange. Son visage se lézardait. Les premiers morceaux de plâtre n'allaient pas tarder à dégringoler et alors on verrait qu'il portait une moulure à même la peau, un masque de rigolade sur une mine macabre. Et ça, il ne le voulait à aucun prix. Il ne souhaitait pas blesser ce type fruste qui blaguait naïvement avec la spontanéité rugueuse des gens simples, en qui la vie semblait couler avec évidence. La question était : comment revenir à une expression neutre sans que son sourire paraisse s'effondrer ? Pas facile. Il fallait procéder avec prudence, contrôler chaque zygomatique, avancer millimètre par millimètre. Le naturel de l'opération dépendait de la lenteur du mouvement. Alex Boltanski transpirait à grosses gouttes. Il pensa aux vers qu'il avait écrits dans son journal intime, à l'aube du matin même :

> Farouche oraison
> Au jour décapité
> Quand la clameur des psaumes
> Effeuille le silence
> Et que le moine ivre
> Découpe de sa lance
> La nuque du guerrier

Son sourire se cassa la gueule d'un seul coup. Il fit une grimace et se mit à tousser, le poing devant la bouche, pour faire diversion. Luciano, quant à lui, gravissait l'autre pente du même calvaire. Il ne pouvait plus s'arrêter de rire tout en se disant : « Mais quand est-ce qu'il va se tirer, punaise, quand est-ce qu'il va se tirer ? »

L'équarrisseur parut entendre sa supplication muette. Il se leva brusquement en invoquant l'heure tardive et ses obligations familiales. Il remercia la compagnie, prit congé et sortit du pas décidé du candidat à la députation entreprenant la visite d'un marché. Après que la porte se fut refermée, Luciano et Alex Boltanski demeurèrent un moment en silence. Luciano ne savait que dire. Il hésitait à s'excuser, craignant de trahir un manque de tolérance à l'égard de celui qui venait de partir. Finalement, c'est le prêtre qui reprit la parole le premier.

« Très sympathique, ton ami, Luciano. Beaucoup de faconde.

– Oui, exactement, très sympa, c'est ce que je dis toujours. Un ami très gai », répondit le boucher en retirant une à une les canettes de bière.

*
* *

Paul avait vu le type en survêtement sortir de chez Luciano. Il ne l'avait pas reconnu immédiatement. Son allure lui avait paru familière. Mais il n'aurait su dire s'il l'avait déjà rencontré. Le plus curieux, c'est que le type l'avait vu lui aussi. Il avait marqué un temps d'arrêt et s'était troublé avant de tourner vivement la tête. Puis il s'était éloigné d'une démarche rapide. Cela ressemblait à une fuite et Paul, intrigué, avait commencé à le suivre. Il était tard, il faisait froid, son existence n'avait plus de sens. À quoi bon dormir ?

Il lui avait emboîté le pas sans y penser. De toute évidence, ce gars n'était pas clair. Il montrait trop sa frayeur pour avoir la conscience tranquille. Il s'était retourné une fois ou deux et, voyant Paul sur ses talons, il avait accéléré la marche. Il avait tourné à droite, à gauche, il était passé au demi-trot, il s'était mis à courir. Il avait une condition physique surprenante. Paul, qui voulait en avoir le cœur net, ne renonçait pas. Ils cavalaient comme des chiens maigres. Les rares promeneurs qui les voyaient passer devaient trouver le tableau étrange. Car ils étaient à la fois trop silencieux pour que ce fût une agression et trop sérieux pour que cela pût être un jeu.

Le survêtement tourna à l'angle d'une rue et Paul le perdit de vue un bref instant. Quand il arriva à son tour au carrefour, il n'y avait plus personne. Peut-être était-il entré dans l'un de ces immeubles. Il essaya d'estimer, en fonction de la courte avance de l'autre, dans combien de portes cochères il avait eu la possibilité de s'engouffrer. Il compta. Une porte cochère, deux portes cochères, trois portes cochères, un café. Il y avait de la musique à l'intérieur. Et beaucoup de monde. Pour sa part, s'il avait été filé, il n'aurait pas mené son poursuivant chez lui. Il aurait essayé de se perdre dans la foule. Il opta pour le café et bien qu'il n'eût pas un sou en poche, il en poussa la porte.

La salle était bondée et enfumée. Cela offrait un avantage : on n'allait pas lui demander tout de suite ce qu'il désirait consommer. Il regarda de tous côtés sans rien distinguer dans le nuage grisâtre qui flottait au-dessus des tables. Une odeur âcre de tabac lui piqua la gorge. La lumière était tamisée et plusieurs groupes, assis ou debout, discutaient et buvaient dans la pénombre. La sono exagérément forte rendait l'ambiance chaude et compacte. L'observation visuelle s'en trouvait plus ardue, comme si la pression sonore nuisait au travail de la vue. La clientèle était jeune, gaie, soucieuse de paraître. Avec ses vêtements élimés et passés de mode, Paul se dit que sa présence n'allait pas demeurer longtemps inaperçue. Il s'en moquait. Il y avait plus voyant que lui.

Dans le fond, un survêtement acrylique à bandes noires, violettes et bleues, lui tournait le dos. La nuque qui le surmontait faisait grimper de dix ans la moyenne d'âge de la population du bar. Elle était épaisse, rougeaude, et la boule de cheveux qui pesait sur cet énorme pas de vis s'ornait en son milieu d'une calvitie naissante. Paul s'avança tranquillement. Il se planta devant le type, lui dit bonsoir en souriant et s'assit sans le quitter des yeux.

L'autre changea de couleur. Maintenant, il en était sûr. C'était bien le chapardeur à qui il avait cassé la gueule, cet été, avec les collègues aux abattoirs. Il s'en souvenait bien, parce que c'est lui qui l'avait repéré. Il l'avait remarqué qui se faufilait entre les voitures. Il l'avait suivi et l'avait vu empiler des caisses sous la fenêtre du hangar réservé aux déchets. Il l'avait signalé au contremaître et ils étaient allés le surprendre à plusieurs dans l'entrepôt. Ils l'avaient salement dérouillé. Sur le coup, ça l'avait défoulé, cette castagne. Pas pour ce gars, ni pour la viande volée, qu'est-ce qu'il en avait à faire ? Mais pour tout le reste, pour sa vie amère, la tristesse de ses journées et leur absence d'horizon. Oui, ça lui avait fait du bien.

Les jours suivants, il avait senti toutefois un mal sournois lui ronger le ventre. Au commencement, ça n'avait lieu que la nuit. Il se réveillait en sursaut et courait se soulager en se tordant de douleur, les cheveux collés sur les tempes. Ensuite, ça l'avait repris le jour. Il avait mis du temps à comprendre que c'était le remords. Personne au travail ne parlait plus de cette scène de violence nocturne. Un jour, un équarrisseur l'avait évoquée sur un ton bravache pendant la pause. Probablement pour se rassurer lui-même et sonder l'état d'esprit général. Un silence pesant était tombé sur le groupe. Certains lui avaient jeté des regards durs, d'autres n'avaient pas bronché comme s'ils n'avaient pas entendu. Aucun ne voulait être dans la vérité de ce qui s'était produit cette nuit-là. C'est à ce moment qu'il avait compris. Ça lui avait flanqué une frousse bleue, il avait dû quitter la pièce en proie à un malaise.

L'homme devant lui le fixait sans rien dire. Il allait se venger, ça ne faisait pas l'ombre d'un doute. Comment faire le poids face à ce dingue qui le regardait avec ces yeux de braise en souriant ? C'était probablement un teigneux, un imaginatif. Il allait jouer au chat et à la souris, faire patte de velours pour le mettre en confiance et, d'un seul coup, lui briser les reins quand il s'y attendrait le moins. Il était capable de tout, ça se voyait tout de suite avec son sourire de malade. Il se marrait tout le temps, merde, c'était pas bon signe !

Il n'avait encore rien dit, mais c'était égal. Le survêtement savait déjà ce qui allait se passer. Il devait avoir une voix douce, ce type, et claire avec une pointe d'accent allemand. Il allait commencer à parler tout bas, presque avec tendresse, en plissant les yeux, pour faire tomber ses dernières défenses. Les mots sortiraient en traînant de sa bouche et siffleraient un peu entre ses dents. Imperceptiblement, il deviendrait menaçant. Il continuerait de lui décocher ses sourires en ouvre-boîtes. Et puis, sans prévenir, il se mettrait à hurler d'une façon hystérique en crispant les mâchoires, en le foudroyant du regard. Et après, Dieu seul sait ce qui pouvait arriver ! C'était un tortionnaire, un nazi, il en aurait mis sa main à couper, ils étaient tous comme ça, il les avait vus à la télé.

Son esprit fonctionnait à une vitesse fulgurante. Il n'avait qu'une seule chance de s'en tirer. C'était de lui raconter une blague. Il cherchait dans son répertoire. Il fouillait, fouillait et, horreur ! il ne trouvait rien. Lui qui, il y avait moins d'une heure, régalait ses amis de ses plaisanteries, de ses astuces, de ses cabrioles spirituelles ! Voilà qu'il était sec. La peur le rendait amnésique. Ses cheveux étaient mouillés sur sa nuque. Sous le ballon du ventre, des spasmes secouaient ses entrailles. Dans le vide de son esprit où il suppliait en vain un bon mot d'apparaître, une seule image se présenta. Une image misérable, dérisoire et pathétique : celle du siège lumineux et apaisant des cabinets. Il était pourtant exclu de s'y réfugier. Tout mouvement, même lent, même accompagné d'une excuse médicale, aurait pu être interprété comme une tentative de fuite et déclencher illico le carnage. Il se tenait donc la panse, souffrant le martyre, ne bougeant plus, ne respirant plus, redoutant le détail malheureux qui, ouvrant les hostilités, signerait son arrêt de mort.

Paul, de son côté, était perplexe. Malgré le faible éclairage, il avait nettement vu le type en survêtement pâlir et se figer. À présent, il avait pris une teinte verdâtre. Il était effrayé, sans conteste, mais pour quelle raison ? Le silence insolite qui s'installait ne contribuait pas à clarifier une situation passablement absurde. Paul gardait sur les lèvres un vague sourire pour se réserver une issue courtoise et digne. Il commençait à se demander s'il n'avait pas commis une erreur. Vu de près, le visage de cet homme ne lui disait rien tout compte fait. Il s'était trompé, c'était vraiment ridicule. L'autre avait dû s'effrayer et se croire sur le point d'être détroussé. Il avait pris ses jambes à son cou et leur rencontre fortuite et dépourvue de signification avait dégénéré en poursuite paranoïaque.

« Je crois que je vous ai fait peur. Je vous prie de m'en excuser », dit Paul.

Le survêtement sursauta. Ça y était. Une amabilité pour commencer, un grand sourire avec des babines en plastique et plein de rides autour, et puis, crac, une manchette sur la nuque ou deux doigts dans les yeux. Exactement ce qu'il avait prévu. Il déglutit avec peine.

« Figurez-vous que quand je vous ai vu tout à l'heure, vous sortiez de chez un de mes bons amis, Luciano le boucher. Je vous ai pris pour un autre, un camarade commun. Et quand vous vous êtes éloigné précipitamment, j'ai compris que j'avais été impoli à vous regarder avec une telle insistance. J'ai voulu vous rattraper pour me présenter et vous demander de pardonner ce manque de civilité. Mais je crains de n'avoir fait qu'accroître le malentendu et d'avoir été grossier bien malgré moi. C'est joli ici, vous y venez souvent ? »

Le survêtement n'en croyait pas ses oreilles. Il n'avait pas été reconnu ! Quelle veine il avait ! Il esquissa un sourire timide et répondit d'une voix encore mal assurée.

« Oui, je… J'y viens parfois. Ça me détend. »

La musique était assourdissante. Paul n'avait pas entendu.

« Je vous demande pardon ? » Joignant le geste à la parole, il mit sa main en cornet derrière son oreille.

« Je dis : ça-me-détend ! » Le survêtement avait repris une voix tout à fait ferme. Il appuyait chaque syllabe.

« Ah ! Oui, ça change du vacarme des voitures », fit Paul qui ne le regardait déjà plus et envisageait de partir.

« Qu'est-ce que je vous sers, messieurs ? »

La serveuse venait de les repérer et s'était avancée jusqu'à eux. Elle attendait la réponse d'un air ennuyé, son plateau à bout de bras. Il y eut un moment d'hésitation. L'impécuniosité de Paul l'invitait à décamper sans tarder. L'autre le prit de vitesse :

« Vous prendrez bien quelque chose ? Je vous invite. »

Il n'avait pas un sou vaillant lui non plus. Lorsqu'il avait quitté le domicile conjugal en claquant la porte, sa fureur ne lui avait pas donné le loisir de se prémunir pour d'éventuelles libations. Il n'avait donc pas la moindre idée de la manière dont il pourrait régler l'addition. Cependant le soulagement qui succédait à sa panique le laissait dans un tel état d'euphorie qu'il ne s'en inquiétait pas.

« Vous êtes très aimable, je ne sais pas si je dois…

– Le verre de l'amitié, quoi ! Allez ! »

Paul marqua un temps d'arrêt. Le type semblait à l'aise maintenant. Il avait l'air satisfait. Il l'écœurait un peu avec sa boucle d'oreille jaune, ses cheveux en brosse clairsemés qui ne tenaient plus très bien et ses mèches plus longues sur la nuque, arrêtées par la broussaille des poils. Paul aurait préféré éviter l'épreuve d'un tête-à-tête et d'une conversation qu'il n'avait envie d'entreprendre ni avec ce type ni avec personne. Toutefois, il n'était pas en position de refuser après ses bizarreries de comportement. Le survêtement lui fit un clin d'œil engageant. Répondant par un sourire, Paul accepta en se promettant d'expédier cette corvée au plus vite.

*
* *

« La télévision ? Une drooogue, une drogue abominable, que j'te dis !

– J'abonde. Mais il suffit de ne pas en avoir, ce n'est pas difficile.

– Ah ! Ah ! Pas en avoir ! Ah ! Ah ! On voit que t'es pas marié, toi. On voit que t'as pas de gosses ! Pas en avoir, y m'fait marrer, lui !

– Je ne vois pas pourquoi. Tu peux toujours la jeter par la fenêtre, on peut tout jeter par la fenêtre. C'est ma spécialité à moi, de jeter par la fenêtre !

– Noooon, mon cher, non ! On peut pas. Par la fenêtre, on peut pas !

– Et pourquoi on ne pourrait pas ?

– Pasqu'y a les rideaux de Madame ! Tu sais pas ce que c'est, toi, hein, les rideaux de Madame ? C'est une sentence de mooort ! La condamnation à garder la télé toute ta vie de peur d'esquinter les tentures ! »

Les deux hommes braillaient. Ils étaient pleins comme des barriques. Sur la table devant eux gisaient les cadavres de plusieurs bouteilles, Quelques-unes étaient renversées.

« Mais enfin, tu es libre quand même ! s'étonna Paul en réprimant un renvoi.

– Ben pas vraiment. C'est bien le problème, soupira le survêtement. Quand je regarde pas la télé, je déprime, chais pas quoi faire. Chuis en manque. Alors je l'allume. Mais une fois quin marche, chpeux plus m'arrêter. Faut que j'voie tout sur toutes les chaînes. Et en même temps ! Jusqu'à la fin des programmes ! Un drogué, j'te dis. Seulement, au bout de plusieurs jours de ce train d'enfer, j'me sens pas bien, chuis écœuré, tout se ressemble dans ma tête. C'est tout pareil. Ça m'amuse plus. J'me mets à détester les images. Puis surtout, j'me déteste moi, pasque chuis comme un serpent fasciné par un joueur de flûte, un papillon de nuit escagassé sur une vitre brillante. J'ai les yeux comme des soucoupes. J'ai l'impression d'avoir des œufs sur le plat sous les paupières et deux litres d'huile de vidange à la place du cerveau. Pour finir, je décide d'arrêter. J'fais une cure de désintoxication. J'interdis à tout le monde à la maison d'allumer le poste. Ça gueule et ça brame de tous les côtés, mais j'tiens bon. Chuis intransigeant avec mes principes. Puis un beau jour, c'est la rechute. Je replonge plus bas qu'avant. Complètement accro, que j'chuis. Malade. Mais ça se soigne, y paraît.

– T'es sûr ?

– Ah ouais, sûr. Je l'ai vu à la télé. »

Il avait le regard noyé. Sa veste de survêtement ouverte laissait apparaître une touffe de poils qui jaillissait du maillot de corps. Paul l'écoutait, vautré sur la table, les deux coudes repliés, le menton dans les mains, rotant de temps à autre. Tout autour d'eux, la fête battait son plein. Le bar s'était transformé en boîte de nuit. Plusieurs personnes dansaient au rythme d'une musique entêtante. Le volume sonore était encore monté. L'ambiance était joyeuse et débridée.

« Je ne comprends pas, disait Paul. Comment peux-tu accepter ça ?

– Quoi ça ? répondit le survêtement, les paupières tombant sur ses yeux éteints.

– Ben, tout ça, cette soumission, cet asservissement organisé. » Soudain Paul éclata de colère. « On vous fait bouffer n'importe quoi, on décide de votre emploi du temps, on vous explique ce que vous devez penser ! Et tu me dis "quoi ça ?" Tu me dis "quoi ça ?" T'es donc comme les autres, hein ? T'appartiens à la confrérie ? Des esclaves, de gros rats de laboratoire ! Quelle pitié ! T'as pas encore compris ce que ça signifie tout ce cirque ? T'as pas vu que tu te faisais berner ? »

Paul s'enflammait. Il avait les yeux hors de la tête. Le survêtement, malgré les brumes de l'alcool qui obéraient sa faculté de raisonnement, se sentait à nouveau inquiet. Il tenta de calmer le jeu.

« Ouôh ! Te fâche pas. T'es un impulsif, toi. On est là, on est bien. On discute, non ?

– C'est ça, c'est ça, on discute. On converse. Nous animons un passionnant débat d'idées. » Paul ricanait, une lueur féroce dans le regard. Il explosa une nouvelle fois. « Bon sang de bonsoir, tu vois pas qu'il y a ceux qui vivent la vie et ceux qui la regardent ! 90 % de crétins devant leur poste permettent en fermant leur gueule à 10 % de nantis de se fendre la leur ! Le plus grand nombre travaille ou survit pour acheter du divertissement qui lui fait oublier l'âpreté de ses conditions d'existence. Le plus petit nombre peut ainsi financer ses plaisirs en organisant cette distraction collective qui ne lui coûte rien, puisque c'est sa propre vie qu'il met en vitrine ! »

Il s'arrêta pour reprendre son souffle. Le survêtement le dévisageait, bouche bée. Il n'avait jamais rien entendu de pareil. Paul reprit :

« Et pas de risque que tout ça s'arrête, que la révolte gronde, qu'on brûle les cubes-télés sur la place publique ! T'es-tu déjà demandé pourquoi ? Parce que votre servitude vous plaît, misérables insectes ventripotents ! Vous voulez continuer de la voir sur l'écran, cette vie rêvée qui ne vous appartiendra jamais ! C'est comme les informations et le mouvement du monde. Comment faire pour s'en passer, hein ? Ça peut bien crever, s'étriper, marchander ou pleuvoir de l'autre côté de la planète, ça vous est bien égal au fond. Vos mines attristées ne sont que le masque de votre hypocrite ennui. Qu'est-ce que vous vous emmerderiez s'il ne se passait plus rien ! Écoute bien ce que je vais te dire, il faudra que tu t'en souviennes quand tu auras cuvé : tout le système s'organise sur une économie du spectacle et c'est justement, ce qui est fantastique ! Car pour savoir ce qui se passe dehors, vous êtes forcés de rester dedans ! Plus de désordre dans les rues ! Ah ! Ah ! L'optimum du contrôle social ! La douce caresse du collier à clous ! »

À ces derniers mots, le survêtement, qui avait eu un long passage à vide, crut pouvoir reprendre la main.

« Alors là, je t'arrête. Sans collier, c'est l'anarchie. Y a plus de promenade possible. On maîtrise plus rien. J'ai eu un chien, une fois, eh ben, j'ai eu beau faire, le collier, il y a pas coupé.

— Moi aussi j'avais un chien et il n'en portait pas.

— Ah. Ouais, mais les clebs, y sont pas tous pareils, hein. Y en a des bien, je dis pas. Et y s'appelait comment, ton chien ?

— Knult.

— C'est marrant, le mien, c'était Knout. Ils devaient être de la même année. Et comment qu'il était ? »

Paul sentit une ondulation partie du ventre lui parcourir la poitrine et venir mourir dans sa gorge. Il articula avec peine :

« Magnifique. Une fourrure rougeoyante, une charpente solide, une gueule débonnaire et des yeux vifs, intelligents. Un chien exceptionnel, un chien comme je n'en retrouverai jamais.

– Ah. Moi, c'était pas la même chose. C'était plutôt le genre sac à puces. Orange avec une tronche de corniaud. Et il était très con. Il était con, le tien ?

– Non. Très intelligent, je te dis. Bien au-dessus de la moyenne. »

Sa voix s'étrangla. L'ivresse décuplait son trouble. Il se rendit compte qu'il avait une immense émotion qui couvait et qu'elle ne demandait qu'à éclore. Comme il avait justement une grande envie de tristesse, il se jeta furieusement dedans. Enfouissant sa tête dans ses bras, il fondit en larmes.

Devant le spectacle de cette déconfiture, le survêtement se décomposa.

« Quesse y a ? Quesse j'ai dit ? Je t'ai fait de la peine ou quoi ? Dis-le-moi si je t'ai fait de la peine ! »

Paul sanglota de plus belle en reniflant bruyamment. Le type au survêtement était ému. C'était trop triste. Il fallait le tirer de cet accès de mélancolie, sans quoi ils seraient bientôt deux à inonder le bistrot.

« C'est à cause de la télé ? Je t'ai fait de la peine à cause de la télé ? Bouôh, mais c'est rien, ça, la télé ! Faut pas y penser ! Et puis c'est ma faute à moi si je suis victime de la "tivi-adikcheune" comme y disent. Tu y es pour rien, toi.

– Tu parles anglais ? » demanda Paul en relevant la tête, le nez rouge et les paupières gonflées de larmes.

Le survêtement s'interrompit un bref instant, un peu surpris. Puis il esquissa le fin sourire de l'homme qui se sait sur le chemin de la victoire.

« Choure, man. Je l'ai étudied quand j'étais à l'école. And you ?

– Me too.

– Olle raïte. You want anozeur ouiski or you prifeur a tequila frapped ?

– Double schocked Tequila, thanks.

– O. K. You have mède ze betteur choix.

– Burp !

– It's my pleasure. »

*

* *

Paul se mordait la lèvre inférieure. Pas facile d'uriner en titubant. Tout dansait autour de lui. Le carrelage lézardé et jauni où ruisselait la pluie dorée, la tuyauterie archaïque qui vibrait et vrombissait à chaque fois qu'on actionnait la pompe, les clients de tous les côtés qui discutaient, fumaient, se soulageaient eux aussi. Il y avait foule. Les latrines étaient une annexe mondaine du bar. On s'y retirait pour poursuivre les conversations alcoolisées que ne permettait plus la musique. C'était une ambiance de fin du monde. Ça parlait anglais dans tous les coins. Un anglais approximatif, certes, rafistolé avec des bouts d'argot et de syntaxe française. Mais de l'anglais tout de même. Paul avait de quoi être fier. Ils avaient lancé le jeu, le survêtement et lui, il y a moins d'une heure en se levant brusquement de table et en se faisant passer pour des touristes britanniques. Personne n'y avait cru. Cependant l'idée avait paru drôle et, en un rien de temps, l'ensemble des habitués, tous passablement éméchés, s'étaient mis à baragouiner l'idiome international que véhiculent la publicité, le petit journalisme et l'industrie du disque. Chacun semblait s'en amuser et trouver là un moyen original de renouveler les conversations. Seuls un type qui avait étudié à Cambridge et un autre qui rentrait des États-Unis ne parvenaient pas à se faire comprendre. Ils avaient fini dans un angle à écraser rageusement leurs mégots en échangeant des propos pleins de fiel.

Paul dut s'y reprendre à deux fois pour remonter sa braguette. Son pantalon était constellé de taches. Il se mit à glousser. Il pensa qu'en temps ordinaire cela l'aurait humilié, mais que là il s'en foutait, parce qu'il était saoul. Il jouissait de son ivresse, de la conscience qu'il en avait, de la liberté qu'elle lui procurait. Il traversa en zigzaguant le salon des anglomanes et poussa la porte à battants des toilettes. La musique puissante fut comme un souffle d'air chaud sur son visage. Ça ondulait et ça se trémoussait entre les tables dans un gigantesque nuage de fumée. Quelques ampoules colorées poussaient çà et là une lueur timide. C'était vraiment une belle soirée, décadente à souhait, parfaite pour se laisser glisser avec délectation jusqu'au fond, jusqu'au fond de tout.

Paul chercha des yeux le survêtement, non qu'il lui fût devenu indispensable, mais il commençait à s'y attacher. Il l'aperçut assis sur un tabouret, à demi couché sur le comptoir. Il contait fleurette à la serveuse qui tenait la caisse. Paul se fraya un chemin entre les danseurs. Il heurta le postérieur d'une fille au front couronné d'une tresse, qui roulait des hanches devant lui. « Sorry », lui dit-il machinalement en poursuivant sa route. Elle lui jeta un regard langoureux et offusqué et miaula « I'm sorry » à son tour. Ce fut le signal d'un interminable assaut de civilités. Sur la piste de danse improvisée, les « sorry, I'm so sorry » fusèrent et se multiplièrent à l'infini. On ne pouvait plus se frôler sans faire état de sa confusion en anglais dans le texte. Tandis que l'on gesticulait au rythme martelé de la sono, chaque effleurement justifiait que l'on se répandît en excuses, en délicatesses britanniques que l'on beuglait pour couvrir la musique.

Ce charivari de politesses finit bientôt par faciliter le charme trouble du contact au lieu d'en réparer l'accident. Les corps se rapprochaient, ondoyaient les uns contre les autres, communiaient dans la chaleur de la vie palpitante. Des mains pudiques s'égaraient dans des caresses bien éduquées, apprenaient la galanterie sur des poitrines charnues et la distinction sur de mâles boutonnières. On se palpait avec urbanité, on se touchait avec classe. C'était le dévergondage à la portée du savoir-vivre.

Paul avait l'esprit trop embrouillé pour participer au concours d'élégance qu'il avait déclenché. Il rejoignit son comparse au comptoir. Celui-ci avait l'allure défaite du poivrot au point culminant de son exhibition nocturne. Des auréoles de sueur faisaient de fausses ombres sous ses bras et ses cheveux rares se hérissaient en pointes mouillées sur le dessus de son crâne. Il avait l'œil humide et vague, la lippe pendante, humectée de salive. Il articulait péniblement. Paul, qui dans l'état d'ébriété le plus avancé ne perdait jamais la conscience de lui-même, se regarda dans la vitre du bar pour vérifier qu'il n'avait pas atteint ce degré effrayant de déchéance éthylique. Hormis son teint blafard et les cernes plus marqués que d'habitude, il se trouva à peu près correct. D'un geste de la main, il repoussa en arrière une mèche de cheveux qui tombait sur son front. Ce mouvement le déséquilibra et il dut se cramponner aux chromes du distributeur de bière pour ne pas s'effondrer.

À côté de lui, le survêtement, qui cherchait à impressionner la serveuse, offrait une tournée générale. C'était la quatrième de la soirée. Lorsque l'addition allait arriver, il risquait d'y avoir du grabuge. À moins d'organiser des enchères pour vendre son habit de gala, l'autre allait se trouver dans l'incapacité de régler la note. Paul se marrait intérieurement. Ce soir, tout le faisait marrer. Voilà des années qu'il ne s'était pas marré comme ça. Et c'était sacrément bon. Il vida d'un trait la bière qu'on venait de lui servir et se retourna pour regarder la salle.

Tout en continuant à se trémousser, les jeunes danseurs se bécotaient dans une atmosphère d'orgie insouciante. Un peu partout des couples s'étaient formés et amorçaient des préliminaires amoureux sans chercher à dissimuler les frissons du plaisir qui commençait de naître. La rythmique du fond musical demeurait brutale et tranchait avec cette langoureuse sensualité collective. Une fille à demi nue, une brune au sourire étincelant et aux yeux d'azur, se déhanchait lascivement. Son chemisier déboutonné jusqu'au nombril laissait voir au gré du balancement de son buste les globes pleins de ses seins. De temps à autre, une main sortie de l'ombre se posait sur les courbes de son corps somptueux. Elle s'esquivait alors en riant et recommençait son manège. Les types restés seuls l'encourageaient en battant des mains, certains dansaient avec elle et prenaient des poses suggestives.

Paul ne s'était jamais trouvé dans ce genre de circonstances. Sa sensualité bridée se réveilla aussitôt, mais il ne fut pas tenté d'entrer dans la danse. Il se demandait si ces garçons et ces filles étaient étudiants comme il l'avait été jadis, s'ils se retrouveraient demain, le front studieux, sur les bancs d'un amphithéâtre, s'ils échangeraient des regards complices ou innocents, s'ils avaient des parents qui veillaient sur eux, une main maternelle peut-être qui préparait leurs tartines au petit déjeuner.

Il eut un petit rire. Cette déesse lubrique au sourire ensorceleur qui dansait si merveilleusement, répandant autour d'elle l'or bleu de son regard, ses seins laiteux roulant par intervalles dans l'échancrure de son chemisier, il l'aurait bien séduite, oui. Il aurait marché vers elle, il lui aurait dit n'importe quoi et ils seraient allés n'importe où. Ils auraient mélangé leurs corps. Lui, Paul, il l'aurait possédée, cette provocante beauté. Il aurait tenu sa taille splendide et souple contre la sienne, il aurait joui en elle de toute la fureur de son invincible puissance, son épée enfouie dans la moiteur de sa chair. Il n'avait pas peur de voir cela. Il n'avait pas peur de son désir. Il n'y avait pas de pudibonderie en lui. Et puis quoi ? Le lendemain, ce soir même, il en tomberait amoureux. Elle envahirait son esprit, elle se glisserait dans chaque geste et chaque pensée de chacun de ses jours et il deviendrait fou, parce que cette chose-là était tout bonnement impossible. Comment pourrait-il jamais vivre normalement ? Qu'avait-il à offrir, quel espoir proposer ? Il n'y avait pas d'avenir pour lui. Il se voyait dans cette ambiance de gentille débauche, à moitié givré, accompagné d'un invraisemblable type en survêtement. Il s'observait tel qu'il était, avec un brin d'indifférence. Il n'avait pas l'intention de s'apitoyer sur son sort.

Il se retourna vers le comptoir. Le survêtement avait pris la place de la serveuse. Assis sur un tabouret devant la caisse enregistreuse, il braillait en protestant de son indéfectible amour. Il tenait la jeune femme par la hanche et celle-ci cherchait à se dégager tandis qu'il approchait sa bouche fétide pour l'embrasser. Il postillonnait, il avait les yeux vitreux et injectés de sang. Au début, elle avait ri de ses avances, mais maintenant cela ne l'amusait plus. La plaisanterie tournait au vinaigre. Quelques consommateurs accoudés sur le zinc laissaient échapper des rires gras. D'autres montraient un air gêné. La plupart n'avaient rien remarqué. La musique atténuait l'incident.

Un remue-ménage eut lieu de l'autre côté de la salle. C'était le patron du bar. La serveuse n'était pas son employée, mais son épouse et ses nerfs brusquement le

140

lâchaient. Ses tendons saillaient sur son cou. Des veines bleues galopaient sur ses mains. Bien qu'il fût chétif, son taux d'agressivité hurlait sur ses traits comme un gyrophare sur une voiture de police. Les clients, du reste, se garaient sur son passage. Malgré le tintamarre et les transes de la bacchanale, ceux qui étaient sur la route du fauve avaient instinctivement perçu le danger. La foule inquiète s'écartait et lui ouvrait une voie qui menait droit au survêtement.

Celui-ci était le seul à n'avoir rien vu. Il jouait une ballade à sa belle, il chantait l'amour courtois. Il s'époumonait en pianotant sur la caisse enregistreuse dont le tiroir livrait à la convoitise publique un monticule de billets et de pièces en désordre. La serveuse, peu sensible à la romance, essayait de le convaincre de lui rendre sa place, ce qui l'encourageait à gueuler plus fort encore sa complainte sentimentale.

Son récital connut une fin brutale. Le patron le saisit à la gorge et le désarçonna sans ménagement. Perdant l'équilibre et la voix, le survêtement poussa un gémissement étouffé et chuta. Le barman le remit sur pied en l'empoignant par le col. Alors, il se mit à crier sans discontinuer comme un porc qu'on égorge. Il pleurait à chaudes larmes après son cœur brisé, exhortant sa dulcinée à ne point se décourager, traitant son assaillant d'assassin. Celui-ci qui, au premier instant, était sur le point de frapper, perdit contenance. Il tentait de faire taire l'ivrogne en couvrant ses jérémiades par une bordée de jurons. Il voulait maintenir sa colère à son niveau le plus haut, mais déjà il sentait qu'elle s'éteignait. Il ne savait que faire de cette épave dont il avait escompté une résistance plus valorisante. Toute la clientèle du bar, intriguée par l'altercation, s'était massée autour d'eux et seule la bande musicale, qui se déroulait encore, évitait au spectacle de devenir sinistre.

Paul observait la scène avec une grande délectation. Il trouvait le survêtement prodigieux. Il ne l'aurait jamais cru capable d'une telle fantaisie, de cette créativité débordante. Un type capable de semer une pareille confusion ne pouvait être tout à fait mauvais. C'était un artiste dans son genre, un authentique poète. Il n'était pas très attrayant au premier abord, il était même très laid. Il fallait seulement se montrer patient et attendre qu'il dévoile la perle contenue dans l'écrin grossier de son costume acrylique. Subitement, Paul eut peur que l'autre excité ne le lui abîme. Il ne manquerait plus que ça ! Qu'on le lui bousille au moment où il consentait à révéler les ressources de sa personnalité cachée, avant qu'il n'ait pu exposer la subversive richesse de son âme ! Le petit teigneux était bien capable de l'assommer pour défendre son patrimoine. Dans deux secondes, il enverrait son poing d'ex-loufiat sur ce crâne précieux où sommeillait le génie, sur cette bombe à retardement pour les valeurs bourgeoises !

Paul décida d'empêcher le drame. Il s'approcha d'un pas mal assuré et posa une main fraternelle sur l'épaule du patron. Il se sentait en pleine possession de ses facultés intellectuelles, d'une lucidité à percer les murs. Il n'y avait que sa langue molle et lourde qui cognait avec une exaspérante lenteur contre la barrière de ses dents. Il plissa les yeux et, feignant un sourire complice, il articula à la façon d'un répétiteur de théâtre :

« Cet homme est saoul, veuillez lui pardonner, car il ne sait pas ce qu'il fait. »

Il fut satisfait de sa formule. Il sentait qu'elle pouvait toucher la conscience de la petite brute et, par là même, l'émouvoir. L'autre tourna effectivement vers lui un visage bouleversant. Cependant le registre n'était pas celui qu'il escomptait. C'était une figure trouée par des flammes assassines.

Le patron, secrètement ravi de l'intervention d'un tiers, ne voulait pas le laisser paraître. Il souhaitait une issue digne et virile à l'impossible affrontement.

« Cette crevure est ton ami ? »

Paul déglutit douloureusement.

« Oui, je… Enfin, je le connais à peine… Un ami, c'est beaucoup dire. Vous savez ce que c'est…

– Sortez, les gars, avant que je ne fasse un malheur. Sortez ! »

Il y avait peu d'aménité dans ses paroles. Paul jugea plus prudent d'obtempérer. Il saisit le bras de son acolyte qui, versant des torrents de larmes, se lamentait à propos des cimes du bonheur que l'on ne retrouve plus. Il soufflait dans un mouchoir à carreaux et reproduisait à la perfection le son tonitruant d'une corne de berger suisse. Il obéit à l'impulsion que lui donna Paul. Ils sortirent en chancelant devant une haie de visages hostiles.

Dehors, l'air frais les requinqua. Le paysage de la rue frissonnait. Les murs ondulaient par vagues. Ils comprirent qu'ils n'en avaient pas fini avec l'ivresse. Il leur restait un acte à jouer et ils comptaient en profiter. Le survêtement sanglota de plus belle et poussa une longue plainte.

« Ouôh ! Ma douce, ma beauté ! On veut tuer notre amour ! Mais j'en fais le serment ! Caroline, ch'te retrouverai !

– Elle s'appelle Caroline ? » demanda Paul.

Le survêtement cessa de glapir. Sa figure devint impénétrable.

« Sûrement. Elles s'appellent toutes Caroline. Toutes les femmes du monde que j'aime et que j'peux pas avoir s'appellent Caroline. »

Paul le considéra avec attention. C'était vraiment un être fascinant. Ses cheveux épars, trempés de sueur, s'étaient couchés et formaient des ridules noirâtres sur la peau blanche de son crâne. Ses yeux hagards plongeaient dans le caniveau et conservaient une étrange fixité, tandis que, d'une main, il se grattait la cuisse à travers la poche de son survêtement. Paul se dit que leur amitié avait de beaux jours devant elle. Puis il se mit à ricaner.

« T'inquiète pas, va, tu es vengé. Le mastroquet nous a mis dehors sans réaliser qu'on lui laissait une sacrée ardoise ! Ah ! Ah ! Quand il va faire le compte des consommations tout à l'heure, il va comprendre ce qui lui en coûte de jouer les seigneurs du château ! C'est le triomphe de la diplomatie, mon vieux, l'apothéose des plénipotentiaires ! Comme disait Napoléon, la force de l'esprit l'emportera toujours sur celle de l'épée ! »

L'autre éclata de rire.

« C'est vrai, on l'a bien eu, ce nabot. Puto dé foutral !

— Qu'est-ce que tu as dit ? demanda Paul, le front et les joues soudain livides.

— Puto dé foutral. Ça veut dire putain de balourd. C'est mon grand-père qui disait ça. »

Paul contracta violemment ses muscles maxillaires. Il se sentait dégrisé. Les derniers mots de son compagnon venaient de le foudroyer. Cette insulte, il ne l'avait entendue qu'une fois dans toute son existence. C'était il y a quatre mois. Il était couché sur une dalle en ciment, il avait du sang plein la bouche et il sombrait dans l'inconscience. Le type devant lui, il en avait la certitude, était l'un de ses agresseurs de l'entrepôt.

Lui aussi, d'ailleurs, avait cessé de rire. Il avait remarqué quelque chose d'étrange dans le comportement de Paul.

« Quesse y a ? T'es malade ? »

Paul ne répondit pas. Il braquait sur lui des prunelles méchantes où se ramassaient quatre mois de haine contenue.

« Hein ? T'es malade ?

– Je vais te tuer.

– Quoi ?

– Je vais te tuer. »

Le survêtement n'eut pas le temps de comprendre. Paul plongea sur lui et se laissa tomber de tout son poids sur son corps, le faisant basculer vers l'arrière. Ils chutèrent tous les deux et se retrouvèrent allongés sur les pavés au milieu des voitures en stationnement. Alors, avant que l'homme ait pu émettre un cri, Paul, emporté par une rage sans frein, saisit sa tête par les oreilles et l'envoya heurter de toutes ses forces le rebord du trottoir.

Le démon au cœur truqué

Quand les pompiers étaient arrivés, le type au survêtement gisait près du trottoir dans une mare de sang. Un
groupe de jeunes tentait de maîtriser Paul qui ne se laissait pas approcher. Les cris, le bruit des gyrophares,
avaient réveillé les habitants du quartier. Certains avaient
entrebâillé les volets, d'autres étaient sortis sur leur bal-
con pour mieux jouir du spectacle. Des noctambules
s'étaient arrêtés, intrigués par l'attroupement. Toute la
clientèle du bar était là. Le patron, qui avait pris la direction des premiers secours, gesticulait et donnait des
ordres que personne n'écoutait. Il accueillait les forces
d'intervention : pompiers d'abord, ambulanciers et poli-
ciers ensuite. Pour chacun, il renouvelait ses explications.
Comment il avait été contraint d'expulser les deux poi-
vrots qui troublaient la tranquillité de son établissement,
comment il s'était aperçu qu'ils étaient partis sans payer
(la grivèlerie, la mort du petit commerce), comment il
s'était élancé à leur poursuite pour les retrouver quelques
mètres plus loin en train de s'entre-tuer.

Plusieurs personnes s'affairaient auprès du corps
allongé sur le sol. D'autres faisaient cercle autour de
Paul et s'efforçaient de le calmer, car il provoquait la
foule et promettait de tous les liquider. Ses cheveux
étaient hérissés sur son crâne. Une lueur de démence
flamboyait dans ses yeux. Il était terrifiant. Il se tenait

en position de combat, les jambes légèrement écartées, les genoux fléchis, un poing tendu pour maintenir l'adversaire à distance, l'autre armé sur le flanc, prêt à frapper. Chacun y allait de son argument pour le ramener à la raison, mais aucun n'osait le toucher ni même s'avancer dans le périmètre que ses bras définissaient pour la bataille. Il était sous l'empire de l'alcool et c'était cela, beaucoup plus que ses poses martiales, qui le rendait impressionnant.

Au bout d'un moment, un colosse ventru, portant veste et bottes en cuir, pantalon bleu rayé de rouge et casque miroitant, fendit la masse des badauds. Il sortit du cercle d'un pas tranquille.

« Alors, mon garçon, qu'est-ce qui se passe ? »

Il avait une voix bourrue qui tonnait et un très fort accent du Sud. Sa bouche était surmontée d'une paire de magnifiques bacchantes d'un noir de jais. Le capitaine des pompiers, montagne de placidité et de force en sommeil, dépassait Paul de la tête et des épaules.

« Si tu as des ennuis, si tu as des problèmes, il faut m'en parler, petit. »

Il roulait les « r » comme des sacs de gravier. L'impression de calme et de puissance qu'il dégageait parut produire sur Paul un effet lénifiant. Il baissa les bras et abandonna sa posture agressive. Ses traits se détendirent.

« C'est bien, mon garçon, c'est bien. Alors, dis-moi, qu'est-ce qui ne va pas ?

— Gros lard.

— Ah ! Ah ! Comment ? » Il y avait une nuance d'incrédulité dans sa voix.

« Gros lard. »

La figure du capitaine se fissura. Il perdit tout net sa bonhomie. On aurait dit qu'on lui avait arraché un orteil ou qu'on lui demandait d'éteindre l'incendie de Moscou avec sa gourde. Il essaya tout de même de se contenir.

« Qu… Quoi ?

– Gros lard. »

Ses sourcils épais tressaillirent. Sa bouche se contracta. La foule inquiète vit en frissonnant ses épaules monter derrière sa nuque, de la vapeur s'échapper de ses oreilles. Dans son visage cramoisi, ses yeux lançaient des torpilles. C'était un titan, une créature venue d'une autre planète. Il allait pulvériser Paul.

Mais Paul fut plus rapide. Il donna sans prévenir un coup de tête fulgurant dans le coffre du pompier qui s'écroula, le souffle coupé. Aussitôt, une demi-douzaine de personnes se jetèrent sur lui. Parmi elles, deux infirmiers tenaient une camisole de force et entreprirent de la lui passer. Paul déployait une telle énergie qu'il fut impossible de l'utiliser. Un interne arriva enfin et mit un terme à la mêlée. Il tenait une seringue et fit une injection au forcené. Paul ne fut plus bientôt qu'une chiffe molle entre les bras des soignants.

Lorsqu'il se réveilla, il était dans une pièce minuscule sans fenêtre, aux murs, au sol et au plafond capitonnés. La porte elle-même était recouverte d'un épais matelas beige. Il était habillé d'un pyjama gris clair au tissu grossier qui le grattait à l'intérieur des cuisses et sur les épaules. Un haut-parleur invisible diffusait à volume réduit une musique douce qui irritait les nerfs. Il se mit à appeler, à crier de toutes ses forces en exigeant qu'on le fasse sortir. Rien n'y fit. Au bout d'un long moment, il s'arrêta, épuisé. Il se coucha sur le sol et ne fit plus un geste. De toute évidence, il n'y avait personne. Personne ne l'entendait.

*
* *

Ange Fraboli se sentait devenir fou. Il n'avait pas dormi depuis trois nuits. Il enfouissait sa tête sous le traversin que surmontaient deux oreillers. Il comprimait le tout de son mieux sur son crâne et cela ne servait à rien. Il entendait toujours le bruit. Ce bruit épouvantable, ce bruit odieux qui lui interdisait de trouver le repos. C'étaient des gémissements geignards d'une tonalité aiguë qui ressemblaient à un interminable grincement de porte. Le jour, on ne s'en rendait pas compte à cause de la rumeur de la ville. Mais la nuit, la plainte emplissait le silence de manière insoutenable. Comme un serpent, le bruit se glissait jusqu'à Ange à l'orée du sommeil et insinuait en lui son poison perfide. L'impitoyable lamentation lui agaçait les dents, ses jambes devenaient impatientes, sa pensée tournoyait sur la dentelle de ses nerfs. Cela venait de la cuisine. Cela ne s'arrêtait jamais. C'était le pire cauchemar qu'un homme puisse imaginer.

C'était Bernadette Soubirous qui chialait dans sa cage.

Ange avait tout essayé pour interrompre les jérémiades du caniche : la flatterie, la violence, la tendresse, les menaces. Il avait même consenti un sacrifice considérable. Il lui avait donné une tablette de chocolat fourré aux noisettes. Le chien s'était jeté dessus comme un morfal et s'en était rempli la panse. Ange avait vite regagné son lit. La perte de ce petit plaisir était compensée par le soulagement d'avoir enfin terrassé le monstre. Il allait pouvoir dormir. Il s'était enfoui dans son canapé convertible et avait bien remonté la couverture sous le nez. En se délectant par avance des sublimes heures d'abandon qui l'attendaient, il s'était étiré voluptueusement.

Il avait à peine fermé les yeux que le bruit avait repris de plus belle. Il avait eu envie de hurler. Il était presque quatre heures du matin. Ce n'était pourtant pas le premier chien à pleurnicher après ses maîtres. En général, ils venaient tous de mauvaise grâce dans sa pension de famille. Il fallait toujours qu'ils se plaignent un peu de l'hébergement, du manque de distraction, de l'absence de jouets en plastique. Même les chats, quand ils s'y mettaient, pouvaient regimber bruyamment. Cependant, ils se calmaient d'ordinaire après avoir reçu pitance et Ange avait pour principe de ne jamais garder les animaux très longtemps chez lui. Cette fois, hélas, il ne pouvait se débarrasser de la marchandise de suite, car le gars qui lui servait de contact ne serait pas visible avant quinze jours. Quelle poisse !

Ange Fraboli souleva prudemment l'échafaudage duveteux au-dessus de sa tête. Il crut au miracle. Il n'entendait plus rien. Comme il se laissait aller à sourire, un trille d'ultrasons lui perça les tympans.

Le caniche en oraison entamait ses matines.

*
*   *

Véro n'avait pas revu Paul depuis l'été, depuis ce jour où il avait fait irruption dans son cabinet, le visage en sang. Elle l'avait recousu et, pour terminer, ils s'étaient disputés. Et puis plus rien. Il n'avait manifestement pas éprouvé le désir de la revoir. Elle, de son côté, s'était sentie trop malheureuse pour s'abaisser à lui rendre visite. Elle ne voulait pas quémander son affection. Cette situation lui pesait à présent. Elle en avait assez de cette existence stérile où elle ne faisait qu'attendre un bonheur qui ne venait pas. Elle voyait le temps passer, ses plus belles années qui lentement s'enfuyaient. Trente ans déjà et bientôt la jeunesse serait loin. Bientôt il faudrait renoncer à l'insouciance, à la pureté de l'amour sans rides. Allait-elle continuer de se flétrir ainsi, d'accepter cette indifférence morne, cet abandon où Paul la laissait, tandis que le voile des jours ternissait peu à peu l'éclat de son visage ? Il y avait des matins où son miroir faisait brutalement le compte. Les heures étaient méchantes, elle ne l'ignorait pas.

Ce délaissement n'en faisait pourtant pas une triste célibataire. Elle avait sa famille et ses amis qui la chérissaient. Des hommes lui faisaient la cour. Certains n'étaient pas mal d'ailleurs. Aucun néanmoins n'éveillait en elle cette émotion unique, à la fois délicieuse et douloureuse, qu'elle devait à Paul. Elle était vraiment mordue, comme disait Luciano qui savait tout. « Sois patiente, va. Laisse-le faire son expérience : il en reviendra. Au fond de lui, il t'aime, mais il ne le sait pas encore », ajoutait le boucher qui, les connaissant l'un et l'autre, leur prodiguait une affection de grand frère. C'était un baume pour le cœur, ce précieux camarade. Il avait des paroles consolantes qui lui faisaient du bien.

Avec le retour de l'automne, les premiers vents froids et la chute des feuilles, elle avait senti une angoisse nouvelle naître en elle. La crainte d'une décrépitude qui ne succéderait à aucun épanouissement : une entrée impitoyable dans l'hiver juste après les promesses du printemps, sans les rondeurs languides de l'été ni les rougeoiements fastueux de l'automne. Elle ne voulait pas de ce dessèchement absurde qui ne viendrait après rien. La vieillesse et la mort n'étaient pas des questions qui l'avaient beaucoup agitée jusque-là. Un jour, elles seraient simplement devenues réalité sans qu'il fût nécessaire de les interroger. Ce qui les rendait soudain émergentes, c'était cette éventualité qu'elles pourraient clore une vie incomplète. Véro n'avait jamais réalisé auparavant que la maternité constituait pour elle une justification implicite de l'existence, une structure souterraine de son esprit qui n'avait pas eu besoin de s'exprimer et qui ne l'aurait jamais fait si elle avait eu plus tôt l'opportunité de fonder un foyer.

Longtemps, elle n'avait pas ressenti le besoin d'un enfant. Elle savait que cela viendrait un jour et ce savoir suffisait. Cette certitude était ancrée en elle comme une évidence et ne constituait pas l'objet d'une attente particulière. Elle n'y pensait pas, parce qu'il était normal que cela arrivât. Toutefois, ses trente ans avaient fait office d'une sirène d'alarme. Le jour de son anniversaire, elle avait débranché le téléphone. Elle n'avait pas ouvert les volets. Elle était restée chez elle à réfléchir. Le réveil avait été cuisant. La question de la maternité n'avait surgi qu'au moment où ses certitudes s'étaient vues attaquées par un doute affreux qu'une date sur un calendrier avait suffi à insinuer. Son âge lui avait sauté à la figure, déclenchant à la fois l'envie impérieuse d'être mère et la peur anxieuse de ne jamais le devenir.

Ainsi Véro découvrait-elle dans les arcanes de son inconscient cette spiritualité cachée, enracinée dans sa chair, qui commandait en secret son mécanisme intime d'adaptation à la vie. L'exigence procréatrice, la lutte victorieuse de la femme contre le temps la tenaillaient à présent et ne la lâchaient plus. Son ventre appelait ses fruits. Sa féminité demandait à s'accomplir. Elle voulait un bébé, il lui fallait un bébé. Rien d'autre et rien de plus qu'un bébé.

C'est l'esprit encombré de ces pensées moroses que la jeune vétérinaire commençait ce matin-là sa journée de travail. Elle venait d'ouvrir son cabinet de consultation. Tout était propre et ordonné. Les premiers clients n'allaient pas tarder. Elle était assise derrière son bureau et feuilletait un catalogue de lingerie prénatale et d'articles pour nourrissons. Elle portait une blouse verte méticuleusement repassée, ses cheveux auburn étaient tirés en arrière et formaient un chignon. Elle était pimpante comme d'habitude.

Tout en tournant les pages, elle poussait de profonds soupirs. Comme ils étaient beaux, ces nouveau-nés de papier glacé ! Avec leurs visages poupins et leurs petites mains aux poignets boudinés ! Oh ! Et celui-là et son épi sur le front ! Elle en voulait un, elle en voulait un, elle en voulait un. Elle en voulait un maintenant ! C'était irrésistible. Il fallait faire quelque chose. Tant pis pour Paul. Elle ne pouvait tout de même pas gâcher sa vie pour ce monstre d'égoïsme qui ne la regardait jamais ! À ce train-là, elle allait se retrouver vieille fille sans s'en apercevoir. Incollable sur la théorie, incompétente en pratique ! Elle ne savait déjà plus où ranger les catalogues premier âge, ils s'entassaient un peu partout à la maison.

Bon, c'était décidé. Elle allait rentrer dans le rang. La normalité, elle n'aspirait qu'à ça. Fini les dingues, les Diogène à la manque, les hommes-chiens ! Non, mais qu'est-ce qu'il croyait, ce petit prétentieux ? Qu'elle allait continuer indéfiniment à se vouer à lui, qu'elle allait soigner *ad vitam aeternam* ses moindres bobos, ses ennuis digestifs et sa mélancolie ? Bientôt ce serait pour ses rhumatismes, ses cors aux pieds ou ses dents à pivot qu'il viendrait la voir. Il finirait par ne plus lui parler que de sa prostate ou de sa vue déclinante. Il partirait sans dire merci en s'égosillant, parce qu'il se serait souvenu de ce chien qu'il avait eu il y a longtemps, de ce chien qui s'appelait comment déjà ? Il ne serait même pas foutu de s'en souvenir. Ce serait pitié que de voir ça.

Elle avait un peu honte à présent de l'amour qu'elle avait éprouvé pour ce désaxé. Au fond, l'avait-elle vraiment aimé ? Est-ce qu'elle ne s'était pas plutôt attachée à lui par accident et presque par hasard ? D'abord, était-il possible d'aimer d'une façon aussi absurde ? Ce n'était pas de l'amour à la vérité. Le père de ses enfants, ça, oui, elle l'aimerait. Mais Paul… Une toquade. Voilà, c'était une toquade. Une erreur de jeunesse. À présent, cette histoire était terminée. Elle avait ouvert les yeux. Elle en riait de bon cœur. Comme on est bête quand on est jeune ! Une sagesse nouvelle colorait son regard d'une vaste compréhension. Elle se sentait solide et expérimentée, prête pour commencer une vie nouvelle. Elle allait rencontrer un garçon charmant qui vivrait dans une vraie maison, qui n'aurait pas de chien, qui tomberait fou amoureux d'elle et avec lequel elle fonderait une famille. Peut-être qu'elle le connaissait déjà, qu'il lui faisait les yeux doux depuis longtemps et qu'elle ne l'avait pas remarqué. Pourquoi pas ce kinésithérapeute qui, tous les dimanches, voulait l'emmener faire un tour dans sa voiture de sport ? Non, quel ennui ce serait avec un type pareil. Ou alors ce grand brun qui ne l'avait pas lâchée une minute à ce mariage le mois dernier ? Il ne lui avait pas déplu. Mais il n'avait parlé que d'argent, de création d'entreprises, de placements financiers. Seule l'indigence de sa conversation paraissait échapper à son intelligence économique.

Elle poussa un profond soupir et tourna une nouvelle page du catalogue. Un bébé de quelques mois aux cheveux blonds et aux yeux d'un bleu transparent lui tendit les bras. Elle se sentit fondre. N'importe qui ferait l'affaire à la limite. N'importe quel homme capable de l'aimer vraiment. Elle regarda le bambin aux joues rondes qui semblait lui dire maman. Non. N'importe quel homme en état de procréer. Ce serait bien suffisant. Elle n'avait plus le temps d'entrer dans des considérations plus complexes. S'il fallait à nouveau attendre le grand amour, entreprendre des manœuvres d'approche, vérifier la fiabilité du lien, prendre des engagements, elle n'allait pas s'y retrouver. Ça pouvait prendre des mois, des années. Elle atteignait un point où elle se sentait en devoir de prendre des mesures drastiques. Un géniteur suffirait. Le prochain qui échangerait quelques fluides avec elle lui rendrait ce fier service. Une pensée traversa son esprit, une solution radicale à son problème : le premier type qui passerait la porte de son cabinet de consultation serait le bon. Elle s'offrirait à lui, qu'il lui plaise ou non, elle le remercierait et il ne saurait jamais quel cadeau il lui aurait fait.

Elle se mit à sourire. Elle était rassérénée. Les hommes ne la feraient plus souffrir désormais. C'est elle qui allait se servir. Elle aurait son enfant coûte que coûte. A cet instant, la sonnette d'entrée tintinnabula. Le premier client de la journée venait d'arriver. Véro pensa que c'était peut-être son homme. Elle se leva, inspira un grand coup et ouvrit la porte de la salle d'attente.

Devant elle, à côté d'un caniche qui tremblait comme une feuille, Ange Fraboli mâchonnait un chouine-gom d'un air inexpressif.

*

* *

Le plaisir de Luciano était de tailler dans une carcasse à grands coups de hachoir, de le faire proprement et sans bavure, puis de disposer les morceaux avec harmonie sous sa vitrine réfrigérée. Il aimait aussi servir les clients. Les accueillir de sa figure joviale, parler de tout et de rien en découpant une bavette, s'enquérir de leur santé en moulinant du haché, un crayon sur l'oreille. Avec sa stature de colosse, ses grandes mains, son tablier blanc et son teint un peu rouge, il cumulait tous les clichés de sa profession. Pourtant, il n'y avait en lui aucune feinte. Ses gestes précis, ses manières onctueuses et ses propos convenus n'exprimaient rien de plus que l'amour du métier.

« Et avec ça, quesse que ce sera ? » La petite vieille ne répondit pas tout de suite. Elle ruminait ses gencives en jetant un regard suspicieux vers un quartier de bœuf luisant exposé sous le vitrage incurvé. Sans doute aurait-elle aimé le toucher, éprouver sa consistance, y enfoncer un doigt comme on cherche un melon ou une baguette bien cuite. Ici, il ne pouvait en être question. Il fallait juger la marchandise sur sa bonne mine, faire confiance à son intuition. La cliente, qui était déjà voûtée, se pencha un peu plus, méfiante, vers la vitre qui ne sentait rien. Elle leva une main crochue et cogna sur la paroi pour désigner le morceau sur lequel elle avait jeté son dévolu.

« Il est bon, votre bœuf ? » demanda-t-elle d'une voix suraiguë qui chevrotait un peu. Elle ne regardait pas le boucher, mais fixait obstinément la pièce de viande comme si elle allait se mettre à parler. Son nez pointu était vissé au-dessus de deux lèvres fines que ne retenait plus le barrage des dents.

« Excellent, Mame Moulisse. C'est un des meilleurs morceaux que j'aie en ce moment. C'est pas compliqué, j'en ai mangé hier soir : il est aussi tendre que du beurre. Oui, ça, un amour de bœuf ! répondit le boucher avec entrain, jouant à plaisir de son accent du Sud-Ouest.

– Bon, alors, donnez-moi une tranche de jambon. »

Luciano obtempéra, un sourire aux commissures des lèvres. Il avait de la tendresse pour Mme Moulisse et pour toutes ses clientes, ses insupportables clientes qui ne savaient pas ce qu'elles voulaient, qui méditaient une demi-heure devant un steak haché, qui revenaient trois fois reprendre un bout de saucisse, n'avaient jamais de monnaie et signaient des chèques pour cent grammes de veau (quand il ne fallait pas leur faire crédit). Tout en découpant le jambon – « bien fines les tranches, bien fines ! » –, il se rappelait cette fois où Mme Moulisse lui

avait rapporté une côte de porc dont son impayable teckel n'avait pas voulu. Il avait fallu la lui changer
dare-dare. Il en avait ri toute une soirée pendant que
Verna en faisait ses délices.

« Et avec ça, Mame Moulisse, quesse que ce sera ?

— Ce sera tout. À midi, je me fais une cansalade avec
un peu de papatch. Pour ce soir, j'ai un reste de bouillon
et un bout de gâteau atapi. Le jambon, c'est pour Mistouille.

— Eh oui, au fait, où il est, le petiot ? Il a pas voulu sortir ? Y s'est pas remis de ses émotions, le pauvre ! » Tout
le quartier était au courant de la tentative d'enlèvement.
Avant même d'aller faire sa déposition au commissariat,
Mme Moulisse avait entrepris une longue marche d'information qui lui avait fait remonter de commerce en
commerce toute la rue Mage pour faire le récit de ses
exploits. À chaque pause, son histoire s'était enrichie de
détails supplémentaires et, arrivée chez Luciano, elle était
devenue particulièrement sanglante de sorte qu'on ne
savait plus très bien qui, de la petite vieille ou du grand
type en veste de cuir, avait agressé l'autre.

« Il a dû avoir peur, pauvre bête !

— Pensiqué ! Il s'est aperçu de rien ! Hier soir, il a pris
comme quatre ! Il a fini l'estoufet de haricots que je
m'étais préparé ! Non. Si je l'ai laissé à la maison, ce
matin, c'est que j'ai pas confiance.

— Ah, c'est vous qui avez peur alors ?

— Voueï. Mais pas de l'autre fouzègue.

— Tiens ! Et de qui donc ? »

La petite vieille prit un air mystérieux. Bien qu'ils fus-
sent seuls dans le magasin, elle s'approcha du comptoir
comme si elle voulait éviter qu'on n'entende ce qu'elle
avait à révéler. Luciano, intrigué, tendit l'oreille. Il la
trouvait mignonne, sa pipelette. C'était sa préférée. Elle
ressemblait à une fillette toute fripée sur le point de

confier un immense secret. Par exemple où elle planquait sa réserve de bonbons ou ce que faisait son papa avec la tante Aglaë le dimanche pendant la cueillette des cèpes.

« J'ai peur de Mame Estrouffigue.

– Mame Estrouffigue ! »

Luciano sursauta. Il n'avait avec celle-ci que des rapports indirects. Elle ne faisait pas elle-même ses achats. Autrefois, c'était son petit-fils qui s'en chargeait. À présent, elle envoyait une dame qu'elle avait prise à son service et qui s'occupait de ses emplettes. Mais le boucher n'avait pas besoin de la connaître pour savoir qu'en ville c'était quelqu'un. Une personne honorable et estimée qu'il voyait parfois à l'église, une femme de biens dont la respectabilité se mesurait en mètres carrés de surface habitable. Son aura immobilière la précédait et prédisposait favorablement à son égard tout individu normalement constitué. Sa réputation était indexée sur la valeur locative de ses appartements.

« Qu'est-ce qu'elle vous a fait, Mame Estrouffigue ?

– Elle m'a fait qu'elle prépare un mauvais coup.

– Allons, allons, Mame Moulisse, une femme comme ça, préparer un mauvais coup ! Vous vous faites sûrement des idées…

– Ah oui ? » Elle farfouillait dans le gigantesque sac à main noir de forme trapézoïdale qui lui servait de panier à provisions. « Et ça, macarin', c'est des idées peut-être ? » Elle tendit au boucher une lettre pliée en quatre. Luciano la saisit et hésita, pour la forme, avant de l'ouvrir. Il attendait poliment un signal pour se jeter dessus.

« Lisez, lisez ce qu'elle m'écrit, cette tataragne ! »

Le boucher, non sans avidité, se plongea dans le courrier qui ne lui était pas destiné.

« Ma chère Honorine,

« Comme le temps passe ! Cela fait, je crois, plus de trente ans que nous voisinons vous et moi dans cette demeure qui abrite désormais nos vieux jours. Nous en avons vu des locataires, des facteurs, des releveurs de compteurs électriques ! Vous souvenez-vous de cet hiver où il avait tant neigé et où la toiture s'était effondrée dans un fracas effroyable ? Cela avait provoqué une belle inondation et la cage d'escalier s'était transformée en cascade à la fonte des neiges. Et ce professeur de mathématiques qui avait mis le feu à l'appartement du rez-de-chaussée ? Vous craigniez tant de périr dans les flammes que mon pauvre maître Estrouffigue avait dû venir vous chercher avant l'arrivée des pompiers ! Tout cela est bien loin maintenant. Nous vivons parmi nos souvenirs, nous sommes un peu les mémoires de la maison, les témoins d'une époque révolue.

« Les années pèsent de tout leur poids sur nos épaules. Je vous sais encore alerte, mais je n'ai plus, quant à moi, l'énergie de mes vingt ans. C'est à peine si je réussis à me traîner jusqu'à mon club de belote tous les jeudis et à Megève pour les fêtes. Seule l'intolérable chaleur qui règne ici au plus fort de l'été me contraint encore à passer le mois d'août à Biarritz. Quant au tourisme, à mon âge, il ne faut plus y compter. Deux voyages par an à l'étranger et c'est le maximum.

« C'est ainsi, ma chère Honorine, que nous nous laissons prendre par les glaces de la vieillesse et que nous cessons peu à peu de vivre et de nous rencontrer, bien que nous habitions sous le même toit. J'aurais pourtant tant de choses à vous dire ! Je dois vous rendre grâce à présent que l'heure de la séparation approche. Au soir de ma vie, je tiens à vous témoigner mon affection. Vous que je considère presque comme une sœur, vous avez toujours été une locataire modèle, d'une discrétion

159

rare, d'une scrupuleuse honnêteté, d'une régularité admirable dans le règlement des loyers. Je n'ai jamais eu le moindre grief à formuler à votre encontre. Vous auriez fait le bonheur de n'importe quel propriétaire.

« Il n'y a qu'un détail qui me gêne. Ce sont ces épouvantables odeurs de cuisine que vous répandez à longueur de journée dans l'immeuble et qui décollent les papiers peints. Les autres locataires se plaignent, plusieurs enfants sont tombés malades et je suis prise moi-même de violentes nausées chaque fois que je passe sur votre palier. Comme je vous l'ai fait remarquer à plusieurs reprises, ce n'est pas la puanteur de votre table qui est dommageable pour les habitants de la maison, mais la désagréable impression qu'elle fait naître que l'un d'entre eux est mort de la peste.

« La suspicion s'insinue à tous les étages et plusieurs de vos voisins commencent à craindre pour eux-mêmes et pour leur famille. Voulant éviter tout phénomène de panique, je vous demande donc de mettre un terme à ce préjudice moral qui jette une ombre funeste sur le bonheur convivial dont jouissaient jusqu'ici les âmes dont j'ai la charge. J'ignore à quelles expériences vous vous livrez dans votre cuisine, mais je vous conjure de cesser ces abominations sataniques. Votre perversité me fait frémir. Je redoute moins que l'on retrouve un jour votre corps affreusement avarié qu'une asphyxie générale dont nous serions tous les victimes. Par pitié, offrez-vous des boîtes de conserve et des produits surgelés.

« Pensées affectueuses,

« Madame Estrouffigue. »

Luciano ouvrait des yeux comme des soucoupes.

« Punaise ! C'est fort ! C'est rudement bien écrit !

– Voueï. Une lettre de professeur de boudègue ! Et

elle connaît rien à ce qui est bon. Tiens, ça me fait peine !

– Oui, mais quand même, c'est fort !

– C'est fort, c'est fort ! N'empêche que, moi, je m'en sais mal de cette lettre ! Elle est capable d'utiliser ses clefs pour venir mourfiner à la maison quand j'y suis pas. C'est pour ça que j'y ai laissé Mistouille. Avec lui, je suis tranquille ! Qu'elle s'avise d'entrer par effrassion et il va s'en passer de l'épais ! Quand il est dans ses murs, c'est un fauve, cet animal !

– Y a pas, y a pas, c'est fort, c'est rudement fort. »

La clochette électrique qui signalait sur le seuil l'arrivée d'un nouveau client tinta joyeusement. Un homme entre deux âges portant de fines moustaches et un blouson en toile bleue poussa la porte en se frottant les mains, transies par le froid. C'était le flic que Luciano avait vu l'autre jour, celui qui avait embarqué la voiture du drôle de zèbre devant le magasin. Il salua la petite vieille qu'il paraissait connaître.

« Alors, cette enquête, elle avance, monsieur l'inspecteur ? » s'enquit-elle en hochant la tête. Elle avait fait sa déposition la veille et aurait trouvé normal que son agresseur fût déjà sous les verrous.

« Ah ! Je suis sur une piste, madame Moulisse, je suis sur une piste. » En réalité, il n'avançait pas du tout. Il était descendu chez Geraldo Gomes, 12, rue des Gestes, pour apprendre que celui-ci était parti sans laisser d'adresse plusieurs mois auparavant. Il se trouvait donc au point mort avec pour seul indice le signalement du suspect.

« Voueï, ça va pas être facile, reprit la petite vieille d'un air entendu. Avec la rouste que je lui ai mise, il doit être en train de s'apitchounir, cette patane. C'est pas demain qu'on le reverra dans le quartier. J'aime autant vous dire que !

– Ah ! Ah ! Ça ne fait rien, on l'attrapera quand même, madame Moulisse ! »

L'inspecteur Moskato se forçait à rire. Il avait la gorge nouée. Mme Moulisse jeta un coup d'œil à la montre-pendentif qu'elle portait autour du cou. Elle leva les bras au ciel.

« Bouh ! Déjà dix heures ! Et ma cansalade qui est sur le feu ! Allez, je me sauve ! » Elle s'empara du jambon dans son emballage, posa une pièce sur le comptoir et sortit en trottinant sans regarder derrière elle.

« Au revoir, madame Moulisse.

– Au revoir, Madameuu… »

Le salut que lui envoyèrent les deux hommes était machinal. La vieille était déjà loin.

« Quesse je peux faire pour vous, monsieur l'inspecteur ? » demanda le boucher en souriant de ses grandes dents. Il mourait d'envie de dire qu'il avait vu le type à la voiture pleine de pévés. Il avait tout de suite compris, d'après la description qu'en avait fait Mme Moulisse, que c'était le même individu qui l'avait agressée et qui s'en était pris à son chien. Maintenant, il se réjouissait de voir l'inspecteur venir jusqu'à lui. La police savait reconnaître les bons informateurs. Il allait collaborer à une enquête, peut-être en découvrir les secrets, en tout cas prendre sa part d'une aventure passionnante. Il remonta ses manches sur les coudes.

« Quesse je peux faire pour vous, monsieur l'inspecteur ? »

L'inspecteur Moskato regarda l'étal derrière la vitrine réfrigérée, puis le commerçant et encore l'étal. Il était complètement découragé. Ses moustaches faisaient sécession. Elles semblaient vouloir fuir, chacune de son côté. Son visage était ravagé de tristesse. Ses joues ravinées par les larmes qui n'avaient pas coulé criaient l'absence de Petit-Bernard. Le caniche lui manquait horri-

blement. Plus personne pour l'accueillir au retour du travail, plus de jappements derrière la porte, plus de bonds
de cabri une fois entré. Juste un silence de sépulcre, un
mobilier en deuil, un canapé refroidi où ne se lovait plus
le corps assoupi de l'animal. Il se rendait compte que
cette bestiole minuscule, ce truc infinitésimal et gei-
gnard, avec ses petits riens, ses couinements, son appétit
de goinfre, sa quête obsessionnelle de son os en plastique, avait pris dans sa vie une place considérable. Son
départ laissait un trou béant autour duquel il tournait
comme un oiseau fou et qui l'aspirait dans sa bouche
glaciale. Il n'avait personne à qui en parler et il se sentait honteux de souffrir autant pour une bête.

« Quesse je peux faire pour vous, monsieur l'inspecteur ? » La voix chantante du boucher le tira de son
hébétude. Il fallait se ressaisir, oui. Il fallait quelque
chose qui pût relancer la machine, le remettre sur les
rails, faire naître un espoir. Il se redressa et se décida à
répondre.

« Une boîte de foie gras, s'il vous plaît. Ce que vous
avez de meilleur. »

*
* *

Véro regardait Ange Fraboli avec insistance. Il lui parlait de son chien, un caniche frisotté qui traversait une
période de déprime. Il semblait se faire beaucoup de
souci pour lui et aussi être las de ses pleurnicheries. Elle
ne l'écoutait pas. Elle le regardait. Ça n'allait pas être
facile. Ce n'était pas exactement le genre de prince charmant qu'elle avait imaginé. Mais elle était déterminée et
son choix était fait. Puisqu'il était le premier à passer ce
jour-là la porte de son cabinet, le sort l'avait désigné. Il

ferait autant l'affaire qu'un autre. Un inséminateur, rien de plus. S'il voulait vraiment soigner son chien, elle l'enverrait ensuite à un confrère pour être sûre de ne jamais le revoir. Ils allaient faire ça tout de suite. Ce serait très rapide. Elle penserait à autre chose et elle oublierait à jamais son visage.

Elle continuait de se taire et de le fixer. Elle ne baissait pas les yeux pour bien lui signifier qu'il était en train de se produire quelque chose dans le chœur de ses pensées. Quelque chose qui n'avait guère de rapport avec les exigences de sa profession et qui n'impliquait plus l'habituel et pudique balayage du regard, la mécanique distanciatrice des propos convenus et de l'interrogatoire médical. Elle ne doutait pas une seconde d'obtenir ce qu'elle voulait. L'idée ne lui venait pas que le type pouvait résister à ses avances, s'en offusquer ou la prendre de haut. Elle qui manifestait tant de faiblesse avec Paul, qui manquait cruellement de confiance dès qu'il s'agissait de lui – au point de se trouver moche, indigne d'intérêt –, se comportait avec une assurance qu'elle n'avait plus connue depuis des années et qui lui rendait soudain plus vif le sentiment de sa propre existence. C'est parce qu'elle aimait Paul qu'elle se sentait soumise et impuissante. C'est parce que ce type lui était indifférent qu'elle se percevait comme supérieure et que déjà elle le dominait.

Elle remarqua qu'il se troublait et elle en ressentit une impression de force extraordinaire. Oui, elle était vivante et c'était bon de vivre et d'agir et de tenir quelqu'un à sa merci ! L'homme commençait à balbutier, à se dandiner sur ses longues jambes. Son regard devenait fuyant. Il se perdait dans des explications embarrassées. En fait, ce n'était pas son chien, mais celui d'un ami qui le lui avait confié pendant ses vacances. Il en était responsable, il craignait qu'il ne fût malade. Il lui jetait des coups d'œil furtifs et, comme elle ne détachait pas ses yeux des siens, il rougissait en passant la main sur son front.

Sans se départir d'un sourire enjôleur, elle lui demanda de placer le chien sur la table d'opération. Le caniche était mort de peur. Il vibrait comme un lapin à piles et levait vers le ciel des billes suppliantes. L'image de Bernadette Soubirous en extase traversa brièvement l'esprit de Véro. Elle battit des paupières. L'homme se donnait une contenance en tenant le chien par la peau du cou. Il faisait mine de le caresser pour le rassurer. Véro l'ausculta à l'aide d'un stéthoscope. Sa jolie main aux doigts effilés effleurait celle du type sur le poitrail de la bête. Elle finit par maintenir le contact comme si de rien n'était. De sa main libre, elle poursuivit ses investigations. Il ne lui échappait pas toutefois que son client ne retirait pas la sienne.

Alors, prétextant une difficulté à percevoir les pulsations cardiaques, elle contourna la table pour se placer à côté de l'homme qui, jusque-là, lui faisait face. Il fut contraint de s'écarter et resta en retrait. Sans plus se préoccuper de lui, elle se pencha vers le caniche qui frisait l'apoplexie. Ses pattes étaient contractées par la frousse. Elle posa son oreille sur les côtes de l'animal en retenant sa respiration. Sa stratégie de séduction l'occupait tant qu'elle parvint à surmonter sa répulsion pour cette boule de poils probablement infestée de puces. Elle savait qu'elle atteignait un point critique dans ses manœuvres. Elle avait adopté une pose calculée pour offrir à la vue du client le profil de son visage aux yeux fermés et l'image attrayante de son postérieur parfaitement moulé dans sa blouse. Elle jouait son va-tout et lorsqu'elle sentit une main se poser sur sa hanche, elle sut qu'elle avait gagné. Elle ne se retourna pas.

La main de l'homme accentua sa pression. Véro demeura immobile. Encouragée par ce signe d'assentiment, la main remonta vers la poitrine. La jeune femme esquissa un sourire. Paul, espèce de salaud, maintenant c'est fini, tu vas payer pour ton égoïsme. Toutes ces avanies, cette solitude que tu m'as fait subir ! La main se mit à lui pétrir les seins, puis rapidement déboutonna la blouse pour accéder à l'élastique rondeur de sa chair. Tu m'entends, Paul ? Regarde ! Moi aussi, je décide, moi aussi, je m'affranchis des contraintes, je choisis mon destin.

Ses seins à présent jaillissaient de sa blouse comme deux magnifiques boules de glace à la vanille. Elle était penchée vers l'avant, ses coudes reposaient sur la table. Elle avait lâché le chien qui était tombé et dont personne ne s'occupait plus. Il était allé se cacher sous un chariot métallique encombré de fioles et de récipients en fer-blanc. La main accélérait son mouvement, allait et venait, écrasait la poitrine ferme de la jeune femme. Je n'ai plus rien à faire de toi, Paul. Tu peux crever, je suis libre. Elle sentait le corps de l'autre contre le sien. Désormais, je m'appartiens. Je fais l'amour quand bon me semble.

Il avait posé son autre main sur son ventre. Adieu, Paul, tu ne comptes pas. Tu n'es qu'un accident, un malentendu, une poussière dans ma vie. L'homme essayait de dégrafer les jodhpurs en velours qu'elle avait passés ce matin. Tu n'es rien, Paul, je t'efface. C'était pour toi, tout ça, et tu n'en as pas voulu. Regarde-moi bien : je me donne à un autre.

À un autre qui n'est pas toi. Paul ! La main venait de se glisser sous son pantalon. Paul ! Inquisitrice, elle cherchait à se frayer un passage. Oh, mon Dieu, Paul ! Véro se redressa violemment. Elle se retourna, électrifiée. Paul ! Non ! Elle vit les yeux chassieux d'Ange Fraboli, son nez de fouine, son double menton et ses cheveux gras. Paul, par pitié ! Elle eut un mouvement de recul. L'autre, ne comprenant pas, crut à une invite supplémentaire, une suggestion posturale. Il l'enlaça, la pressa

contre lui et dirigea vers ses lèvres fraîches sa bouche qui
empestait le tabac. Paul, je t'en supplie ! Elle se laissa
embrasser, saisie de nausée, au bord de l'évanouissement.
Paul, au secours ! Elle le repoussa. Elle cherchait à s'en
sortir. Paul ! Enfin, elle put parler. Elle lui dit que non,
pas maintenant, ce n'était pas possible. Elle attendait un
client. Il allait arriver. Il fallait revenir demain, voilà,
demain, ils seraient plus tranquilles. À quelle heure ? À
neuf heures. Ou à dix. N'importe. Mais là, vraiment, il
fallait partir, on pouvait les surprendre, vite ! L'autre,
gagné par cette soudaine inquiétude, remit la main sur
son caniche et sortit d'un air stupide en répétant plusieurs
fois à voix haute l'heure de son rendez-vous.

Véro referma précipitamment la porte, le souffle
court, une longue mèche de cheveux plongeant en travers du visage vers le menton. Ses jambes flageolaient,
son cœur cognait dans sa poitrine. Elle tenta de réajuster
sa blouse, mais ses doigts tremblaient et elle ne parvenait pas à faire passer les attaches dans leurs minces
boutonnières. Elle regardait dans le vide, effarée par ce
qu'elle avait fait. Adossée au mur, elle se laissa glisser
lentement et s'assit sur le sol, les genoux repliés contre
la poitrine. Le carillon de la salle d'attente sonna plusieurs fois. Il y eut des bruits de pas, le silence, puis des
chuchotements, d'autres bruits de pas, d'autres chuchotements et encore le silence. On frappa aussi à la porte
de la salle de consultation et elle ne répondit pas. Elle
s'abîmait dans un autre monde. Un monde où elle serait
aimée, où les relations humaines seraient simples, où les
chiens seraient parfumés. Elle n'ouvrit pas le cabinet de
la journée. Les clients qui se présentèrent repartirent
sans recevoir d'explications. Elle ne revint à elle
qu'avec la décroissance du jour. Là seulement, dans
l'obscurité qui réchauffait ses yeux, quelques mots murmurés à voix basse s'échappèrent de ses lèvres.

Paul ! Mon amour, mon ange noir, lumière et ténèbres de ma vie.

*
* *

Le lendemain, Ange Fraboli se lava les pieds. Ça ne lui arrivait pas souvent. Il n'aimait pas se laver les pieds. Ça lui faisait mal entre les orteils. Il se demandait comment faisaient les autres. Quand il avait un nouvel ami, il lui demandait toujours : « Ça ne te fait pas mal, à toi, entre les orteils ? » En général, l'autre lui répondait que non et Ange en concluait que ce n'était pas un véritable ami. On ne peut pas faire confiance à quelqu'un qui se refuse à partager vos soucis intimes. C'était un test imparable. Un test désolant aussi. Car, jour après jour, Ange pouvait dresser le constat de sa solitude en même temps que se réduisait le cercle de ses confidents. Et cela ne réglait pas son problème d'orteils.

Donc, ce matin-là, les doigts de pied en éventail, Ange se savonnait. Dans une heure, il serait chez la jolie vétérinaire et il devait être fin prêt. Il avait son idée des exigences d'un rendez-vous galant. Toilette intégrale, linge propre et double dose de gel sur les cheveux pour leur redonner du brillant. Il se sentait vibrant d'énergie, à l'apogée de son talent de séduction. Il mastiquait joyeusement un chouine-gom tout en fumant une cigarette. Il pensait à Véro. Ahr ! Ahr ! On pouvait dire qu'elle n'avait pas froid aux yeux, celle-là ! Elle avait été droit à l'essentiel ! Ange se disait qu'en toute honnêteté c'était bien compréhensible. Il avait remarqué qu'il y avait quelque chose d'animal qui se dégageait de sa personne, une sorte de magnétisme qui les rendait folles. Ou bien elles fichaient le camp tout de suite ou bien elles se mettaient à poil sans discuter. Il n'y avait pas de demi-mesures. Même qu'à la réflexion la deuxième hypothèse lui coûtait assez cher.

Mais bon, cette fois, c'était gratuit et la demoiselle était splendide. Il revoyait le regard plein de promesses qu'elle lui avait lancé, les courbes généreuses de son corps, ses seins qui avaient bondi de son corsage, pressés de se poser dans ses mains. Il sentait encore le parfum distingué qui émanait de sa nuque et de ses cheveux acajou sagement relevés. C'était quoi, cette fille ? Une bourgeoise en blouse verte. Une bourgeoise proprette et délurée qui avait frappé à la bonne porte.

Elle ne regretterait pas d'avoir fait appel aux services du signor Fraboli, cette demoiselle ! Ahr ! Ahr ! Il allait la mettre à genoux ! Fraboli qu'il s'appelait. Avec du sang italien partout dans les veines. Elle l'avait compris immédiatement, ça. Il n'avait pas eu besoin de le préciser. Ça transpirait par toutes ses fibres. Une brute sensuelle qu'il était. Il se regarda dans le miroir ébréché au-dessus du lavabo. Il fronça les sourcils, plissa les yeux, prit un air impitoyable. Ouais, une bête à concours, un fauve des alcôves. Elle l'avait bien senti, la mignonne, qu'avec lui, ce serait du sérieux ! Ahr ! Ahr ! Ahr ! Il sauta sur son canapé-lit et se mit à scander en se frappant la poitrine : « Il signor Fraboli ! Il signor Fraboli ! » Ses jambes poilues étaient maigres et légèrement arquées. Son thorax ne remplissait pas son tricot de corps. Il beuglait à pleins poumons : « Il signor Fraboli ! Il signor Frab… »

Il y eut un craquement. Son pied s'enfonça dans le canapé. Il perdit l'équilibre et s'étala sur la moquette où la cigarette qui lui avait échappé roula. Elle y fit un trou en grésillant, tandis qu'une odeur de nylon brûlé se répandait dans la pièce. Ange se releva en grommelant. Il s'empara de ses vêtements et tira avec fébrilité sur sa Camel jusqu'à ce qu'il ait fini de s'habiller. Au moment de sortir, il hésita dans l'encoignure de la porte. Finalement, il retourna à l'intérieur et revint avec Bernadette Soubirous. Le caniche avait encore pleurniché toute la nuit. S'il pouvait joindre l'utile à l'agréable et le faire soigner gratis, ce ne serait pas une mauvaise affaire.

Un quart d'heure plus tard, il était dans la salle d'attente. Il y avait deux clients avant lui. L'un tenait par le col un bull-terrier à muselière, l'autre avait sur les genoux un chat birman dans une cage. Ange ressentit une vive déception. Il s'était imaginé entrer séance tenante dans le vif du sujet (il aimait à l'exprimer ainsi) et voilà qu'il y avait des complications. Il allait falloir attendre. La jeune femme expédierait bien sûr ces deux raseurs au plus vite. Elle devait être impatiente de consommer du Fraboli, la pauvre, après sa frustration d'hier. Elle trouverait un subterfuge pour s'en débarrasser et alors ils se retrouveraient seuls et fous de joie à patauger dans le stupre au milieu des produits vétérinaires. Cependant, il y avait un contretemps, il ne pouvait le nier.

Lorsque la jeune femme ouvrit la porte de son bureau, elle parut désappointée elle aussi. Tout son sang se retira de son visage. Cela n'échappa pas à Ange. Il savait ce qu'elle ressentait. Il se dit que c'était à elle de s'arranger. Si elle voulait du Fraboli, elle devait souffrir un peu. Ça ne lui ferait pas de mal. Elle marqua un temps d'arrêt. Elle regarda Ange, puis les clients, puis à nouveau Ange et derechef les clients. Elle était superbe avec sa blouse qui la moulait et sa queue-de-cheval haute qui se balançait joyeusement derrière sa tête. Elle avait juste les traits un peu tirés. C'était le désir, ça, l'attente d'une nuit ou Ange ne s'y connaissait pas. Elle arrêta ses yeux sur lui et se décida à parler :

« Monsieur ?

– C… Comment ?

– Monsieur ? »

Monsieur ! Quelle mouche la piquait, cette mijaurée ?
Monsieur ! Elle le prenait de haut ou quoi ? Qu'est-ce que
c'était que cette histoire ? Et son rancard alors, et le
strip-tease de la veille ? Ange faillit bondir. Il avait les
joues en feu. Il se ravisa cependant. Ah ouais, ouais.
Monsieur. Pigé. Les apparences, il fallait sauver les apparences. Pas folle, la guêpe. Elle avait de l'idée. Il décida
de marcher dans la combine. Il sortit le caniche qu'il
avait gardé sous sa veste et qui commençait à étouffer.

« Je viens pour lui, vous savez. Il chiale tout le temps.

– Ah, je suis navrée, monsieur. Je ne soigne pas les
chiens. »

Les deux types à côté sursautèrent, celui qui tenait le
terrier surtout. Ange resta bouche bée. C'était pas idiot
comme astuce, mais il aurait fallu que ce soit lui qui ait le
chat en main. Là, ça aurait été valable. Mais du moment
qu'il avait le caniche, ça valait rien. Si elle continuait
dans cette voie, c'était fichu. C'était avec l'autre qu'elle
allait se retrouver seule. Pas exactement le programme
du signor Fraboli, ça. Il était urgent de lui faire signe pour
qu'elle corrige sa bévue.

« Ahr ! Ahr ! Vous ne soignez pas les chiens ? On peut
tous sortir alors ? fit-il en désignant les deux autres.

– Euh, non, pas les chiens en général. Les caniches
seulement. Je ne soigne pas les caniches. »

Ange n'y comprenait plus rien. Où voulait-elle en
venir ?

« Pas les caniches… Et pourquoi pas les caniches ?

– Je ne sais pas. Une aversion, une antipathie. C'est
une règle que je me suis fixée. Jamais de caniche. »

Elle perdait les pédales ou quoi ? C'est le contraire
qu'elle aurait dû dire. Elle était émotive, hystérique ou
quelque chose, cette fille, c'était pas possible. Ou alors
vraiment mordue. Fou quand même de produire un effet
pareil sur les femmes. Ange considéra qu'il était de son

171

devoir de l'aider. Il ne pouvait la laisser dans cet état. Il prit son air le plus malicieux. Ses paupières se refermèrent à demi sur ses prunelles noires, son nez grumeleux s'allongea au-dessus de sa bouche en cul-de-poule. Il amorça un début de sourire chafouin.

« Pardon, mademoiselle, mais hum ! hier, vous vous souvenez d'hier ?

– Oui.

– Hé ! Hé ! Vous vous souvenez sans doute aussi que je suis venu, hein ?

– Oui.

– Et vous ne m'avez pas dit, par hasard, de revenir aujourd'hui ?

– C'est-à-dire que, hier, je n'avais pas bien vu.

– Vous n'aviez pas vu quoi ?

– Que c'était un caniche.

– Mais : moi (ahr ! ahr !), vous me reconnaissez, moi ?

– Oui, vous avez un caniche.

– Et alors ?

– Je ne soigne pas les caniches. »

Le sourire d'Ange Fraboli se figea.

« Mais c'est absurde !

– Non. C'est un principe. »

Il était abasourdi. Quelle salope ! Elle se payait sa tête, elle se payait la tête d'Ange Fraboli, l'étalon italien ! Il regarda ses voisins, histoire de les prendre à témoin, de faire appel à la solidarité masculine. Le premier type n'avait rien vu rien entendu. Il était en Birmanie. Perdu dans la contemplation de son chat. L'autre ricanait ouvertement. Il espérait sans doute avoir sa chance. Ahr ! Ahr ! C'était sûrement la première fois qu'il venait, le con. Tous pareils, ces novices.

Ange sortit lentement son paquet de Camel et alluma une cigarette. Il n'avait pas l'intention de se laisser humilier sans provoquer un esclandre.

« Bon, alors qu'est-ce qu'on fait ? » demanda-t-il avec un sourire arrogant.

La réaction de la jeune vétérinaire le surprit. Elle parut troublée, comme si elle sortait d'un long sommeil. Elle pria ses clients de l'excuser et disparut dans son bureau. Ce ne fut pas long. Un instant plus tard, elle était de retour. Son ton était changé. Elle assura Ange qu'elle allait s'occuper de son cas quand viendrait son tour. Et avant qu'il n'ait eu le temps de répondre, elle fit entrer le type au chat et referma la porte.

Ange jeta quelques regards interrogateurs autour de lui. D'abord, vers le tableau de classification des races canines qui, pour la décoration, le disputait aux petites annonces et aux affiches d'information sur le vaccin antirabique. Puis vers Bernadette Soubirous qui, sur le sol, s'offrait un accès de Parkinson. Une de ses oreilles était retournée et il geignait. Enfin, vers le gars au bull-terrier qui ne ricanait plus et qui se passionnait maintenant pour les formes géométriques du carrelage. Ange le regarda avec une joie intense. Il soupira d'aise et tira goulûment sur sa cigarette. Fraboli, pas mort !

*
* *

L'inspecteur Moskato étala délicatement le foie gras sur une tranche de pain aux noix. Il reposa le couteau d'un geste méticuleux sur son bureau à côté de l'ordinateur portable. Avec un air de grande concentration, il mordit dans la tartine. Ses moustaches firent naufrage sur la couche moelleuse et rosée du mi-cuit. Ayant arraché un morceau au pain réticent, il se lança dans une mastication appliquée et presque tendue, le regard fixe, les sourcils crispés. Il faut dire qu'il était neuf heures du matin et que l'inspecteur n'avait rien à fêter : il se soignait. Il avait décidé de lutter contre l'état d'abattement dans lequel l'avait plongé la disparition de Petit-Bernard. Sa méthode consistait à s'empiffrer aussi souvent que possible.

Lorsqu'il eut terminé sa ration matinale, il rangea la boîte de foie entamée et le pain aux noix dans un tiroir du bureau. Il s'essuya les moustaches avec un mouchoir et sortit ses crayons de couleur. Pendant près d'une heure, il fit du dessin. Il tirait la langue et traçait avec application des lignes sinueuses sur une large feuille de Canson. Il semblait se débattre avec son matériel, faisait de grands gestes et des mouvements brusques que paraissait guider une inspiration incontrôlée. Un pli soucieux barrait son front à l'horizontale. Ses moustaches retenaient leur respiration. Tout pouvait rater à la moindre erreur. Un trait de guingois, un dérapage sur le papier et cela ne ressemblerait plus à rien.

Alors, voyons. Cheveux châtains coiffés en arrière, visage de fouine, menton replet. Moui, moui, moui. Pas facile de réaliser un portrait-robot quand on est dépourvu de talent artistique. Ça faisait deux jours qu'il tentait de tirer le portrait de Geraldo Gomes. Il y avait des brouillons partout sur son bureau. L'inspecteur était à peu près aussi adroit armé d'un crayon qu'équipé d'un revolver. Et encore, c'était peut-être avec ce dernier outil qu'il était le moins dangereux. Car un crayon, on a beau faire, c'est pointu et effilé, ça peut tuer sans être chargé.

Sur la table, le téléphone sonna. Le petit homme à moustaches décrocha et répondit sur un ton épuisé :

« Oui ?

– Inspecteur Moskato ?

– Lui-même.

– C'est Véro. Véro le véto.

– Ah. Bonjour, Véro. Comment vas-tu ? »

Elle avait une voix étrange. Elle murmurait dans l'appareil comme si elle craignait d'être écoutée.

« Inspecteur, c'est à propos de Petit-Bernard.

– Que dis-tu ? Parle plus fort.

– Petit-Bernard. Je crois que je l'ai vu.

– Nom de Dieu !

– Je l'ai tout de suite reconnu à cause de son tatouage. Il avait l'oreille retournée, on ne voyait que lui. Pensez, un tatouage de divinité grecque, ce n'est pas banal.

– Thémis, déesse de la Justice. Nom de Dieu !

– Il n'y avait que vous pour me demander ça. Mon premier client en plus, ça ne s'oublie pas.

– Mais tu l'as vu où ?

– Dans ma salle d'attente.

– Nom de Dieu !

– Il tremblait comme une feuille, vous savez comment il est.

– Mais qu'est-ce que… Il était seul ?

– Non.

– Il y a un type avec lui.

– Il y a… Tu veux dire qu'il est encore là ?

– Oui.

– Petit-Bernard ?

– Oui.

– Déesse de la justice ?

– Oui.

– Nom de Dieu ! »

L'inspecteur Moskato se sentait pris de vertige. Son cœur jouait au trampoline. Il frissonnait. Le combiné téléphonique ne tenait plus très bien dans sa main.

« Comment il est ce type ?

– Pas reluisant. Un échalas tout en noir avec des cheveux brillantinés. Une tête de furet. Et il empeste le cabinet avec ses cigarettes ! »

Geraldo Gomes ! L'inspecteur faillit tomber à la renverse. Cette fois, il le tenait. Il allait le coffrer. Et surtout retrouver son Bernie, son Bernardino chéri.

« Véro, ne bouge pas. J'arrive ! Surtout ne le laisse pas partir ! Pour l'amour de Dieu, retiens-le ! Je suis là dans cinq minutes ! »

L'inspecteur jeta le téléphone dans le vide, renversa sa chaise en se levant, fit tomber la moitié de ses dossiers sur le sol, rattrapa de justesse son ordinateur portable. Pendant quelques secondes, ce fut la panique. Il courut à droite et à gauche, ne sachant plus que faire, que prendre, où il devait aller. Il bondit vers la porte, vers le porte-manteau, vers la porte, vers le tiroir du bureau, vers la porte, vers le portemanteau. Il était égaré. Les pensées se bousculaient dans sa tête dans un ordre illogique et se contredisaient. Chaque action avortait avant d'aboutir tout en interdisant à la suivante d'avoir plus de succès. Enfin, il parvint à coordonner une série de décisions qui lui permirent tant bien que mal de quitter la pièce. Il prit une poignée de crayons de couleur. Il s'empara du revolver qui était au-dessous. Il le glissa dans son blouson qu'il laissa accroché sur le portemanteau. Il enfouit les crayons de couleur dans la poche de son pantalon, sortit comme un dératé en bras de chemise et laissa la porte grande ouverte derrière lui. Petit-Bernard, nom de Dieu !

Nom de Dieu, Petit-Bernard !

La prière d'Alex Boltanski

La garce ! La garce ! Ange Fraboli mâchait nerveusement un chouine-gom tout en tirant sur sa cigarette. Il allait à grands pas dans les rues de Toulouse, le caniche collé sous la veste contre sa poitrine creuse. Elle avait bien failli l'avoir, cette fille, il s'en était fallu de peu. Il était dans la salle d'attente, piaffant d'impatience, se préparant à passer un moment agréable avec la jolie vétérinaire quand Bernadette Soubirous s'était mis à faire sous lui. Ange avait sorti le chien précipitamment sur le trottoir et avait entendu la sirène de la voiture de police.

Par pur réflexe, il s'était dissimulé sous une porte cochère, pensant que le bruyant véhicule disparaîtrait à vive allure. Il avait eu la surprise de le voir s'arrêter devant le cabinet. Un flic en civil portant une cravate à pois sur une chemise à rayures en était sorti. Il avait le visage convulsé et de petites moustaches qui s'agitaient frénétiquement. Il était entré au pas de course dans la salle d'attente où Ange se trouvait moins d'une minute auparavant. Ce dernier avait compris qu'il valait mieux s'esquiver au plus vite.

À présent, il marchait pour se calmer les nerfs. Cette saleté de petite vétérinaire l'avait vendu ! Comment avait-elle fait pour se douter ? Et que savait-elle au juste ? Rien, probablement. Il s'agissait d'une coïncidence. Après l'avoir aguiché, elle avait dû s'effrayer de sa propre audace. Ouais, c'était ça. Sur le point d'accomplir le grand saut, elle avait eu peur de perdre son âme et le reste. Elle n'avait rien trouvé de mieux que d'appeler les flics pour se tirer d'embrouille. Ahr ! Ahr ! Ahr ! Les pouvoirs publics au secours des égarements privés ! La situation avait tout de même un fond comique.

Ange s'arrêta devant la vitrine d'une boulangerie. Il tira longuement sur sa cigarette, retint un moment sa respiration et rejeta d'un coup la fumée. Ahr ! Ahr ! Il était libre. La vétérinaire n'avait pas su l'apprécier à sa juste mesure. Il cracha sur le trottoir le mégot de sa cigarette ainsi que son chouine-gom et entra dans la boulangerie. Sur le comptoir du magasin, il y avait des journaux de petites annonces à la disposition des clients. Il en prit un exemplaire, acheta une chocolatine, en vola deux autres dans le dos de l'employée et sortit. Il ne pouvait laisser plus longtemps son talent sans objet. Les affaires allaient reprendre. D'abord, il lui fallait trouver une nouvelle voiture. Il l'achèterait d'occasion à un particulier avec un chèque en bois. Il lui restait un vieux carnet d'une banque qu'il avait quittée voici deux ans sans laisser d'adresse. Ensuite, il allait dresser un ordre de bataille : nouveau matériel, nouvelle organisation. S'il était rigoureux, il pouvait doubler son chiffre.

Un sourire sur les lèvres, il allongea le pas. Sous sa veste, Petit-Bernard frissonnait de bonheur et se faisait minuscule. Cette fois encore, le caniche avait échappé à l'examen médical.

*
* *

« C'est incroyable, Luciano. Absolument incroyable ! »
Alex Boltanski faisait des bonds sur le canapé, en proie à une vive excitation. Il portait un pull à col roulé

noir sous un costume gris anthracite qui donnait un éclat presque surnaturel à son visage. Ses yeux bleus délavés rayonnaient. Ses cheveux poivre et sel, coupés très court, formaient un halo autour de sa tête. Sa peau mate, ses traits purs, sa mâchoire carrée, respiraient la santé, l'énergie, la volonté. Il tenait un bouquin entre ses mains.

« Tu te rends compte ! Restif de la Bretonne en parle ! Restif de la Bretonne ! Au XVIIIᵉ siècle !

– Oui, c'est une drôle de coïncidence.

– Une coïncidence ! Mais, Luciano, tu n'as pas très bien compris ! C'est l'histoire de ton ami. Ex-ac-te-ment l'histoire de ton ami ! Un homme décide de suivre un chien, de vivre avec lui dans un cagibi d'escalier, de faire tout comme lui. Un jour, le chien meurt et l'homme s'abandonne au désespoir. Il fait un manchon de la peau de l'animal. Il conserve ses os avec lui. Il refuse de s'en séparer. C'est ce que tu m'as raconté, non ? Eh bien, c'est écrit là, noir sur blanc !

– Et quesse que ça prouve, d'après vous ?

– Ça prouve que… Ça prouve que… Je ne sais pas ce que ça prouve. C'est tout simplement ahurissant !

– La réalité dépasse la fiction, hein. Comme je dis souvent.

– Mais ce n'est pas une fiction ! Ce n'est pas un roman ! Restif rapporte un fait réel. C'est une histoire dont il a été le témoin, comme toutes celles qu'il raconte dans *Les Nuits de Paris*. En tout cas, c'est ce qu'il prétend. Et ça date d'il y a plus de deux siècles !

– Moi, ce qui m'étonnera toujours, mon père, c'est vos lectures. Y a pas à dire, vous en avez de l'instruction ! »

Alex Boltanski devint rouge pivoine. Restif de la Bretonne n'était pas exactement le genre de lecture morale qu'un prêtre était censé cultiver. Le fait que Luciano n'en sût rien ne le protégeait pas du sentiment d'être pris en faute. Il se racla la gorge.

« Tu sais, c'est une question d'habitude. On lit parfois ce qu'on trouve... Non, ce qui est troublant dans cette affaire, c'est de penser que quelqu'un a déjà vécu cette même expérience jusque dans les moindres détails. Je ne peux m'ôter de l'idée que ça dissimule quelque chose.

— Un mystère, vous voulez dire.

— En quelque sorte, oui. Comment se fait-il que les mêmes événements se reproduisent à l'identique ? Que deux personnes à deux cents ans d'intervalle, effectuent non pas un choix, mais une série de choix rigoureusement équivalents ? »

Le boucher était captivé. L'érudition et la faculté d'analyse du prêtre le fascinaient. C'était un coffre rempli de pierres précieuses, un trésor fabuleux qu'il aimait contempler, sans convoitise, pour le plaisir des yeux. Alex Boltanski lui donnait en partage son instruction, les ressources de son intelligence éruptive et Luciano goûtait en gourmet ce cadeau fraternel.

« Vous en pensez quoi, au juste, mon père ?

— Je ne sais pas. Je ne suis pas sûr. Saint Thomas d'Aquin affirme que, dans ses actions, l'homme est libre parce que c'est un être rationnel. Nous disposons d'une liberté de jugement qui nous permet de choisir notre conduite. Mais Aristote, avant lui, avait fait remarquer que la répétition des actes volontaires finit par les rendre involontaires. Quand nos comportements vont toujours dans le même sens, un moment vient où nous ne sommes plus libres. Nous n'avons plus vraiment le choix d'agir autrement même s'il nous semble que nous l'avons.

— Nous sommes comme des bêtes, alors, conditionnés ?

— Pas tout à fait. C'est notre propre volonté qui nous détermine. Notre conduite est liée par nos actes passés qui ont été accomplis librement. Mais ces actes font que notre conduite actuelle n'est plus libre.

— Ouais. Y a quand même un truc qui cloche là-dedans.

— Quoi donc ?

— Ben, si ce que je choisis de faire aujourd'hui dépend toujours de ce que j'ai fait hier, y a pas de liberté. Y peut pas y en avoir. Jamais.

— C'est juste. Toutefois Aristote n'applique pas son idée à tous nos actes. Il ne parle que des actes répétitifs, des habitudes, de tout ce qui chez nous devient machinal et routinier. Et là-dessus, il est très difficile d'avoir une prise, tu en conviendras.

— Ah oui, là, d'accord. »

Luciano le géant écoutait la leçon d'un air placide. Masse inerte et concentrée, enfoncé dans un fauteuil, il faisait un élève très appliqué. Face à lui, le prêtre continuait de bondir. Sa carrure d'athlète vibrait d'une énergie qui ne demandait qu'à jaillir. Il avait le verbe facile. Il faisait de vastes moulinets avec les bras.

« Quand même, je vois pas très bien le rapport de tout ça avec Paul, fit Luciano.

— Eh bien, imagine que nous nous intéressions aux phénomènes de répétition en observant plusieurs destins d'êtres humains au lieu de ne les chercher que dans l'existence d'une seule personne.

— Oui. Et alors ?

— D'habitude, ce n'est pas possible. Parce que les répétitions ne sont guère probantes. On peut toujours les imputer à la fréquence statistique de certains événements ou aux traits permanents de la psychologie humaine. Mais là, avec ton ami, c'est tellement *spécial*. Et cela se reproduit deux fois, exactement pareil. Et on en a la preuve ! C'est tout bonnement fascinant !

— Je suis désolé, mais je vois toujours pas pourquoi…

– Mais parce qu'il n'y a qu'une alternative ! Ou bien ton ami connaît Restif de la Bretonne et il a reproduit consciemment ou inconsciemment l'histoire qu'il a lue. Ou bien il n'en sait rien et son aventure avec ce chien est la répétition mécanique de la vie d'un autre. Et alors...

– Et alors ?

– Et alors il y a là-dedans quelque chose qui nous dépasse

– Oui, exactement. Une coïncidence. C'est ce que j'ai toujours dit. »

Luciano avait l'air réjoui du premier de la classe qui tient la bonne solution et qui n'en démord pas. Alex Boltanski, pour sa part, n'avait pas livré le fond de sa pensée, et ne voulait pas le voir lui-même. Ça faisait trop de remous. Il préférait remettre à plus tard le dénouement de sa réflexion. Ou peut-être ne plus y penser du tout, Laisser reposer tout ça, attendre que ça se tasse. Qu'est-ce que ça pouvait bien faire à la fin ? Avec toutes ces questions, on n'en finissait plus, ça pouvait mener loin, il était fatigué tout à coup.

On sonna à la porte. Paul entra, le visage sombre. Il était sorti de l'asile le matin même. C'est le boucher qui l'avait tiré de là. Il s'était porté garant. Il avait fait des pieds et des mains pour qu'on le laissât partir. Le toubib n'avait pas été commode. Il aurait préféré voir la famille. Il avait parlé de désinhibition des pulsions violentes, de dangerosité sociale, de sa propre responsabilité. Comme il n'y avait pas d'ordonnance de détention, que le forcené avait repris ses esprits et que son camarade semblait vouloir jouer les grands frères, il s'était tout de même laissé fléchir. En sortant, Paul n'avait pas dit grand-chose. Il avait promis de passer un peu plus tard. Luciano s'était empressé d'appeler le prêtre, à la rescousse. Il pensait qu'il pourrait l'aider, le remettre dans le droit chemin. Il fit les présentations.

La conversation démarra péniblement. Luciano servit des jus de fruits. Alex souriait, s'efforçait d'être aimable, lançait des phrases anodines dont seul le boucher accusait réception. Paul, quand on l'interrogeait, répondait de manière laconique. Le regard noir, il ressassait ses pensées. Les deux autres continuaient de papillonner en cherchant un moyen d'accès. Ils ne souhaitaient pas défoncer la porte. Ils auraient préféré l'amadouer, le mettre en confiance. Ils étaient pleins de prévenance. Ils n'arrivaient à rien. À la fin, Luciano en eut assez. Il voulut aller au fait et se jeta à l'eau.

« Vraiment, je suis bien content qu'il ait pas porté plainte.

– Qui ? demanda Paul d'une voix morne.

– Ben, le pauvre gars que t'as escagassé.

– Ah. Il a pu parler ?

– Oui, oui. Ne t'inquiète pas, il va bien. Une blessure superficielle, c'est une chance. Il est sorti de l'hôpital avec un gros pansement sur la tête. C'est un brave homme, tu sais. Il préfère passer l'éponge.

– J'aurais préféré qu'il y passe.

– Hein ?

– J'aurais préféré le voir mort. »

Luciano eut un blanc. Il ne s'attendait pas à ça. Punaise ! Cette fois, il l'avait dit, pourtant, que l'autre était prêtre, il l'avait dit ! Qu'est-ce qu'il lui prenait à Paul d'en sortir une raide comme ça ! Il n'avait vraiment pas de veine avec ses amis. Non, vraiment pas de veine. Y avait pas moyen de les présenter. À chaque fois, il fallait que ça dérape, qu'ils lui cassent la baraque. Il était mortifié. Il jeta un coup d'œil gêné à Alex Boltanski. Celui-ci n'avait pas bougé.

« Mais, enfin, Paul, tu peux pas dire une chose pareille, fit Luciano d'un air choqué.

– Je le peux et je le prouve. Mort, j'aurais voulu le voir mort.

– Oooh ! Comment peux-tu dire ça ?

– Avec un sujet, un verbe, un complément. »

Il y eut un silence. Puis Paul ajouta :

« Et un attribut pour faire joli. »

Luciano le considéra avec hésitation. Il ne savait comment interpréter sa réponse. De la blague, du sérieux ? Avec Paul, il fallait souvent opter pour la deuxième solution. Mais, en l'occurrence, ça l'aurait bien arrangé que ce soit la première. « Ah ! Ah ! Sacré Paul, va. Toujours le même ! Quel provocateur, çui-là ! » Il éclata d'un grand rire un peu forcé, un peu trop long et fut contraint de l'interrompre de manière abrupte. Personne ne l'avait suivi. Le dernier bruit que l'on entendit fut sa main claquant à contretemps sur sa cuisse dans un silence macabre.

« Ce type ne mérite pas de vivre, reprit Paul.

– Merde (pardon, mon père). Quesse qu'y t'a fait ?

– Il a interrompu mes études. Il a tué mon chien.

– Tué ton chien ! Knult ?

– Il a aussi essayé d'avoir ma peau.

– Ta peau ? Mais comment ?

– Avec ses complices, aux abattoirs.

– C'est pas possible.

– J'ai des preuves.

– C'est pas possible.

– J'ai des preuves, je te dis. »

Alex jugea que le moment était venu pour lui de tenter une médiation. C'était son métier de s'interposer, d'apaiser les âmes en peine. Un truc de spécialiste. Il se rapprocha en s'asseyant sur le bord du canapé, ses avant-bras et ses coudes reposaient sur ses cuisses, il joignait ses mains aux doigts musclés. Il avait adopté un sourire doux. Tout en lui manifestait l'intérêt, la bienveillance, la pénétration d'esprit. Un grand professionnel.

« Pardonnez-moi, je ne connais pas les divers protagonistes de l'affaire. Mais êtes-vous certain d'avoir bien examiné toutes les données du problème ? Il arrive parfois qu'un quiproquo, une maladresse, un mot mal choisi ou mal interprété invite à des conjectures malheureuses. Un jugement hâtif est quelquefois source de bien des tourments. Il faut se méfier des pièges de la pensée. Comme dit saint Augustin, elle "déploie son effort pour aboutir soit à connaître du fait qu'elle ignore soit à ignorer du fait qu'elle connaît". »

Paul tourna vers le prêtre un visage intéressé. La citation était incompréhensible, mais elle avait une tournure paradoxale. Cela lui plaisait. Alex Boltanski, toujours souriant, eut une pensée contrite pour saint Augustin. Celui-ci parlait de toute autre chose. Cependant il avait atteint son but : il avait retenu l'attention de Paul. Il embraya.

« Le jugement est toujours un monstre que j'enfante. Quand je qualifie de blanc ou noir, je dénature le monde. Je ne l'influence même pas : je me place en dehors de lui. »

Paul commençait à s'animer. Il répondit avec vivacité :

« Toute appréciation est une interprétation, n'est-ce pas ? Toute interprétation une trahison ?

– Oui. Une manière de ne plus voir la réalité telle qu'elle est, de détruire nos chances de voir ce qui nous entoure.

– De sorte que rien ne peut jamais être commenté ?

– Tout à fait, le commentaire est soit un ajout, soit un travestissement, soit une négation du réel. Comment dire ? Il s'inscrit dans le relatif. Il relève de l'humain, il est marqué par le péché, par l'erreur.

– On peut donc seulement dire des choses qu'elles sont, sans rien ajouter ?

– Exactement. C'est le pouvoir de nommer toutes choses dont parle la Genèse et que Dieu a donné à l'homme. »

Alex Boltanski jubilait. Ça marchait du tonnerre. Il l'avait accroché. Il le tenait. Il ne le lâcherait plus. C'était toujours pareil. Il savait vraiment y faire. Dans cinq minutes, il allait orienter la conversation vers le silence, les moines, la *vita contemplativa*. L'art de ne faire qu'un avec le monde et avec Dieu. De fil en aiguille, il lui vanterait les mérites d'une bonne petite retraite monastique. À la fin, il lui suggérerait un retour sur soi dans l'atmosphère reposante de l'abbaye bénédictine de la Grésigne où il organisait une journée de désert une fois par mois. Il était difficile de connaître Alex Boltanski et d'échapper à ces pèlerinages dans lesquels il mettait tout son enthousiasme. Ceux qui ne s'y rendaient pas par conviction y allaient par amitié. Encore cinq minutes et Paul figurerait sur la liste de la prochaine fournée. Cela lui serait très bénéfique. C'était précisément ce qu'il lui fallait.

« Si je vous comprends bien, dit Paul, dire "peut-être" est mensonge.

– Assurément.

– Et dire "cela est" est vérité.

– Ça ne fait pas l'ombre d'un doute.

– Alors vous êtes des canailles.

– Comment ?

– Je dis : vous êtes des canailles.

– Mais, je…

– C'est la vérité. »

Alex était abasourdi. Il avait encore les bras ouverts dans une attitude christique. Il n'y avait plus rien à accueillir.

« Paul ! gémit Luciano.

– Une bande de scélérats, reprit Paul.

– Mais enfin, mon garçon, sur quoi vous fondez-vous…, fit le prêtre.

– Cela est », répondit Paul sobrement.

Luciano jetait de tous côtés des regards affolés. Il fallait éteindre l'incendie au plus vite. Il savait de quoi Paul était capable.

« Paul, Paul, mon ami…

– Je ne suis pas ton ami. »

Cette phrase cinglante fit sur le boucher l'effet d'une gifle. Sa panique le quitta. Ses traits se décomposèrent.

« Qu… Qu'est-ce que je t'ai fait ?

– Tu crois que je n'ai pas compris ton manège ? L'autre soir, j'étais en bas quand le type au survêtement est sorti de chez toi. Tu le connais et tu fais comme si de rien n'était ! Tu es dans le complot, avec les autres !

– C'est de la folie !

– Vous ne supportez pas qu'on ne soit pas comme vous, vous ne tolérez pas la différence !

– Paul, je…

– Il faut qu'on mange comme vous, qu'on s'habille comme vous, qu'on pense comme vous. Ça vous rassure de nous savoir tous rangés dans une armoire ! Ça vous évite de vous poser des questions ! Ah ! Si seulement j'avais un boulot, hein ? Au moins une raison sociale ! Que vous puissiez dire : "Ah ! Oui, Paul, le postier, l'agent commercial, le vendeur d'allumettes !" Et pourquoi pas Paul tout court, hein ? Ou Paul paulien, à la rigueur, si ça peut faire plaisir ? Mais non, ça ne suffit pas. Il faut que ce soit Paul quelque chose. Faut toujours qu'il y ait un truc qui suive. Et si, par malchance, la carte de visite est incomplète, c'est l'asile, la marginalité, le billet pour le Purgatoire ! »

Le prêtre tenta d'intervenir à nouveau.

« Je crois que vous vous méprenez sur nos intentions…

– Vos intentions ! Elles se voient comme un plastron de médailles sur un général de corps d'armée ! Ce pauvre Paul ! On va le sauver, on va faire son bonheur malgré lui ! Pour commencer, lui enlever ces idées saugrenues qu'il a dans la tête. Puis lui remettre les bonnes, celles comme il faut, pleines d'espérances et de bons sentiments ! Ah ! Ah ! Mon petit Paulo, tu vas voir comme ça fait du bien quand tous les crânes sont frères !

— Nous voulions seulement vous rendre à la vie.

— Et c'est pour ça que vous avez eu Knult. J'en ai ma claque. Salut. »

Il se leva et se dirigea vers la porte. Luciano, tremblant et défait, tourna vers lui un masque de douleur.

« Paul, Paul, attends. »

Paul s'arrêta sur le seuil sans mot dire. Luciano en désespoir de cause joua sa dernière carte.

« Euh… Restiffe la Bretonne, tu connais ?

— Jamais entendu parler », répondit Paul d'un ton sec. Il se retourna et sortit en claquant la porte. Le silence se referma sur les deux hommes. Ils restèrent un moment sans se regarder dans un état de grande consternation.

« Y connaît pas Restiffe la Bretonne, dit le boucher.

— De la Bretonne, corrigea le prêtre.

— Oui, c'est ça, La Bretonne », répéta l'autre.

*
   *   *

« Vous en voulez ? » demanda l'inspecteur Moskato.

Il tendait une tartine de foie gras. Paul fit la moue.

« Non, merci. Je viens de prendre mon petit déjeuner. »

La journée commençait et l'inspecteur se goinfrait. L'arrestation manquée de son ravisseur chez la petite vétérinaire l'avait passablement secoué. Pendant quelques minutes, il s'était cru sur le point de retrouver Petit-Bernard et puis à l'arrivée : rien. Dans la salle d'attente, il n'avait découvert qu'un bull-terrier assis sur les genoux de son maître ainsi qu'une tragique flaque de pipi qui miroitait. Véro s'était montrée désolée. Elle avait fait son possible. Quelle cruelle déception ! Après quelques vérifications infructueuses, l'inspecteur était rentré chez lui et avait passé le reste de la journée sous les couvertures. Depuis lors, il mangeait deux fois plus pour oublier.

« Et que puis-je pour vous ? » demanda-t-il la bouche pleine.

Paul regarda son interlocuteur. Un petit bonhomme qui approchait la cinquantaine avec de fines moustaches électriques et des yeux qui roulaient comme des billes. Il enregistra les moindres détails, l'épi sur le dessus du crâne, les débris de foie gras aux commissures des lèvres, les bajoues gonflées de nourriture. « Un hamster », se dit Paul. Il vit aussi le bureau métallique, le cube-photos dont chaque face était occupée par le portrait d'un caniche frisotté, les nombreux Dalloz empilés un peu partout et sur le mur, derrière le flic, l'affiche d'un vieux film avec Raimu, *Les Inconnus dans la maison*. Il se demanda s'il ne ferait pas mieux de partir.

« Y a-t-il un problème que je puisse résoudre ? » ajouta le hamster en mâchonnant son pain.

L'inspecteur Moskato considérait son client avec un rien de méfiance. Il prenait note de ses traits tirés, de ses joues hâves, de la maigreur anguleuse de son corps. Il s'inquiétait de ses yeux fiévreux, enfoncés et noircis par de larges cernes. Il se dit que ce type n'était pas dans son assiette. Il faisait penser à une allumette brûlée. Une allumette qui, quand on en saisit le bout carbonisé entre le pouce et l'index, laisse de vilaines traces noires sur les doigts. Mieux valait être circonspect.

« Oui, je viens signaler l'existence d'un complot, fit l'allumette.

– Un complot, Seigneur ! Et contre qui ? s'enquit le hamster.

– Contre moi », répondit l'allumette.

Un dingue, se dit l'inspecteur. Un paranoïaque. L'affaire du siècle n'était pas pour demain. Il soupira discrètement. Puis il plissa les yeux et adopta un air grave, compréhensif. Il posa sa tartine.

« Racontez-moi ce qui vous arrive.

– Je suis menacé de mort.

– Menacé de mort, vraiment ?

– J'ai reçu une lettre.

– Hahah. Signée ?

– Non. Anonyme. »

C'était toujours la même chose. Au bataillon des persécutés, il y avait peu de possesseurs de lettres autographes. Ce n'était pas fait pour accélérer la carrière d'un fonctionnaire de police.

« Et vous avez des soupçons ?

– J'ai des certitudes.

– Ah bon ! Qui a pu écrire cette lettre d'après vous ?

– Les types des abattoirs.

– Les types des abattoirs ?

– C'est ce que je viens de dire.

– Vous en êtes sûr ?

– Je crois l'avoir indiqué.

– Certainement, certainement. Mais, je veux dire, qu'est-ce qui vous permet de porter une telle accusation ?

– Ils ont tenté de m'éliminer. »

L'inspecteur Moskato baissa les yeux. Il eut envie de reprendre sa tartine. L'entretien s'annonçait difficile. Ce gars était du genre taciturne. Il donnait le sentiment d'accorder une faveur en venant faire sa déposition.

« Si je vous comprends bien, vous avez été agressé une première fois ?

– Exactement.

– Vous pourriez me décrire dans quelles circonstances ?

– C'était aux abattoirs.

– Vous y travaillez ?

– Non. J'allais y chercher à manger.

– Vous vous servez aux abattoirs ?

– C'est plus pratique.

– Ma foi. Et ensuite ?

– Ils me sont tombés dessus à plusieurs. Ils m'ont battu à mort.

– Mais vous n'êtes pas mort ?

– J'ai l'air de l'être ? »

L'inspecteur Moskato n'était pas sûr de la réponse.

« Non, fit-il poliment. Mais quand on bat quelqu'un à mort, il s'ensuit généralement un décès. C'est un caprice des statistiques.

– Mes agresseurs devaient trop bien connaître les statistiques. Ils n'ont pas pris la peine de vérifier.

– De vérifier ?

– Le résultat. Ils m'ont laissé pour mort.

– Ah, d'accord. Vous pourriez donner leur signalement ?

– Impossible. Je ne les ai pas vus.

– Vous ne les avez p… Mais comment ?

– Il faisait nuit.

– Vous faites vos courses la nuit ? »

L'inspecteur faisait des yeux ronds.

« C'est plus pratique.

– Ah, d'accord, très bien. »

Un fou, un malade mental. Il n'y avait qu'une chose à faire : s'en débarrasser sans tarder.

« Écoutez, cher monsieur, votre affaire me paraît extrêmement préoccupante. Tout ce que vous m'apprenez indique à l'évidence qu'il y a association de malfaiteurs. Cela relève des services de la police criminelle. Toutefois, vous comprenez, moi, je n'ai pas les moyens de mener des opérations d'une telle envergure. Alors, voilà ce que nous allons faire : vous allez laisser votre déposition par écrit sur la main courante et je vais, de mon côté, transmettre un rapport à mes collègues de l'antigang qui procéderont à l'enquête. »

Sans laisser à Paul le temps de répondre, l'inspecteur sortit à toute allure de son bureau et revint les bras chargés d'un gros registre qu'il ouvrit à la première page vierge. Elle portait la date du jour.

« Voilà, c'est ici. » Il tendait un stylo.

Paul eut envie de lui jeter son registre à la figure. Il n'y avait rien à attendre de cet obscur gratte-papier, de cet hamster à moustaches, déguisé en Errol Flynn. Il perdait son temps. Il faudrait qu'il règle son problème tout seul. Il décida de ficher le camp au plus vite.

« Que dois-je écrire ?

— Ce que vous voulez. Les faits. Soyez aussi concis que possible.

— Dois-je mentionner la disparition de mon chien ? »

L'inspecteur Moskato blêmit.

« Vous avez perdu votre chien ?

— Oui, il y a six mois.

— Oh ! Mon Dieu !

— Pardon ?

— Comme c'est triste ! Vous l'aimiez, n'est-ce pas ?

— Je le respectais.

— Vous aviez de l'admiration pour lui ?

— C'est peu de le dire.

— C'était comme un frère, pas vrai ?

— C'était mon maître.

— Il vous a tout appris, j'en suis sûr.

— Je lui dois tout.

— Comme c'est dur de vivre sans lui !

— Ça ne s'appelle plus vivre.

— C'est affreux !

— Plus rien n'a de sens.

– C'est atroce !
– Le monde est mort.
– Oh ! Seigneur !
– Le monde est mort.
– Que de douleur ! »

Les deux hommes s'interrompirent. Ils se fixaient. Ils étaient médusés. Quelque chose de magique venait de se produire. D'un côté, le hamster. Son cou s'était tordu et recroquevillé comme une allumette brûlée. De l'autre, l'allumette. Il lui avait poussé des moustaches de mousquetaire. Elle avait des bajoues de hamster. L'un dans l'autre, il ne restait plus beaucoup de différences. La fraternité enfin.

L'inspecteur Moskato essuya une larme.

« Les salauds ! On les aura !

– Je savais que je pouvais compter sur vous, dit Paul, un voile d'émotion dans la voix.

– Tu peux me tutoyer, tu sais. Comment tu t'appelles ?

– Paul. Et toi ?

– Léonard. C'est une chance que nous nous soyons rencontrés. Je suis justement sur une piste. Je viens d'identifier l'un des membres du réseau. Comment sais-tu que ce sont eux qui ont enlevé ton chien ?

– Ils ne l'ont pas enlevé.

– Ah ?

– Ils l'ont tué. »

L'inspecteur Moskato sourcilla. La méfiance à nouveau s'emparait de lui.

« Qu'est-ce que tu veux dire ?

– Eh bien, ces types n'admettaient pas qu'on aille se servir chez eux, Knult et moi. Ce sont des monstres, tu comprends, de purs produits de l'aliénation collective. J'ai pu en observer un, l'autre soir, dans un bar. Tu n'imagines pas. Une larve, un insecte. Ils sont tous pareils. Ils ne fonctionnent que par réactions mécaniques.

– Par réactions mécaniques ?

– Oui, comme des éléments programmés, parfaitement interchangeables. Ces brutes ne connaissent pas leur degré d'esclavage. Ils ignorent leur propre ignorance. Ils sont prêts à tout pour défendre ce sur quoi elle repose. Va leur expliquer qu'être libre, c'est se déterminer contre le groupe !

– …

– Je ne te le fais pas dire ! Tout ce qu'ils demandent, c'est de persévérer dans leur coma volontaire ! Surtout n'être conscient de rien ! Et si toi, sans rien demander à personne, tu choisis de vivre autrement, ils ne peuvent pas le supporter, parce que ça revient à leur mettre sous le nez ce qu'à aucun prix ils ne veulent voir. Alors, ils te détruisent, ils liquident ton chien, ils tentent de t'éliminer. Voilà, c'est comme ça que ça s'est passé. Ils ont tué Knult, parce qu'il était *différent*. Ils l'ont empoisonné et ils m'ont tendu une embuscade aux abattoirs, dans un entrepôt. »

L'inspecteur Moskato ressentit un brusque accès de fatigue. Un fou, un fou furieux. Il s'était laissé abuser. Il avait cru un moment que son enquête rebondissait. Que ce type venait lui livrer l'information décisive sur le réseau de trafiquants qu'il pourchassait. Il avait marché pendant quelques secondes. Mais ce n'était qu'un pauvre gars en plein délire de persécution. Son chien n'avait peut-être jamais existé ailleurs que dans son cerveau dérangé.

Il le toisa. Peut-être pas. Peut-être que son compagnon était réellement mort et qu'il avait toute la peine du monde à s'en remettre. Il eut pitié de lui. Il pouvait l'aider. Il y avait ce psy chez qui il allait autrefois. C'était avant Petit-Bernard. Un jour, lui aussi il s'était mis à manquer de force pour se lever le matin, à ne plus trouver de goût à rien, à pleurer pour un oui pour un non (il

194

se cachait dans les toilettes pour sangloter, même à la maison où il était seul, pourtant). Il avait trente-sept ans à l'époque. Il n'allait pas bien du tout. Il ne savait même pas pourquoi. Ça finissait par se voir et il perdait l'appétit. Sa mère, un dimanche, s'en était horrifiée. Son père lui avait dit que c'était la fréquentation des voyous qui le mettait dans un état pareil. Il n'aimait vraiment pas les flics à cette époque, le vieux.

L'inspecteur Moskato avait fini par aller consulter un docteur qui l'avait envoyé chez un docteur qui l'avait envoyé chez un docteur et ainsi de suite. Au bout du compte, il s'était retrouvé sur un divan, les mains croisées sur le ventre, les pieds en oraison, le regard perdu sur d'énigmatiques statuettes africaines, à causer à un type qui se tenait dans son dos. Il lui avait raconté des tas de choses sur son enfance, ses amours ratées, la meilleure manière de rédiger un rapport. Ça l'avait soulagé tout de suite. Il s'était senti mieux. Il avait recommencé de se lever en chantant des airs d'opérette, il s'était acheté de nouvelles cravates pour porter sous le blouson. Il avait repris des études, s'était mis en tête de devenir avocat, avait adopté Petit-Bernard. Tout s'était arrangé.

C'était peut-être ce qu'il lui fallait, à ce pauvre gars. Il avait l'air sérieusement touché par l'absence de son chien. Il décida de venir à son secours.

« Bon, on va faire ce qu'on a dit. Finis de consigner ta déposition sur le registre. De mon côté, je vais mettre l'antigang sur le coup et toi… »

Il saisit une feuille sur son bureau et griffonna quelques mots.

« Toi, tu vas aller voir cette personne de ma part. »

Il tendit le papier à Paul. Celui-ci y lut un nom et une adresse.

« Qui est-ce ?

– C'est rien, c'est un ami.

– Pour quoi faire ?

– Pour ce que tu veux. Tu pourras lui parler. »

Paul comprit de quoi il s'agissait. Il se raidit.

« Je n'ai pas besoin de parler.

– Mais si, tu verras. C'est un ami, je te dis.

– Je n'ai pas besoin d'ami.

– Tu sais, face à certains coups durs, on a parfois besoin d'être aidé et…

– Vous me prenez pour un malade ?

– Non, non, loin de moi cette idée. Simplement…

– Vous vous payez ma tête, hein, vous vous payez ma tête ! »

Rouge et tremblant de colère, Paul avait crié. Il se leva et quitta le bureau en claquant la porte. L'inspecteur n'eut pas le temps de répondre. Le courant d'air fit tourner une page du registre resté ouvert.

Paul pensa qu'il adorait claquer les portes.

L'inspecteur Moskato pensa qu'il avait faim.

Le registre ne pensa rien. Mais il s'interrompait de manière abrupte. « Tout est la faute du type en surv… », disait la dernière phrase.

*
* *

La fenêtre n'était pas fermée. Verna s'était assuré que le locataire des lieux était sorti, puis il avait bondi lestement sur la table encombrée des reliefs de plusieurs repas : un bol sale, des croûtes de fromages superposées comme un château de cartes, une casserole remplie aux deux tiers de pâtes agglomérées et une queue de saucisson disposée sur un rectangle de papier gras. Les huit cages de bois avec leur grillage à poules étaient toujours là. Le chat isabelle et le chat tigré n'avaient pas quitté leur place ainsi que le caniche chevelu qui pleurnichait continûment.

Verna se laissa tomber sur les carreaux de terre cuite. De l'extérieur, ouvrir les cellules était un jeu d'enfant. Les portes étaient bloquées par une pièce de bois qui pivotait sur le montant de la cage. En quelques coups de patte, le chat blanc fit sauter cette sécurité, délivrant ses deux congénères qui filèrent sur-le-champ par la fenêtre. À côté, les pleurs redoublèrent. Le caniche se trouvait mal. Que faire ? Verna n'était venu que pour aider à l'évasion des deux autres. Il regarda avec dédain le contenu de la dernière geôle. Écrasé sur le sol, les cheveux aplatis sur le crâne comme une galette qui n'aurait pas levé, Petit-Bernard braquait vers lui deux prunelles larmoyantes. Une lavette, se dit Verna. Ce n'était pas Knult qui se serait abaissé à de telles mignardises. Et quelle coiffure grotesque ! Cette dernière pensée l'amusa. Il débloqua la porte.

Le caniche cessa aussitôt de gémir. Il passa sous le nez de son libérateur, grimpa sur une chaise, de là sur la table et commença à engouffrer avec frénésie les croûtes de fromage. Verna l'examina un moment, consterné. Il lissa ses moustaches pour dissimuler son agacement. Puis il sauta sur le rebord de la fenêtre afin de donner le signal du départ. Mais l'autre ne semblait pas l'avoir vu : il venait de nettoyer les miettes de pain qui flottaient au fond du bol dans un reste de chocolat et attaquait à présent le bloc infâme de pâtes solidifiées dans la casserole. Le félin, qui préférait déguerpir avant le retour du grand type, commença à piétiner. Il miaula avec autorité une fois, deux fois, trois fois. Rien n'y fit. Petit-Bernard ne consentit à lever la tête qu'après avoir englouti le pavé de pâtes et soigneusement récuré la casserole. Alors, il s'assit et, regardant le chat avec un air béat de glouton rassasié, il poussa un rot de satisfaction.

C'en était trop pour Verna. Il bondit sur l'avancée du toit en contrebas, se reçut en souplesse sur les tuiles et s'éloigna. Le caniche le suivrait s'il tenait à sa peau. Après avoir dépassé un conduit de cheminée, il jeta tout de même un coup d'œil en arrière par acquit de conscience. Il n'y avait personne. Exaspéré, il revint sur ses pas.

Sur le rebord de la fenêtre, Bernadette Soubirous paniquait en couinant. Son corps était saisi de tremblements qui ondulaient par vagues sur son échine et s'achevaient en vibrato sur le mille-feuille de son crâne. Vision écœurante et pitoyable ! Une absence si totale de fierté dépassait absolument l'entendement. Verna comprit qu'il devrait aller jusqu'au bout du sauvetage. Il pénétra à nouveau dans la cuisine et se mit à réfléchir sur les moyens d'évacuer cette poule mouillée sans passer par les toits. Petit-Bernard était ravi. Considérant sans doute que, le chat revenu, il n'y avait plus de problèmes, il était entré à son tour, l'arrière-train frétillant, la truffe dilatée. Il avait retrouvé son assurance et s'était mis à ratisser éhontément le carrelage en grignotant tous les débris d'aliments qu'il trouvait avec force bruits mandibulaires et claquements de langue. Verna passa dans l'autre pièce. Le canapé convertible était ouvert, le lit défait. Les draps sentaient le moisi et la cendre froide. Il y avait des mégots un peu partout, écrasés dans des assiettes. Dans un coin, des vêtements fripés s'entassaient sur un vieux fauteuil crevé. Un sac de sport bourré à craquer vomissait du linge sale. La télé sur un vaisselier campagnard était à moitié recouverte par une serviette de bain. Le meuble jouxtait l'entrée de l'appartement.

Le plan de Verna était arrêté. Il grimpa sur le vaisselier, s'installa sur le récepteur de télévision et s'endormit. Quelques instants plus tard, Petit-Bernard qui, dans la cuisine, avait fait éclater la poubelle et épuisé ses trésors, déboula dans le salon, une guirlande d'épluchures de pommes de terre sur la tête. Il donna un petit coup de radar à droite, à gauche, et eut tôt fait de découvrir un quignon de pain sec égaré sous le lit. Il plongea pour le récupérer et revint avec un air de triomphe, sa prise dans la gueule et un énorme mouton accroché à la barbe. Puis, sur la moquette criblée de taches, il commença à ronger son butin.

Plusieurs minutes passèrent. Une clef, enfin, cliqueta dans la serrure. Petit-Bernard arrêta net son carnage. Il s'assit tout droit, abandonnant un monticule de miettes dans une bouillie d'amidon et de salive. Il déglutit bruyamment, la nuque raide, le regard figé. Verna avait ouvert les yeux et, sur son promontoire, s'était ramassé sur lui-même, les oreilles couchées vers l'arrière, tous les muscles bandés, prêt à bondir.

La porte s'ouvrit, laissant apparaître la silhouette dégingandée d'Ange Fraboli. La première chose qu'il vit fut la tête pétrifiée de Petit-Bernard au milieu du salon. La seconde fut un éclair de poils blancs qui lui sauta au visage dans un hurlement démoniaque. Ange n'eut guère le temps de détailler la situation. Il tomba à la renverse en poussant un cri de douleur, lâchant sa cigarette, son sac à provisions, les papiers du véhicule qu'il venait d'acquérir et son carnet de chèques en bois. Il tenta d'arracher les agrafes de la moumoute soudainement fixée sur son crâne. Pris d'une inspiration subite, Petit-Bernard se mit à aboyer d'une manière féroce. Comme au saut en longueur, il réalisa une série préliminaire de petits bonds vers l'avant qui laissaient penser qu'il allait se jeter sur son ravisseur. Mais, avisant la porte demeurée ouverte, il décampa finalement sans demander son reste.

Lorsqu'il le sut hors d'atteinte, Verna mordit à pleines dents le nez grumeleux de son adversaire, desserra son étreinte et s'enfuit à son tour, laissant Ange gueuler comme un putois, le visage dans les mains. Dehors, le chat voulut retrouver le caniche pour l'aider à rentrer chez lui. Il tenta de le rattraper et l'aperçut assez vite qui fonçait sur les trottoirs entre les jambes des passants, ne s'arrêtant pas aux carrefours, zigzaguant entre les voitures. Verna aurait pu le rejoindre. Mais il le vit prendre la direction des boulevards. Au-delà de la ceinture des voies à circulation rapide, des grands ensembles et des zones industrielles, il savait devoir trouver la banlieue pavillonnaire et tout de suite après, les espaces étendus et sans forme de la nature. Pour y avoir fait une ou deux incursions, il trouvait la campagne ennuyeuse et franchement morbide. Il s'était promis de ne plus jamais y retourner. Quand il comprit que Petit-Bernard en prenait le chemin, il ne put que lui souhaiter bon vent. Il le regarda disparaître dans les pas mêlés de la foule et il fit demi-tour en songeant déjà à ses prochaines chasses, aux siestes à venir, aux mille plaisirs qui l'attendaient.

*
* *

Installé sur un banc, Paul contemplait la masse compacte et laiteuse qui coulait devant lui. Les eaux vertes de la Garonne glissaient calmement sous les arches du Pont-Neuf, charriant quelques branches et le métal dur de ses pensées. Il préférait s'en délester, car son cœur était plein de colère et la colère le rongeait. Quelle déception que l'existence, quelle déception permanente ! Il était arrivé à la conclusion qu'il ne pourrait faire payer leur scélératesse aux types des abattoirs. Avoir presque fracassé le crâne de l'un d'eux sur un coin de trottoir ne lui suffisait pas. Il s'était imaginé accomplir une vengeance beaucoup plus raffinée sous le couvert de la loi. Il s'était dit qu'en expédiant ces brutes en taule, il les tiendrait à sa merci. Il leur aurait fait parvenir à chacun un avertissement menaçant – par exemple, une lettre anonyme frappée d'une tête de chien ou un os en plastique dans un cercueil miniature – et ils auraient compris dans leurs cellules que leur véritable peine n'avait pas commencé et ils auraient redouté leur libération en se rongeant les sangs, et leurs fluides trop épais auraient pourri dans leurs veines !

Mais lorsqu'il avait voulu engager la procédure légale, il était tombé sur un crétin de commissaire qui ne l'avait pas écouté. Il se désolait de penser que les meurtriers de Knult resteraient impunis. Il se refusait à admettre que ses sombres projets de vengeance en constituaient déjà une forme d'assouvissement. Il était comme ces êtres belliqueux qui sont d'autant plus enragés contre leurs adversaires qu'ils se savent retenus par des mains amies. Il préférait croire que la voie brûlante de la haine ne lui était pas ouverte et que celle de l'amour, depuis la mort du chien, lui demeurait fermée.

Il regarda un jogger passer à petites foulées sur la bande goudronnée qui longeait le fleuve. Le reste des berges était revêtu d'un parterre de gazon. Il y avait çà et là des enfants qui jouaient. Un peu plus loin, un couple flirtait sur un banc. Quelques pigeons se dandinaient à la recherche d'une providentielle pitance. Paul se pencha et prit appui, les deux coudes posés sur les cuisses. Une pensée lui vint : « Mourir, non mourir. » Il ignorait ce que cela voulait dire. Il répéta plusieurs fois les trois mots en modifiant l'intonation. « Mourir, non mourir. » La conclusion qu'il faut vivre malgré la tentation de cesser de le faire ? Trop simple. Une invitation à une forme d'extinction plus haute que la mort ? Rebattu. L'absurde qui prive de sens la question tout comme la réponse ? Insuffisant.

Sans s'en rendre compte, il s'était levé et avait commencé à marcher et à suivre les vaguelettes verdâtres qui s'écrasaient mollement sur le quai. Il prit l'un des escaliers en pierre qui conduisaient vers la ville et remonta le haut mur de soutènement qui endiguait le lit du fleuve. Certaines briques manquaient, les joints étaient rongés. La muraille rouge prenait par endroits l'aspect alvéolaire d'une ruche livrée au brasier. Paul ralentit l'allure pour l'admirer.

Le cours de ses pensées changea. Il s'absorba dans l'observation attentive de cette imposante paroi corrodée par le temps. Puis cela lui revint sans prévenir. Ce fut comme une illumination. « Sans ponctuation ! » s'exclama-t-il à haute voix. « Mourir non mourir ! Et s'il n'y a pas de ponctuation, c'est que ce n'est pas une phrase. C'est un triangle ! » Il jubilait. C'était limpide à présent. « Le non est la pointe supérieure du triangle. Ses côtés verticaux représentent toutes les questions que se posent les hommes et qui se résument dans celle de la mort. Elles convergent vers la négation, le rien, à son sommet. Toute recherche d'explication est motivée par l'idée que la pensée va tôt ou tard cesser d'exister. Mais ce qui suscite la quête est en même temps ce qui finira par l'éteindre. Alors, l'inutilité de toute interrogation devient claire, mais trop tard ! »

Plusieurs automobilistes klaxonnèrent. L'un d'eux, les veines saillantes sur ses tempes, baissa la vitre de sa portière pour vociférer ses insultes, le poing levé dans la direction de Paul. Ébloui par sa découverte, celui-ci venait de traverser sans regarder. « Toute pensée se construit contre la mort comme si elle pouvait la résoudre, se disait-il. Mais, pour chaque individu, l'achèvement de la réflexion est toujours son anéantissement comme si elle n'avait jamais eu lieu. L'idée que l'on peut comprendre quelque chose est une illusion. La réalité est qu'il n'y a pas d'ascension possible et qu'on ne monte jamais vers rien. En un sens, la réponse est qu'il n'y a pas de réponse, et cette réponse est la même pour tout le monde, qu'on se soit posé la question ou non. Ah ! Ah ! »

Paul avait franchi à grandes enjambées la rue de la Fonderie et venait de passer en riant aux éclats devant l'imposant édifice de l'église de la Dalbade. Derrière lui, Mme Moulisse, qui promenait son chien, se frappa la tempe de son index crochu, son gigantesque cabas serré sous son aisselle.

« Quelle ironie ! poursuivit Paul pour lui-même. Mais le plus intéressant, c'est le troisième côté du triangle, sa base, celui qui ne porte pas de nom. C'est le côté de la vie. C'est l'existence brute, linéaire, consciente. Sans questionnement superflu. La seule voie offerte au bonheur de l'homme est un simple segment qui commence et finit à l'oblique du néant. Oui, c'est bien cela. Une manière de vivre qui n'a nul besoin d'être pensée. Un mystère qu'il n'est pas dans le pouvoir des mots de résoudre. Aucune parole n'est susceptible d'expliquer ce qu'*exister* veut dire et l'essentiel du "mourir non mourir" réside dans ce qu'il ne dit pas ! »

Sur la place des Carmes, Paul fendait la foule, le visage rayonnant. Quelques passants le toisaient avec surprise ou inquiétude. Il ne les remarquait pas.

« Être vivant, vivre vivant, mourir vivant ! Voilà tout le programme. Être heureux enfin ! Redevenir léger ! »

Il se *sentait* léger. Un poids immense avait subitement délivré son cœur. Il marchait d'un pas souple. Une énergie juvénile circulait dans ses veines. Il était aimé par la vie. Il regarda alentour. Les magasins, les enseignes au néon, la foule qui se mouvait. L'agitation du travail, la flânerie des promeneurs. Tous ces visages humains. Oui, il y avait un lendemain pour lui. L'existence, son existence, pouvait reprendre.

Il s'était engagé dans la tortueuse rue du Canard. Au sommet des immeubles, les toitures se touchaient presque. Il regardait la perspective cassée des hauts murs aux bords étroits. Il était venu sans en avoir conscience. Il ne savait pas ce qui guidait ses pas. À peine se posa-t-il la question qu'il obtint la réponse. Il se rendait chez Luciano. C'était à lui qu'il devait parler. Qu'il devait raconter sa découverte, le « mourir non mourir », ce changement soudain de visée. Cela lui ferait plaisir, à ce bon Luciano, un tel soulagement de rencontre. Il serait heureux pour son ami. Paul l'avait un peu négligé ces derniers temps. Mais tout allait changer. Un moineau de joie venait de naître dans sa poitrine. D'un petit rire, il en avait brisé la coquille.

Après quelques minutes de marche, il arriva en vue de la maison bourgeoise où habitait le boucher. Il y avait un grand remue-ménage dans la rue, devant chez lui. Un véhicule de secours des pompiers et une voiture de police bloquaient le passage. Les gyrophares tournoyaient silencieusement et se dédoublaient dans la vitrine du magasin dont le store était baissé. Un petit attroupement s'était formé. Des badauds et quelques voisins en quête d'informations s'abandonnaient à des conversations oiseuses dont il ne sortait rien. Paul se fraya un passage, entra dans l'immeuble et prit l'escalier.

À l'étage, il y avait trois appartements de part et d'autre d'un minuscule couloir. Au milieu de celui-ci, roulé en boule, la tête enfouie sous son flanc, un gros chien brun dormait. Une porte était ouverte qui laissait échapper un bruit de mouvements feutrés et des sanglots étouffés. C'était l'appartement de Luciano. Paul entra, la gorge nouée. Dans le vestibule, Véro, assise sur une chaise, pleurait en réprimant de faibles gémissements. Elle pressait un mouchoir sur ses yeux que le rimmel barbouillait. Quand elle vit Paul, elle se leva d'un bond et se jeta dans ses bras.

« Paul ! Tu es venu ! »

Paul l'enlaça sans rien dire. Il comprenait qu'un événement était survenu, un événement qui touchait Luciano, puisqu'il n'était pas là pour l'accueillir. Dans une pièce, derrière eux, on entendait des voix. Paul était trop saisi pour poser des questions. Le fait que Véro ne lui dît rien semblait signifier qu'il était censé savoir. Peut-être croyait-elle qu'il avait été prévenu ? Elle pleurait le front appuyé sur son épaule.

« C'est affreux, Paul, c'est affreux. »

Paul demeurait figé. Il la tenait dans ses bras. Il formulait des hypothèses qu'il ne voulait énoncer à haute voix de peur qu'elles ne rencontrent la vérité. Luciano... Luciano... C'était absurde. Un drame s'était produit. Son brouillard épais affirmait sa pression sur sa gorge. Luciano, sûrement... Luciano... Mais les mots ne pouvaient sortir. Son cœur battait la chamade. Mon Dieu, Luciano... Son menton reposait sur les cheveux cuivrés de Véro. Il pouvait sentir leur odeur fruitée et la chaleur de la jeune femme contre sa poitrine. Il leva les yeux et dans le couloir, par la porte restée ouverte, il vit le chien.

C'était un chien massif à la fourrure rouge. Un chien qui le regardait dans une attitude hiératique, dans une pose à l'immobilité surnaturelle. Il avait la tignasse en bataille et de lourdes oreilles qui pendaient sur les côtés. Paul détourna le regard.

« Véro, je... Je suis venu ici par hasard... Luciano, est-ce qu'il est...

– Il est mort, Paul. »

Paul sentit un grand froid lui emporter le ventre. Il fut secoué de frissons. Ses yeux balayèrent le plafond et les murs du vestibule à la recherche d'un repère à quoi s'accrocher. Ils s'arrêtèrent à nouveau sur le chien. La tête légèrement inclinée, celui-ci laissait éclater une joie méchante. Un rictus fendait sa gueule jusqu'aux gencives, découvrant la capsule métallique d'une dent en argent. Un ondoiement venimeux crépitait dans son regard. L'esprit de Paul se décolla de son crâne. Les murs ployèrent et se refermèrent sur l'image de ce cabot jailli des fosses hurlantes de l'enfer.

« Luciano est mort », ajouta Véro d'une voix hachée par les larmes.

Comme tiré d'un rêve lointain, Paul se pencha vers elle et passa sa main sur la joue de la jeune femme. Il essuya une larme qui venait d'y tracer un ruisseau argenté. Quand il releva la tête et qu'il chercha le chien, le couloir était vide. L'animal avait disparu.

Le jeu de cache-barbaque

Deux jours plus tard, l'appartement de Luciano était noir de monde. Il y avait des voisins, les amis, la famille. Quelques clients aussi. La plupart s'entassaient dans la cuisine et le salon. Certains demeuraient dans le vestibule. Deux ou trois étaient sortis dans le couloir ou dans la rue pour fumer. De temps à autre, on sonnait à la porte. Quelqu'un alors allait ouvrir. C'étaient des nouveaux venus qui entraient, la mine contristée. Ils serraient quelques mains, embrassaient les parents. Les maxillaires se tendaient sur la mâchoire des hommes, le menton des femmes se tordait en tremblant. Immanquablement, la maman sanglotait, incapable de parler, les yeux noyés par le chagrin. Le père, hagard, se levait et offrait une main molle, l'air absent. Les visiteurs échangeaient avec les proches quelques mots de circonstance, un gémissement de compassion, puis ils étaient emportés par le flux, le souci de ne pas accroître la douleur d'autrui par d'inutiles paroles et une irrépressible envie de fuir. Ils se retrouvaient un peu plus loin dans l'appartement, dépôt alluvionnaire et encombrant, attendant qu'un trop-plein finisse tout doucement par les mettre dehors.

Des conversations s'étaient engagées çà et là au sein de petits groupes. Elles évitaient à l'atmosphère, déjà lourde par convention, de devenir tout à fait insoutenable du fait d'une peine par trop visible. Le seul endroit calme était la chambre où reposait le corps du défunt. Au sein de cette foule disparate se détachait la silhouette énergique d'Alex Boltanski. Sa tête carrée aux cheveux ras émergeait du groupe de paroissiens qui avait fondu sur lui comme une averse de sangsues aussitôt qu'il était apparu.

« Quelle tragédie, mon père, quelle tragédie !

— Pour la famille, c'est épouvantable, vraiment…

— Il ne pouvait rien leur arriver de pire.

— Sait-on seulement pourquoi…

— Rien du tout. Personne ne sait.

— Et l'Église, mon père. Que dit-elle en pareil cas ? »

Le prêtre n'avait pas de réponse. Il était impossible de savoir pourquoi Luciano s'était suicidé. La seule certitude à laquelle il pouvait prétendre était qu'il ne percerait jamais son mystère. Il n'avait laissé aucune lettre. Rien dans sa vie ne permettait d'augurer une telle fin. À moins que ce ne fût justement dans ce rien que résidât l'explication. Mais cette conjecture même n'apportait ni lumière ni réconfort. Luciano avait disparu sur la pointe des pieds. Il s'était fait discret jusque dans son effacement. Il ne restait que le souvenir de ses grands rires, de sa chaleureuse présence, et cela ne rendait sa décision que plus incompréhensible.

Alex Boltanski, tout en dialoguant distraitement avec ses interlocuteurs, jetait de brefs coups d'œil autour de lui. Plus loin dans le salon, il vit ce jeune homme insaisissable, ce Paul qu'il avait rencontré une fois sans parvenir à établir avec lui un véritable contact. Il tenait Verna dans ses bras et le caressait avec affection. À côté, une jeune femme pleurait en silence. Elle pressait un mouchoir sur ses lèvres. Malgré les rougeurs qui tuméfiaient ses paupières, son visage conservait des traits réguliers dont l'éclat remarquable était rehaussé par les reflets cuivrés de ses cheveux.

Derrière lui, le prêtre entendit un piaillement.

« Pauvre garçon ! Quand je pense que je l'ai vu encore avant-hier au magasin, ça me fait peine ! »

C'était une voix criarde qu'il connaissait bien.

« Il m'avait tailluqué un bout de veau pour Mistouille. On se serait douté de rien. Il était pas charnègue : il riait tout le temps ! Oh, voueï, je le regrette ! Il s'y entendait comme pas un pour servir ! »

Alex évita de se retourner. C'était Mme Moulisse et il la redoutait. Si elle s'avisait de sa présence, il saurait tout des embarras gastriques de son teckel, des dernières avanies de sa propriétaire, de ses projets culinaires pour la semaine à venir. Il fit le gros dos et se résigna à demeurer au sein du groupe qui l'accaparait. Hochant régulièrement la tête, poussant de temps à autre un petit grognement d'approbation ou d'étonnement, il laissait croire qu'il suivait la conversation. En réalité, il s'était mis en mode automatique. Tourné vers le dedans de lui-même, à moitié conscient de ce que ses yeux lui montraient, il s'abandonnait à ses réflexions.

La mort de Luciano l'avait bouleversé et il en voulait à Dieu. Ou, du moins, à ce qu'il continuait à désigner sous ce terme. Sa foi avait évolué ces derniers temps dans une direction qu'il n'aurait pu soupçonner lorsqu'il était entré au séminaire. Il y avait eu ce désert sans grâces ni voix qu'il avait traversé pendant des mois sans pouvoir prier, les lèvres bleuies par l'absence d'amour et la sécheresse du cœur. Puis ça avait été l'histoire invraisemblable de ce Paul avec son chien dont un chroniqueur avait déjà fait mention deux siècles auparavant et qui contredisait toutes ses croyances. Il en avait été durablement troublé. Il avait appelé au secours une journée entière dans ce monastère où il emmenait souvent les autres. Peine perdue. Il était parvenu à un point où, sorti du catéchisme qu'il continuait de professer d'une manière mécanique, il n'aurait su dire ce que Dieu signifiait exactement pour lui. Peut-être une force physique, une source d'énergie dépassant tout entendement. Mais froide, indifférente, incapable de comprendre l'homme, ce dérisoire produit du hasard, cet épiphénomène sans importance.

« Ouh, é bé ! Moi, je dis ça, manière. J'ai pas l'habitude de mourfiner dans les affaires des autres… » Derrière le prêtre, la voix de Mme Moulisse s'était dangereusement rapprochée. Une exclamation stridente le fit sursauter.

« Ah ! Monsieur le curé ! Vous êtes là ! »

Ça y était. Elle l'avait repéré. Il inspira un bon coup, se composa une expression et se retourna, le visage fendu d'un large sourire.

« Madame Moulisse ! Comment allez-vous ?

– Oh, vous savez, monsieur le curé, à mon âge maintenant. Je me sens pas costaud-costaud. »

Elle criait chaque mot comme s'ils se parlaient de montagne à montagne, séparés par une vallée des Alpes. Le volume était à fond, le bouton de réglage résolument bloqué sur aigu. Une octave de plus et elle passait en ultrasons, ce qui aurait été un soulagement, car elle aurait cessé d'être audible. Mais il ne fallait pas en espérer tant.

« Ce pauvre Luciano, quand même. Enfin ! Lui, au moins, il était jeune.

– C'est bien là le plus triste, madame Moulisse.

– Les jeunes, ils ne croient plus en rien.

– Certains se sentent perdus, en effet.

– Taisez-vous ! L'autre jour, un de ces fainéants a voulu me roustir Mistouille pendant que je le promenais ! C'est quand même quelque chose ! J'aime autant vous dire que ça m'a fait venir le sang aux tripes ! Je lui ai envoyé mon sac par la figure, ça a clasquéjé sec ! »

Alex serrait les dents. Il tentait de contracter ses tympans comme on bande ses muscles, pour résister à l'assaut cinglant des décibels. Il imaginait ses osselets s'entrechoquer sous l'effet des vibrations et les cils un à un ployer, puis déclarer défaite. Encore une minute, deux peut-être, et il serait sourd.

« À propos, monsieur le curé, vous avez su pour le mari de Mame Bousquette ?

– Non, qu'y a-t-il ?

– Il a été bien fatigué.

– Ah bon ?

– Vouéï.

– Et qu'a-t-il eu ?

– Il est mort. »

Encore un, se dit Alex. Un de plus. Ça n'arrêtait pas. Combien d'enterrements par semaine ? Combien de bougies soufflées ? C'était effrayant. Lorsqu'il songeait à ce qu'était devenue sa foi, il était pris de vertige. À ses paroissiens, il parlait encore de miséricorde divine, de rémission des péchés, de résurrection des morts. Mais ses mots étaient des coquilles vides. Il n'y avait pas de vie en eux. Il utilisait des formules, des morceaux entiers de phrases qu'il enchaînait les uns avec les autres. Il ne savait plus parler avec son cœur. Pendant la messe, il regardait les fidèles. Fidèles à quoi ? Ceux qui venaient encore paraissaient se satisfaire de ces incantations rituelles où ne perçait plus la moindre émotion, où toute flamme s'était éteinte. Comment faisaient-ils ? Comment faisaient-ils donc ? Il avait pensé plus d'une fois tout plaquer, jeter le froc aux orties. Mais ils avaient besoin de lui dans son dénuement spirituel même. Et il n'y avait personne pour prendre la relève.

En face du prêtre, assis sur une chaise, Paul passait ses mains dans la fourrure du chat. Sa pensée voguait sur les flots d'albâtre que ses doigts séparaient. À côté de lui, Véro séchait ses larmes. Quelqu'un arriva et présenta des tasses de café sur un plateau. La jeune femme en prit une. « Ça me fera du bien, se dit-elle. Il faut rompre avec l'enchaînement des pleurs. » Elle avala le breuvage d'un trait en faisant la grimace. Il était affreusement amer. Et le pire suivait la déglutition : il laissait en bouche un goût de tabac froid qui engluait la langue. Cela lui rappela les effluves qui avaient accompagné sa découverte de l'avant-veille. Elle était à la pharmacie à attendre son tour devant le comptoir. Devant elle, un grand type, dont elle ne voyait que le dos, paraissait avoir des difficultés pour payer. Il palpait ses poches à la recherche de monnaie. Son odeur l'incommodait. Une odeur aigre et forte de cendre froide, de transpiration et d'urine de chat. Elle était impatiente qu'il acquittât son dû et nettoyât le plancher.

Au bout d'un moment, il avait dit sur un ton contrit : « Je suis vraiment désolé, j'ai oublié mon porte-monnaie. Ça ne vous dérange pas si je vous fais un chèque ? » Un chèque pour un flacon d'alcool modifié, ça ne l'enchantait guère, la pharmacienne. Néanmoins, elle lui avait fait signe qu'il pouvait y aller. Elle ne semblait pas tranquille et devait préférer s'en débarrasser. Il avait sorti un carnet de chèques sale et froissé de la poche intérieure de sa veste et s'était penché sur le comptoir pour remplir l'ordre de paiement. À cet instant, Véro l'avait reconnu. C'était le voleur de Petit-Bernard, celui à qui, dans un moment d'égarement, elle avait failli se donner.

Son cœur s'était retourné dans sa poitrine. Il était réellement repoussant. Son museau de fouine était lacéré en plusieurs endroits. De longues estafilades dessinaient sur ses joues un jeu de morpions géant. Il maintenait sur ces griffures, d'une main chargée de bagues gothiques, un _ouchoir ensanglanté. « Un violeur, s'était dit Véro.

C'est aussi un violeur. » Elle l'avait considéré en proie à une vive agitation. Que faire ? Elle avait peur qu'il ne la vît. Elle ignorait pourquoi il avait filé l'autre jour. Peut-être derrière la porte de son bureau l'avait-il entendue appeler la police et alors il chercherait à se venger. Dans le meilleur des cas, s'il ne se doutait de rien, il voudrait prendre de force ce qu'elle ne voulait plus donner. Elle avait les jambes en coton. Il fallait pourtant faire quelque chose ! Sans réfléchir, elle avait tendu le cou derrière l'épaule du type et jeté un coup d'œil sur son chéquier. Elle n'avait eu que le temps de lire « M. Ange Fraboli ». Elle avait quitté le magasin en flageolant, sans se retourner.

Elle était rentrée chez elle dans tous ses états. Elle s'était empressée de noter le nom du bonhomme sur un bout de papier pour ne pas l'oublier et au moment où elle allait décrocher le téléphone pour prévenir l'inspecteur Moskato, la sonnerie avait retenti. C'était un client et voisin de Luciano qui l'appelait pour la prévenir du drame. Elle était partie toutes affaires cessantes et n'avait plus repensé à Ange Fraboli. Cela datait d'avant-hier seulement. Cependant, pour Petit-Bernard, le temps pressait. Il fallait informer l'inspecteur sans tarder. Elle se tourna vers Paul.

« Paul, j'ai une démarche à faire en ville. Je me sens un peu fatiguée. Tu veux bien m'accompagner ? »

*
* *

Étrange sensation ! Embrayer en douceur, passer la seconde en évitant de faire craquer la boîte de vitesses, libérer à nouveau les gaz en accélérant, sans faire patiner le moteur. Cela faisait combien, six, sept ans que Paul n'avait pas tenu le volant ? Cela revenait assez vite, passé les premières minutes d'affolement. Il ne se rappelait pas que c'était aussi amusant. Il tournait depuis un quart d'heure autour du même pâté de maisons. Devant l'impossibilité de trouver une place où garer le véhicule, Véro lui avait laissé les commandes, le temps d'accomplir une formalité. Elle ne lui avait pas dit où elle allait. Mais ce ne serait pas long. Il n'avait qu'à prendre toujours à droite et repasser par ici jusqu'à ce qu'elle soit revenue.

Il n'avait pas eu le loisir de poser des questions. Des Klaxons excédés avaient retenti. Plusieurs fauves écrasaient déjà leurs visages congestionnés sur les vitres de leurs cages roulantes. Une halte de soixante-cinq secondes en double file. On ne plaisantait pas avec ces choses-là. Dans le rétroviseur, il lui avait semblé voir Véro se diriger vers le commissariat. Il n'en était pas sûr, car, à cet instant précis, il avait calé et la préservation de sa vie avait à nouveau requis toute son attention. Il avait verrouillé les portières et redémarré très vite sans regarder derrière lui. Depuis, il tournait. Cela ne lui déplaisait pas. Il retrouvait les automatismes de la conduite. Il tenait les manettes, il faisait vrombir le moteur. Il jouait de la machine qu'il menait comme il voulait.

Il éprouvait le même sentiment d'excitation joyeuse qu'à l'époque de ses premières équipées en automobile. Il ressentait ce même je-ne-sais-quoi palpiter dans sa poitrine, ce parfum éternel de jeunesse, cette vibration intime. Il ne voyait pas ce qui justifiait cet état d'apesanteur. Son camarade Luciano gisait là-bas dans sa chambre. Cette bagnole décatie n'avait pas de reprise. Rien n'expliquait une pareille insouciance, un tel arrière-plan de gaieté incongrue.

Son regard quitta la rue et se posa par hasard sur sa main. Elle était à plat sur le siège que tout à l'heure Véro occupait. Véro, se dit-il mentalement. Véro. Ce dernier mot se figea et résonna sous son crâne. Lorsque son écho se fut éteint, sa pensée resta une fraction de seconde en suspens. Puis une boule de cristal éclata entre ses côtes. À sa place, il y avait un gâteau de soleil qui riait de toutes ses dents. La chaleur se concentrait en son milieu et de là irradiait jusqu'à la fleur de ses yeux. Voir brusquement le brûlait.

Vé-ro ! Voir. Véro ! Voir. VOIR.

Il y eut un choc.

Il fut projeté vers l'avant. Son front heurta le haut du volant. Il resta étourdi quelques instants. La voiture venait de s'arrêter sans le secours des freins. Il l'avait laissée percuter le véhicule qui, devant, s'était arrêté. Le feu était au rouge. Il ne l'avait pas vu.

*
* *

Ange Fraboli sortit précipitamment de sa voiture en se massant la nuque. Flûte ! Une tire quasiment neuve ! Un coup d'œil lui suffit pour mesurer les dégâts. Le hayon s'était relevé sur la bouche édentée du coffre qui était enfoncé aux deux tiers. Le pare-chocs gisait sur le sol, raide mort. La plaque d'immatriculation était recroque-villée sur elle-même comme un mouchoir en papier usagé. Les chiffres n'étaient plus lisibles. Les feux de signalisation étaient pulvérisés sur le goudron en petits fragments rouges et orange. Ange avisa le type qui venait de l'emboutir et qui semblait figé derrière son pare-brise, agrippé au volant. D'où tenait-il son permis, cet animal ? Il avait fallu que ça tombe sur lui ! Et à deux pas du commissariat par-dessus le marché !

À trois cents mètres à peine, du même côté de la rue, c'était l'entrée des artistes. Le planton devant le porche n'avait rien remarqué. Plusieurs voitures en stationne-

ment, dont deux paniers à salade, avaient masqué la col-
lision. Mais la dangerosité de l'endroit ne faisait aucun
doute. Le taux de flicaille au mètre carré était le plus
élevé du centre-ville. Pour Ange, il ne faisait pas bon
s'attarder dans le coin. Il sortit son paquet de Camel, en
extirpa nerveusement une cigarette et l'alluma. Puis il se
tourna vers le type qui avait provoqué l'accident. Il
n'avait toujours pas bougé. Ange, d'un air las, lui lança
assez fort pour qu'il entende derrière la vitre :

« Bon, alors, qu'est-ce qu'on fait ? Vous pensez la
reconstituer sur place ou j'achète un tube de colle et
vous venez faire ça à la maison ? »

Pour Paul, ce fut une petite commotion électrique. Elle
le sortit de son état de choc. Qu'est-ce qu'il voulait, le
rat sur échasses ? Être dans son droit ne lui suffisait pas,
il lui fallait encore faire de l'esprit, jouer les professeurs
de conduite ? Pas d'accord pour la répartition des rôles !
Paul ouvrit la portière d'un geste sec, les traits livides,
les yeux en flammes.

« Un, je n'ai pas freiné. Deux, c'est ma faute. Trois,
j'en suis navré. Un autre problème ? »

Il avait débité ses mots au rasoir, d'une voix blanche,
sans quitter Ange du regard. Tout son corps était tendu,
prêt à bondir. Ange comprit qu'*il y avait* un problème.
Cette affaire menaçait de tourner salement s'il ne la
négociait pas avec diplomatie. Il jeta un coup d'œil
inquiet dans la direction du commissariat. Les flics pouvaient surgir à tout instant en cas de grabuge ou un passant bien intentionné pouvait avoir l'idée de les prévenir
pour se distraire. Il fallait clore l'incident et filer promptement. Il leva la tête et rejeta vers le ciel une bouffée de
fumée.

« Aucun problème. J'avais peur que vous vous soyez
fait mal. Ahr ! Ahr ! Mais je vois que tout va bien. On va
pouvoir y aller.

– Mais il n'en est pas question. Il y a du dégât.

– Ça ? fit-il en désignant l'arrière-train défoncé de sa voiture qui bâillait pitoyablement. Non, c'est rien. J'ai l'habitude. Quelques coups de marteau sur la carrosse-rie, un peu de ficelle pour le pare-chocs, du papier trans-parent en couleurs pour les feux et elle sera comme neuve ! Ne vous faites pas de souci pour ça ! Ahr ! Ahr ! J'en ai vu d'autres !

– Je ne parlais pas de votre engin. Mais du mien.

– Ahr ! Ahr ! Comment ?

– Ma voiture.

– Ouais ?

– Elle n'est pas à moi. Et la calandre est abîmée. Il faut faire un constat.

– Abîmée ? Où ça, abîmée ? »

La voiture de Véro n'avait quasiment rien. C'était miraculeux compte tenu des ravages dont elle venait d'être la cause. Ange passa la main dans ses cheveux gras, puis l'essuya sur son pantalon. Il sentait arriver les ennuis à plein nez. Il avait un sixième sens pour ça. En voyant sa mine soudain déconfite, Paul commençait à s'amuser. Une lueur perverse passa dans son regard. Pour la prime d'assurance, l'insistance de ce type à vouloir le tenir quitte sans aucune compensation était une aubaine. L'intérêt de Véro aurait été qu'il acceptât avec gratitude d'en rester là. Mais il ne savait pas résister au plaisir d'une belle situation. Et, en l'occurrence, il flairait le coup d'éclat. Le type était à sa merci. Il allait se l'offrir.

« Elle est cabossée, là. »

Paul montrait une petite torsion des montants chromés du parement de radiateur. Au-dessous, le pare-chocs était légèrement faussé. L'un des butoirs en caoutchouc était fendu en son milieu.

« Ça ? Oh, mais c'est rien, ça. Ahr ! Ahr ! Je vous l'ar-range vite fait, moi. Facile. Je vous laisse mon adresse et je m'en occupe ce week-end si vous voulez. Je m'appelle Geral…

– Non. J'aime autant passer par un professionnel. On va faire un constat. »

Ange sentit un frisson remonter son épine dorsale jusqu'à la vallée située entre ses omoplates. Il tira à fond sur sa cigarette et tenta autre chose.

« Écoutez, j'ai un ami garagiste. Ça ne vous coûtera rien. »

Paul sentit une joie féroce naître en lui. Oh ! Le beau poisson ! Son intuition ne l'avait pas trompé. Il avait ferré une grosse pièce. Le hasard était son ami. La belle scène ! La belle scène ! Il la voyait venir. De quoi pimenter toute sa journée et même un peu plus s'il avait de la chance. Cependant il fallait que ce soit réussi, vraiment brillant, tout à fait explosif. Il allait s'y employer en gourmet, en artiste. Tiens, c'était pour Luciano qu'il le faisait. En souvenir de lui. Il avait du savoir-faire, Paul. Ça allait être grandiose.

Il commença par jouer avec les nerfs du grand échalas. Tout était dans la politesse.

« Je vous remercie, mais je préfère que ce soit fait selon les règles », dit-il sur un ton détaché. Il gardait les yeux baissés vers la calandre de son radiateur qu'il caressait du bout des doigts comme un expert évaluant minutieusement l'étendue du sinistre. Il ne regardait plus son interlocuteur et affichait un grand calme. Sa patience était à toute épreuve, horripilante à souhait.

Ange déglutit difficilement.

« Mais puisque je vous dis que ce sera gratuit… »

Le ton était agacé, un poil trop sec. Ça y était. C'était le moment de lâcher la vapeur. Toute la vapeur. Paul releva lentement la tête et plongea son regard de glace dans les yeux chassieux d'Ange Fraboli.

« Je vous demande pardon, monsieur ? Vous refusez de régler la question à l'amiable ?

– Mais pas du tout, je… »

Paul éleva la voix.

« Vous vous promenez en ville avec un véhicule en ruine. Vous démolissez ma voiture et vous refusez de reconnaître vos torts !

– Mais non, c'est vous qui… »

Paul se mit à crier à la cantonade.

« Je vous connais, monsieur, vous et ceux de votre espèce ! Vous refusez le constat d'assurance avec une parfaite mauvaise foi, vous tentez de m'entraîner dans une combine douteuse avec un garagiste marron ! Mais j'ai la loi pour moi, monsieur, je ne me laisserai pas faire ! »

Il semblait hors de lui, les yeux exorbités. Il était comme déchaîné par l'outrage. Il connaissait tant la colère qu'il pouvait la reproduire à la perfection. Ange sentait la sueur coller sa chemise par plaques sur son dos. En temps normal, il aurait dit à ce malade d'aller se faire soigner et il se serait tiré avec ou sans voiture, selon l'urgence de la fuite. Cette fois, il y avait une différence notable : la proximité du commissariat. Plusieurs passants s'étaient déjà arrêtés pour assister au scandale. Quelques véhicules ralentissaient en les dépassant. Ange regarda de tous côtés avec inquiétude. Aucun représentant de l'ordre n'approchait. Plus loin sur le trottoir, le planton ne s'était toujours aperçu de rien. Il renseignait une jeune femme en plastronnant, la main sur la visière du képi.

« D'accord. On fait un constat », fit Ange.

Il valait mieux lâcher du lest sans quoi c'était l'émeute et, pour lui, la garde à vue. Il fallait calmer ce fou furieux par tous les moyens. Il allait la remplir, sa paperasse. Ça ne l'engageait à rien. Il n'était pas assuré de toute façon. Il promit de signer ce qu'on voudrait.

Cela parut convenir à Paul. Sa colère tomba d'un coup comme si elle n'avait jamais existé. Les traits mobiles de son visage retrouvèrent sans transition une expression tranquille. Il était impossible de savoir à quel degré de réjouissance son cœur était porté ! Ah ! Ah ! Maintenant, il allait tout lui faire admettre à cette baudruche filiforme, avec son air de fouine mal peignée ! Tous les torts ! Et plus qu'on ne pouvait honnêtement en constater ! Il lui collerait tout sur le dos ! Il exigerait qu'il remplace la calandre, le radiateur, la banquette arrière, les quatre pneus et même l'ours en peluche accroché au rétroviseur ! Nom de Dieu, il allait en faire son esclave !

« Bien. Je vais chercher le formulaire. »

Il disparut dans la voiture de Véro, le nez plongé dans la boîte à gants. Ange enfourna un chouine-gom dans sa bouche et alluma une nouvelle cigarette. L'orage était passé. Cependant il n'était pas encore tout à fait rassuré. Paul revint au bout de quelques minutes, les mains vides.

« Comme je vous l'ai dit, ce n'est pas ma voiture. Il n'y a pas de constat. Vous n'en auriez pas un ? »

Ange répondit par la négative. Il esquissa un sourire de triomphe. Paul le considéra du coin mauvais de son œil. Il n'était pas inquiet. Il avait de la ressource.

« Ça ne fait rien, dit-il sur un ton péremptoire. Nous allons tout consigner par écrit dès maintenant et nous nous reverrons plus tard pour remplir les documents.

– Si vous voulez », répondit Ange qui était prêt à tout et se moquait des formes que pouvait prendre la résolution de l'affaire. Il n'avait pas l'intention de donner sa véritable identité.

« Bon, il nous faudrait de quoi écrire », ajouta Paul. Il fouilla dans les poches de sa veste à la recherche d'un bout de papier. Il en retira une feuille pliée en quatre. Elle devait être depuis longtemps dans son vêtement, car il ne se souvenait pas de l'y avoir placée. Il l'ouvrit. C'était un dessin réalisé au crayon de couleur. Il ne l'avait jamais vu.

« Qu'est-ce que c'est que ça ? » fit-il à voix basse.

Au verso, il n'y avait que quelques mots. Quelqu'un avait écrit avec application : « Fernand Zennegger, 12, rue des Pénitents-Blancs, de la part de Léonard Moskato. » L'inspecteur à moustaches ! Ce saint-bernard au petit pied ! C'était l'adresse du psy chez lequel il avait voulu l'envoyer ! Paul ne s'était pas rendu compte qu'il l'avait emportée après qu'il la lui eut mise dans les mains. Il avait dû la glisser machinalement dans sa poche lorsqu'il était parti en claquant la porte. Il retourna la feuille. Le dessin avait quelque chose de bizarre. Il représentait le visage d'un homme qui… d'un homme qui… Il le regarda de plus près, tendit les bras. Il tourna la feuille dans un sens, dans l'autre. Puis il cessa de bouger.

Ange vit Paul se figer. Il s'avança insensiblement pour voir ce qu'il y avait sur le papier. À son tour, il s'immobilisa. C'était son portrait. Sa figure était dessinée sur la feuille que cet inconnu gardait dans sa poche.

*
* *

Il y eut un moment de stupéfaction de part et d'autre. Les deux hommes se dévisagèrent avec méfiance. Aucun des deux n'était en mesure de fournir une explication plausible de la présence de ce portrait entre les mains de Paul. L'incertitude était lourde de menaces, puisque chacun prêtait à l'autre une connaissance maligne de ce qui se passait.

Paul, qui ne pouvait imaginer qu'un portrait-robot fût colorié comme un dessin d'enfant, puis distribué en guise de prospectus aux visiteurs du commissariat, se demandait si le type devant lui n'était pas Fernand Zennegger. Cette solution lui paraissait ahurissante compte tenu de l'allure tout à fait minable du bonhomme. Il portait une veste au cuir râpé, le cheveu gras et de longues estafilades sur les joues. Mais avec ces psys, rien n'était impossible. Certains étaient prêts à tout pour avoir l'air dégagé, c'est-à-dire dans le coup ou en dehors du coup selon la position qu'occupait dans leur esprit la ligne de démarcation entre le conformisme et la liberté. L'inspecteur Moskato, qui avait paru à Paul nettement dérangé, devait pousser la gratitude jusqu'à illustrer personnellement la publicité qu'il faisait à son gourou.

S'il s'agissait bien de lui – ce que Paul ne pouvait exclure sans parvenir à y croire –, son comportement bizarre attestait qu'il n'avait pas la conscience tranquille. Sa présence n'était pas due au hasard. C'était insensé, inexplicable. Combien étaient-ils dans le coup ? Véro elle-même ne l'avait-elle pas sciemment entraîné par ici ? Et l'accident, était-il réellement dû à son manque d'attention ? Il essayait de se rappeler l'enchaînement des faits. Quelqu'un, dans la rue, sur le trottoir, ne l'avait-il pas distrait une fraction de seconde ? Un complice, un comédien engagé pour l'occasion ? Le feu était-il normalement passé au rouge ? Il était pris de vertige devant les implications possibles d'une telle hypothèse.

De son côté Ange voyait beaucoup mieux la situation. Il avait affaire à un flic en civil. Et ce n'était pas un premier de la classe. Qu'il fût chargé de l'interpeller ou seulement de le filer, il venait de tout flanquer par terre. Il s'était trahi en beauté avec un bête coloriage. Sans compter que l'accrochage n'était peut-être pas prévu au programme ! Ahr ! Ahr ! C'était bien la peine de jouer les mariolles tout à l'heure ! Ange regarda le visage décomposé de Paul. Le rapport de forces s'était inversé. Il avait devant lui un enquêteur débutant, probablement lâché dans la nature depuis un ou deux jours à peine. Il allait n'en faire qu'une bouchée.

« Vous avez provoqué l'accident volontairement »,

lâcha-t-il tout à trac en ricanant. Il laissa échapper un nuage de fumée et mastiqua son chouine-gom avec morgue.

Nous y sommes, se dit Paul. L'interrogatoire psy sous les dehors de l'observation tranquille. Le pourquoi du comment. Les motivations souterraines. Le type qui sait tout sur tout. Ça commence.

« Qui êtes-vous ? » demanda-t-il sur un ton cassant. Il n'était pas question qu'il se prêtât au jeu. D'ailleurs, ça ne changeait pas de l'ordinaire. Paul ne se prêtait jamais à rien.

« Qui je suis ? Ahr ! Ahr ! Ça, c'est plutôt à vous de me le dire, répondit Ange en faisant du menton un signe vers le dessin. Apparemment, je suis celui que vous cherchiez, non ? Vous voulez une dédicace ? »

Paul le regarda, interloqué. Qu'est-ce que c'était que cette méthode ? La nouvelle psychologie sans doute. L'agression verbale. Le psy frappe le premier et ce, dès la première rencontre, avant même les présentations, dans la rue s'il le faut. Le client peut riposter, c'est son problème. Celui qui laisse l'autre sur le carreau a gagné. Paul n'était pas très informé des nouvelles tendances. Ou alors ce type était vraiment très fort. Il avait compris tout de suite que Paul lui donnerait du fil à retordre. Il prenait les devants pour se protéger. Eh bien, il n'allait pas être déçu.

« Vous allez rire, fit Paul froidement. Je suis des cours de criminologie, le soir, après le travail. On est une bonne centaine d'inscrits. Des juges, des éducateurs, des futurs flics. Hier, un type de la police judiciaire est venu nous parler de la théorie du criminel-né. Passionnant ! Au XIXe siècle, certains scientifiques étaient persuadés que les meurtriers portaient les stigmates du crime sur leur visage. Ils croyaient qu'on pouvait les reconnaître à leur sale gueule. Le flic qui faisait le cours nous a distribué un dessin pour nous montrer comment on se représentait les grands délinquants à l'époque. Regardez ça ! »

Paul brandit le portrait réalisé par l'inspecteur Moskato sous le nez d'Ange Fraboli.

« Une face de fouine, le menton goitreux, des cheveux filasse sur un petit front avec des yeux de poisson mort. Quand je vous ai vu, ça m'a fait un choc, excusez-moi ! Il y a un peu plus d'un siècle, je n'aurais pas donné cher de votre peau ! Ah ! Ah ! »

Il parlait comme s'il s'agissait de considérations futiles dont la vertu comique ne pouvait faire de doute. Il ajouta presque distraitement en époussetant sa veste :

« Vous êtes bien sûr que vous n'êtes pas pilleur de banques, tueur à gages ou quelque chose comme ça ? »

Paul avait terminé sa tirade sur le ton badin de la plus exquise courtoisie. Il replia la feuille de papier qu'il rangea soigneusement dans sa poche en gratifiant son interlocuteur d'un bon sourire innocent. Ange le considéra les yeux ronds. Ses certitudes de tout à l'heure s'évanouissaient. Qu'est-ce que cela voulait dire ? Cela ne correspondait pas du tout à ce qu'il avait prévu. Ce flic se foutait de sa gueule ouvertement, ce qui en soi n'était pas extraordinaire, mais avec une sorte d'arrière-plan beaucoup plus complexe d'intelligence subtile et perverse qui faisait qu'en dernière analyse ça ne pouvait pas être un flic.

Cela devenait trop compliqué pour Ange. Et quand celui-ci atteignait son seuil d'incompétence, il n'avait d'autre solution que d'utiliser sa botte secrète. Une clef en or qui ouvrait toutes les portes et dénouait les situations les plus inextricables. Il se servait de sa tête, ce qui signifiait qu'après avoir épuisé ses ressources internes, il usait de son emballage qu'il avait assez solide. Il envoyait un coup de boule pour clore la conversation.

Il avala une derrière bouffée de tabac, puis propulsa de l'index le reste de sa cigarette dans le caniveau. Il fit un pas vers Paul pour le saisir par le revers de sa veste. Sa taille le contraignait pour la bonne exécution de sa manœuvre à soulever légèrement ses adversaires de manière que son front puisse venir percuter dans l'axe l'arête de leur nez. Il allait empoigner Paul lorsqu'une main s'abattit sur sa manche.

« Savez-vous que cela fait des jours que je vous cherche, cher monsieur ? »

C'était l'inspecteur Moskato. Il rentrait d'une cérémonie à l'hôtel de ville où il avait accompagné le commissaire principal. Plus exactement, il lui avait servi de chauffeur et de porte-serviette. Sur le retour, il avait remarqué les deux voitures arrêtées sur la chaussée, les débris de verre, Paul debout en discussion avec un grand type. Il avait immédiatement identifié ce dernier comme celui que Mme Moulisse, puis Véro, avaient décrit dans leurs dépositions. Son sang n'avait fait qu'un tour dans ses veines. Il avait stoppé net la voiture, bredouillé une excuse au commissaire en lui demandant de bien vouloir patienter et s'était précipité. Cette fois, le malfrat ne pouvait plus lui échapper. À lui le démantèlement du gang, l'honneur de la police, l'haleine explosive de Petit-Bernard !

Il tenait fermement Ange par le bras et roulait des yeux comme des boules de billard électrique. C'était sa première arrestation. Il ne savait comment s'y prendre. Il souhaitait procéder avec élégance. Il se doutait que, quelques mètres derrière lui, le patron l'observait de la voiture.

« Vous voulez bien me suivre, s'il vous plaît ? »

Ses moustaches frétillaient telles deux frites dans un bain d'huile. Il tremblait de tous ses membres. Une mèche légère de cheveux fins voletait sur le dessus de son crâne.

Ange tourna vers lui un regard de congre décédé de la veille. Et celui-là, c'était quoi ? Il ressemblait encore moins à un flic que l'autre. C'était pas une caméra cachée ou quelque chose ? Il jeta un coup d'œil circulaire pour chercher la fourgonnette aux vitres teintées, l'œil discret d'un téléobjectif. Il ne vit que Véro qui sortait du commissariat et se dirigeait droit sur eux.

« Inspecteur ! Inspecteur ! criait-elle. Je vous cherche partout. C'est lui ! C'est lui ! Le ravisseur de Petit-Bernard ! »

Ange changea de couleur. Cette fois, ça se gâtait vraiment.

« Quoi ? Mais que… Vous faites erreur. Vous me prenez pour un autre », balbutia-t-il.

Il tenta de se dégager. Mais l'inspecteur assura sa prise des deux mains. Il était secoué par les gesticulations d'Ange et sa houppette volait au vent. Paul, qui ne comprenait pas ce qui se passait, était ravi. Le psy n'en menait pas large.

« C'est une erreur judiciaire ! Lâchez-moi ! » criait Ange sans pouvoir se défaire de l'inspecteur, roquet tout en nerfs suspendu à son bras. Une main plus puissante se posa sur son épaule et l'immobilisa. Une voix impérieuse claqua.

« Est-ce que quelqu'un va pouvoir m'expliquer ce que signifie tout ce cirque ? »

Le commissaire était descendu de voiture et venait aux nouvelles. Il portait bien ses galons. Son ton et sa présence calmèrent immédiatement les esprits.

« Et pour commencer, qui est ce zigoto ? » demanda-t-il en montrant Ange.

La réponse fusa. En traduction simultanée.

« Fernand Zennegger !

– Ange Fraboli !
– Geraldo Gomes !
– Eh bien, qu'on les mette tous les trois au trou ! » fit le commissaire qui avait l'esprit pratique et qui détestait les complications.

Le rêve du dogue Régis

Fou de joie. Il était fou de joie. Véro allait l'épouser. Il lui avait demandé d'y réfléchir et il avait lu dans ses yeux que ce serait oui. Il était emporté par des bouffées de bonheur. L'excitation provoquait des séries de picotements sur ses joues. Tout à l'heure, il aurait la réponse. Ils avaient rendez-vous devant la cathédrale Saint-Étienne. Il était arrivé en avance pour augmenter le plaisir de l'attente, pour la voir surgir à l'embouchure majestueuse de la rue Croix-Baragnon. Il la suivrait du regard durant sa traversée de l'esplanade. Elle passerait la petite fontaine de bronze qui chantonnait au milieu de la place, elle garderait un sourire retenu sur ses lèvres. Il la contemplerait jusqu'à l'étreinte finale, jusqu'au premier baiser de la rencontre.

Il inclina la tête. Des bandes de nuages flamboyaient dans le ciel violet et les murs explosaient. Les pierres rongées des grandes bâtisses élevaient des rideaux de braise que pansaient des rangées de volets blancs bien alignés. L'ombre de la cathédrale gagnait sur la lumière irradiante des pavés. Celle-ci lentement se retirait pour monter en ruisseau brûlant le long des murailles. Elle finirait par s'enfuir tout en haut dans l'air limpide, au-dessus des tuiles cuites par le midi.

Il décida d'entrer un instant dans l'église. À l'intérieur, le silence et la fraîcheur lui parurent gais et accueillants. Il marcha sur les bas-côtés, fit le tour du déambulatoire et s'arrêta sur un banc où il ferma les yeux. Il se sentait abouti et entier. Il tenait sa joie. Elle passait par vagues sur son visage qui riait.

Ils allaient se retrouver. Ils resteraient un moment l'un contre l'autre sans parler. Puis il lui demanderait si elle n'avait pas quelque chose à lui dire. Et elle le lui dirait. Alors ils iraient chez Luciano pour lui annoncer la nouvelle. Ce bon Luciano. Il voudrait absolument ouvrir une bouteille. Il se frapperait les cuisses en disant : « Ça alors ! Ça alors ! » Il rirait de toutes ses dents. Il serait presque aussi heureux qu'ils l'étaient eux-mêmes, parce qu'il l'avait toujours su au fond que ça finirait comme ça. Il était bien le seul à y avoir cru. Quel ami ce Luciano tout de même ! Pouvait-on imaginer camarade plus attentif ? Il se soucierait de tout. Il tiendrait à prendre part aux préparatifs de la fête. Il deviendrait traiteur pour l'occasion. Qu'on ne s'adresse à personne d'autre, qu'on ne dépense pas un centime, il ne supporterait pas cette offense !

Cet incroyable Luciano ! Il prévoirait les moindres détails. Il penserait même à la réaction de Knult ! Oui, Knult ! Comment lui annoncer qu'il lui faudrait désormais partager son maître ? N'allait-il pas mal le prendre, en concevoir de l'amertume, devenir jaloux peut-être ? Luciano s'offrirait pour lui faire une rente d'os à moelle. Connaissant la psychologie mercantile de Knult, il gagerait que ce serait pour lui une compensation acceptable et Véro applaudirait en riant, oublieuse de son incurable répugnance pour les chiens.

Il entendait des pas feutrés dans les travées de l'église. Des chuchotements s'approchaient. Il distingua une voix au timbre désagréable. « Vous savez, monsieur le curé, ce Paul, celui qui vivait avec un chien ? » Il voulut voir d'où elle venait, mais ses paupières étaient comme deux visières de plomb rabattues sur ses yeux.

« Mais si, vous savez bien ! Un chien rouge qu'avait les poils tout rébitchinés sur le dessus de la tête… Le Knoulte qu'ils l'appelaient… »

Son cœur se mit à cogner sous ses côtes. Il écoutait malgré lui, incapable de bouger.

« Et ce grandasse qui le suivait partout avec son air coque… Je l'aimais pas beaucoup, celui-là. Toute la journée dans son cagibi à jeter des regards d'embrouilleur à chaque fois qu'on passait. Oh ! Je laissais plus Mistouille descendre tout seul. J'avais peur qu'il me l'escane ! Alors, vous comprenez, monsieur le curé, un jour, ça m'a fait venir l'ergne. J'ai profité qu'il était allé promener, pour glisser dans sa porte un petit billet. Sans le signer, bien sûr. »

Ces derniers mots le firent tressaillir. Il ne pouvait dessiller les yeux. Près de lui, la voix de crécelle poursuivait. Il y avait quelqu'un d'autre qui lui donnait la réplique, mais moins fort, avec un timbre plus grave et plus posé.

« Et que lui avez-vous écrit sur ce mot, madame Moulisse ?

– Oh ! Je l'ai juste badiné un peu pour lui porter souci. Je lui ai fait croire que c'était une bande de malfaisants qui lui avait estourbi le Knoulte et qu'ils avaient pas fini de se venger. C'était pas méchant. Je voulais juste qu'il débarrasse le plancher.

– Mais ce chien, madame Moulisse, ce chien, vous ne lui avez rien fait ?

– Ah ! Ça, moun Diou, que non !… Sauf que… Maintenant que je me rappelle… Un jour, j'étais chez moi, dans ma cuisine, en train de me préparer la sanquette pour le midi… C'était tôt le matin et dehors, il y avait ce chat, le chat du boucher… Il était avec le Knoulte justement. Ils préparaient un mauvais coup, c'est sûr… J'ai jamais pu le supporter, moi, ce chat, avec son air pas franc, toujours à mourfiner, à attendre le moment de vous voler quelque chose… À un moment, il a fait mine de s'élancer pour attraper un pigeon… Alors, moi, je me suis dit, comme ça, c'est le moment d'agir ou sinon il va encore l'escagasser, ce piaf, ou un autre ou Mistouille peut-être bien. Alors, j'ai ouvert le buffet, j'ai pris de la mort-aux-rats, j'en ai mis une pincée dans une boule de viande et je la lui ai lancée pour qu'il se la rouzègue…

— Et alors ?

— Alors, tè, c'est le chien qui l'a mangée. »

Il ouvrit les yeux dans un sursaut. Le sang bourdonnait à ses oreilles. Il était couché sur les dalles glacées de la cathédrale, à l'abri d'une colonne de pierre. Derrière celle-ci, le confessionnal en merisier, noirci par le temps, bruissait dans l'ombre. Un siècle de petits secrets marécageux lui avait donné une teinte sinistre. Les voix étaient moins audibles maintenant. Les mots presque murmurés. Un pressentiment affreux lui glaça les veines. Véro ne viendrait pas. Véro ne viendrait plus. Dans un éclair, il la vit disparaître à jamais dans la nuit du néant. Il voulut se lever. Ses muscles lui répondirent mal. Il tenta de se mettre debout en poussant sur ses bras pour se rétablir. Il tomba à la renverse. Ses membres étaient raides et courts. Son corps lui parut extraordinairement compact et rond. Il ne put se retourner qu'au prix d'une série de contorsions épuisantes. Sa nuque était rigide. Il ne sentait plus son nez. L'air froid lui arrivait directement dans les sinus créant au milieu de sa figure un trou de glace qui le privait de sensibilité.

Il réussit à se redresser. Ce qu'il vit alors l'épouvanta. Il n'avait plus de mains ni de pieds. Ses membres velus s'arrêtaient sur des moignons griffus dont il sentait les renflements au contact du dallage. Il voulut crier, mais n'émit qu'un son rauque qu'il ne reconnut pas et qui accentua sa frayeur. Il se mit à courir en tous sens, cher-

chant la sortie. La cathédrale lui parut immense. Les travées étaient démesurément longues, les bancs gigantesques. Les croisées d'ogives se perdaient dans un plafond sombre et lointain. Il ne parvenait pas à coordonner
ses mouvements. Il tomba plusieurs fois en poussant de
nouveaux cris. Enfin il trouva la porte.

Avant de sortir, il eut le temps de saisir son reflet dans la
vitrine de la boutique paroissiale aménagée à l'entrée de
l'église. Dans ce miroir de verre où apparaissaient quelques
ouvrages de piété, il vit son nouveau visage. Il vit la gueule
écrasée, stupéfaite et méchante d'un bouledogue.

À présent, il savait qui il était. Il savait ce qu'il serait
toujours. Il portait la haine du monde. Il s'appelait
Régis. Un taureau râblé avec une idée, une seule, qu'il
chérissait sous son crâne vide et vers laquelle il fonçait :
ARGN !

*
* *

Il se réveilla, les cheveux collés par la sueur. À travers
les fentes des persiennes, une lueur timide indiquait que
le jour était proche. Il se passa la main sur le visage. Son
rythme cardiaque était rapide. Il attendit le retour au
calme dans la demi-pénombre. Au bout d'un moment, il
s'étira, se leva et fit son lit. Il passa à la cuisine mettre
en route la machine à café, puis se rendit à la salle de
toilette. Il se doucha longuement. L'eau d'abord tiède
devint brûlante et lui mordit la nuque et les épaules. Il la
laissa couler. Il saisit un pain de savon parfumé et le fit
glisser sur son corps, dessinant des arabesques laiteuses
et moussues que le ruissellement de l'eau effaçait. Il
s'enveloppa dans une grande serviette en éponge, se
rasa méticuleusement, nettoya la lame, se parfuma et
sécha ses cheveux.

Lorsqu'il eut terminé, il s'habilla et revint à la cuisine. Il fit chauffer un peu de lait et le mélangea au café. Il étala une fine couche de beurre sur plusieurs toasts qu'il recouvrit de confiture de figues au gingembre. L'odeur sucrée et épaisse se répandait dans toute la pièce. Le réfrigérateur ronronnait sur le tempo régulier d'une horloge murale. Il mangea avec lenteur. Il but un verre de jus d'oranges pressées. Il alluma une cigarette, une Benson et Hedges dont il regarda les volutes de fumée s'élever au ralenti. Leurs boucles se défaisaient dans le halo de la lampe à suspension au-dessus de sa tête. Il but une dernière gorgée de café au lait, saturée de sucre. Il écrasa la cigarette dans un cendrier et se leva. Après avoir ouvert les volets à claire-voie, il observa brièvement le jour qui pointait, puis il enfila son pardessus et sortit.

L'air était frais. Le ciel était pur. Des enfants, le cartable sur le dos, partaient pour l'école en se chamaillant. Déjà, les autobus étaient là pour les prendre en rendant un soupir à chaque arrêt. Les voitures circulaient avec une fluidité d'aurore. Leurs feux encore allumés leur donnaient l'allure d'une paisible procession. Les bruits étaient atténués. Chacun prenait le temps de renaître. Sur les trottoirs, près des commerces, les livreurs déchargeaient les marchandises. Il flottait dans les rues un parfum de légumes frais, de croissant chaud et de café torréfié. Les boutiquiers étaient à l'ouvrage, se préparaient à accueillir les premiers clients. Le flux grouillant de vie se répandait dans les artères, dans les venelles, dans les moindres interstices ouverts entre les constructions. Sur les pierres écarlates des bâtisses, les derniers réverbères s'éteignaient. La ville rouge quittait la nuit.

Cela faisait deux ans que Luciano était mort. Paul travaillait maintenant dans une librairie où il avait retrouvé le goût des livres. Il marchait d'un pas tranquille vers le magasin. Ce serait une belle journée. Il y avait eu, la veille, un arrivage de marchandises. Des ouvrages propres et neufs qu'il fallait classer et disposer sur les rayonnages. Dans le lot figuraient quelques joyaux qu'il vendrait avant le soir. Il y en avait d'autres aussi qu'il mettrait à l'index au fond des étagères. Il entra chez un marchand de journaux et acheta un quotidien pour s'occuper lors de la pause de midi. Il avait la monnaie exacte. Elle tinta lorsqu'il la déposa sur le comptoir. Il sortit en goûtant la saveur printanière du début de matinée et, comme il était en avance, il fit un petit détour au hasard des rues.

Sa promenade le conduisit près de l'immeuble où se trouvait autrefois le cabinet de Véro. Le rideau était définitivement tiré sur la vitrine. Elle avait quitté la ville après les obsèques du boucher. Elle n'avait pas trouvé de repreneur pour le bail. Les locaux demeuraient inoccupés et Paul n'avait plus de nouvelles. Un peu plus loin, dans une autre rue, se trouvait le porche où s'était terminée sa jeunesse. Il y avait vécu longtemps dans un cagibi d'escalier. Il s'en approcha sans ralentir sa marche.

Dans la cour aux pavés luisants, il y avait un chien qui semblait attendre quelque chose. Un chien à la fourrure rouge qui riait, assis près du caniveau. Paul s'arrêta pour le regarder. Il sortit son paquet de cigarettes et en retira une qu'il alluma. Il porta le tabac à sa bouche, tira sur le filtre et rejeta la fumée avec délectation. Il regarda encore le chien. Puis il jeta l'allumette, enfouit ses mains dans ses poches et passa son chemin d'un air indifférent.

La rue était longue. La cigarette brûlait lentement.

Table

RÉALISATION : PAO ÉDITIONS DU SEUIL
IMPRESSION : NORMANDIE ROTO IMPRESSION S.A.S, À LONRAI
DÉPÔT LÉGAL : NOVEMBRE 2003, N° 61204-2 (03-3176)
IMPRIMÉ EN FRANCE

Bruno Coppens

L'amour que je VOUS VOUE NOUS NOUE

Textes issus des spectacles
La tournée du grand dupe
Scènes de méninges
et *Mar'mots*

Données de catalogage avant publication (Canada)

Coppens, Bruno,

    L'amour que je vous voue nous noue

    ISBN 2-7604-0789-6

    I. Titre.

PQ2663.O655M3 2001   848'.92   C00-942080-0

Photos : Robert Laliberté
© Les Éditions internationales Alain Stanké, 2001
Dépôt légal : Bibliothèque nationale du Québec, 2001

ISBN 2-7604-0789-6

LE CONSEIL DES ARTS THE CANADA COUNCIL
DU CANADA FOR THE ARTS
DEPUIS 1957 SINCE 1957

Les Éditions internationales Alain Stanké remercient le Conseil des Arts du Canada et la Société de développement des entreprises culturelles (SODEC) de l'aide apportée à leur programme de publication.

Nous reconnaissons l'aide financière du gouvernement du Canada par l'entremise du Programme d'aide au développement de l'industrie de l'édition (PADIÉ) pour nos activités d'édition.

Les Éditions internationales Alain Stanké
615, boul. René-Lévesque Ouest, bureau 1100
Montréal H3B 1P5
Tél. : (514) 396-5151
Télécopie : (514) 396-0440
editions@stanke.com
www.stanke.com

Stanké International
12, rue Duguay-Trouin
75006 Paris
Téléphone : 01.45.44.38.73
Télécopie : 01.45.44.38.73
edstanke@cybercable.fr

IMPRIMÉ AU QUÉBEC (CANADA)

Diffusion au Canada : Québec-Livres
Diffusion hors Canada : Inter Forum

À Émilie, Lucie et Valentin

Le rire est éphémère, c'est vrai.
Mais soir après soir,
rires après rires,
d'éphémère en éphémère,
c'est du bonheur longue durée qui s'écrit.
J'aimerais ce soir, avec vous,
écrire une nouvelle page...

Lorsque je me suis installé à mon conte,
je savais que cela m'attirerait des histoires !
Tant mieux !

Alors, j'ai attendu que s'abattent sur moi
tous les mots de la terre.
C'est alors que j'ai entendu, là-haut...
la fille des voix aériennes,
celle qui vole en haute aptitude,
celle qui vous empêche de tomber en plane des sens
et vous permet de toucher
vos premiers droits d'hauteur !
Moi, d'en bas, je lui faisais des signes,
je lui écrivais des lettres.
La voix céleste me répondait !

Toutes mes lettres avaient trouvé une destinataire
et le timbre de sa voix m'avait affranchi.
Vous me croirez si vous le voulez,
mais toutes ces lettres se sont envolées
sur des lignes régulières
pour former ensemble... un LONG COURRIER.

Pour embarquer sur ce long courrier,
en compagnie d'un cosmique troupier,
tournez l'aéropage...

le grand dupe

Bonsoir à tous ! Bonsoir à toutes !

Je suis heureux de vous accueillir ce soir.
Juste une petite recommandation d'usage...
On vous le répète souvent avant chaque
spectacle.
Je vous prie ce soir de ne pas couper vos
cellulaires...

Évidemment !
Si quelqu'un attend un coup de fil super
important, faut pas le couper !
Moi, en tout cas, mon cellulaire, je ne le
couperai pas !
J'attends un coup de fil beaucoup trop
important !

D'ailleurs, je suis incapable de le couper !

Je suis tellement dépendant de cet engin...
Rien que le fait de penser que,
si je le coupe, elles vont m'appeler,
ça me rend neurasteigneux.

C'est sûr, j'ai attrapé la cellulite.

Oh ! Certains diront que cela ne se voit pas
que j'ai la cellulite.
Mais c'est un mal intérieur...
Cela a commencé il y a longtemps.
En Belgique, le pays d'où je viens.
Chez moi, on ne parle pas de cellulaire
mais de « GSM ».
GSM. *Great System Mmmm... Mmmm...*
Mowwmawwwummm...

Enfin, un mot américain, quoi !
Et comme GSM, c'était trop long,
on l'a raccourci, c'est devenu le « G ».
Votre cellulaire, en Belgique, s'appelle un G.

Eh bien ! Dès que j'ai acheté mon G,

tout de suite, ça m'a démangé !

Le soir, il fallait bien le recharger, mon G,
dans son QG.

Je n'arrivais pas à le ranger, dis donc !

Fallait que je le serre dans ma main !

J'étais accro, accroché, accro au G !

J'arrive en France.

Là, plus de GSM, on me parle de « mobile ».

J'entre dans une boutique.

Pourquoi ? Je ne sais pas...

J'avais déjà un GSM, pourquoi irais-je
acheter un mobile !?!

J'avais l'impression de perdre la raison...

C'est alors que le vendeur me dit :
« Mais Monsieur, avoir un mobile,
c'est avoir une bonne raison ! »

Je trouvais qu'il avait raison,
j'ai acheté son mobile !

Le GSM, puis le mobile, voilà comment a
commencé la cellulite !

Mais attention ! Ce n'est pas grave, grave !
Faudrait pas croire...
Je vais bien ! Très bien même !
Tiens, vous me diriez : « Comment ça va ? »,
je vous répondrais :

Sourire extra-large, regard béat.

— Ça va !
— Le boulot ?
— Ça va !
— La vie ?
— Ça va !
— L'amour ?

Mine se décomposant.

— Ça... Ça va aller !!

Oui, oui, ça va aller !
Et je ne suis pas le genre méthode s'Coué :
« Ça ira, ça ira, ça ira ! »
Non, quand je dis que ça ira,
c'est que ça ira !
Un coup de fil,
et ma vie sera chambouleversée.

J'attends un coup de fil important.

Les 3 futures femmes de ma vie.

Oui, Monsieur, 3 !

Elles vont m'appeler. Ils me l'ont promis
à l'agence matrimoniale.

L'agence s'appelle :

« Chaque Barbie a son Ken »,

vous connaissez ?

Et à « Chaque Barbie a son Ken », on vous
promet 80 % de réussite dans les 3 ans,
garantie pièges et manœuvres.

Et cela fait presque... 3 ans que j'attends.

Pffff... C'est long...

*J'ouvre une petite boîte en forme de cœur. Elle est
remplie de boules chocolatées de couleur.
J'en prends une, la porte à ma bouche.*

Vous... Vous en voulez ?

C'est un antidépresseur.

Là, vous avez antidépresseur fourré praliné.

Là, goût amer.

Prenez ! C'est du bon, c'est du belge !
Moi, y'a que ça qui me repositive,
qui me regonfle.

Et chaque fois que j'en mange,
je me demande pourquoi ça ne marche pas !
Pourtant, j'ai fait ce qu'il fallait !

J'ai passé trois petites annonces,
au tarif max et sans photo.
Sans photo ? Ça, c'est pour le mystère
attractif...
Quand y'a pas d'photo, le désir monte...
Il paraît...
J'ai écrit donc 3 petites annonces,
trois différentes bien sûr car à l'agence,
ils m'ont dit qu'il fallait augmenter mon
capital chance auprès des trois types de
femmes qui existent dans le monde.
Vous ne saviez pas ça, hein ?
Moi aussi, j'étais hébébété quand je l'ai
appris.

À l'agence, ils me l'ont dit, à moi :
« La femme, c'est un striptyque.
Il y a l'instincto-primale,
la techno-cybérébrale
et la sentimentalo-menthe-citron. »

Trois femmes universelles, unies vers moi !

Alors, pour l'instincto-primale,
comme petite annonce, j'avais écrit :

« Lèvres en feu cherchent bouche
d'incendie en vue extinction. »

Par contre, pour la techno-cybérébrale,
là, j'avais écrit un truc beaucoup plus carré,
dans le vent, quoi !

« Homme cherche femme PCBG,
bon ordinateur, bon GSM, afin de voir
les choses en fax loin des amours virtuels.
Je suis votre chevalier des temps modem
dans un corps de logis-ciel tout à fait
compatible. »

Et pour la sentimentalo-menthe-citron, là,
évidemment, j'avais écrit un truc tout doux :

« Vous aimez les *I love you for ever* ?
Alors, votre cœur, dans ma chambre à
couchette, dormira sur ses deux oreillettes ! »
Qu'est-ce que vous en pensez, hein ?

Vous croyez que ça peut marcher ?

Quelqu'un veut mon numéro de G ? Hein ?!?

Oh, vous savez, je n'ai pas vraiment de mérite, c'est mon métier.

À l'agence, j'écris les p'tites annonces pour les autres.

Oui, je suis nègre.

Enfin, nègre... négrivain plutôt !

Parce que, les p'tites annonces, c'est de la littérature... de synthèse. C'est de l'essence d'amour concentré. En fait, voilà, j'écris des romans d'anticipe-passion !

Et quand je vois le nombre croissant de demandeurs d'amour, je me dis que ce que je fais, c'est plus qu'un boulot, c'est un devoir humanitaire. Eh oui !

Car sinon, je vous le demande, qui...

qui aiderait tous ces naufragés du cœur

à toucher la chair ferme ?

Tous ces coureurs de jupons,

ces demoiselles croque-monsieur
et puis tous les don Juan, jouant à...
« Ne retardez pas le bonheur qui passe,
regardez seulement comme il est pressé ! »
Hé, hé ! Tous ces gens-là, ils ont tous le
cœur à consoler sans modération.
Et je l'entends bien à leur voix quand ils
m'appellent.
Ça se passe comme ceci...

> « Allo, oui ? Une petite annonce ?
> Mais bien sûr, Monsieur !
> Alors, racontez-moi vous.
> Déroulez jeunesse !
> Et dites-moi surtout là où votre désir
> dérapa...
> Et vos desiderata aussi, oui bien sûr... »

Au début, ils sont maladroits.
Ils n'osent pas s'épancher trop en avant.
C'est incroyable tous ces gens qui ne savent
pas parler d'amour, alors que moi je, je, jjj...

« Allo, Monsieur ? Écoutez, j'ai une petite
annonce pour vous.
Oui ! Une petite chose assez romantique.

Elle dit ceci :

"Chasseur alpin cherche corde vocale pour voyager en haut d'sa voix ! "

Pardon ? Si ça marchera du premier coup ?

Oh ! Écoutez, en amour, on ne peut rien garantir. L'amour, au début, c'est plutôt Rodéo et Juliette !

Il faut se farcir les fourberies d'escarpin... et puis un jour, paf ! Vous pouvez enfin tourner *Danse avec l'élue* !

C'est le parcours obligé, Monsieur.

Eh oui ! Monsieur... Au revoir ! »

Moi, je lui raconte tout ça et en fait, je n'en sais rien !

C'est l'agence qui m'a expliqué le parcours obligé, et puis un jour... ça marche !

Alors...

Alors, dans ma tête, parfois, j'entends mon GSM qui sonne !

Et je me dis :

« Ça y est ! Je vais enfin connaître une belle histoire d'amour ! »

Hop ! Je prépare tout chez moi car le jour où elles débarqueront, les 3 femmes de ma vie, je lancerai un dîner aux chandelles !

Et pendant le repas, je leur raconterai ceci.

•••

histoire de deux allumettes

« Voici l'histoire courte mais brève
retraçant l'aventure de deux allumettes.
Un soir, deux allumettes se rencontrent
dans une boîte.

— Salut ! Tu n'as pas envie de braiser
avec moi ?

— Non ! répondit l'autre, qui malgré son
âge était encore cierge. Non, pas de
bougie-bougie, surtout pas avant les
prières du soir !

— M'enfin, mignonne, fais pas la fine
bûche ! Écoute, laisse-moi au moins
t'embraser.

— Non, non, non.

Je ne veux pas être de mèche avec vous,
pas dans ce genre d'histoire !

Mais en même temps qu'elle prononce
ces paroles, l'allumette se met à rougir et
tant, devant l'autre allumette qui lui
déclare si ouvertement sa flamme, qu'elle
prend feu de tous côtés !

Alors, bientôt à bout de soufre, elle
commence à vaciller et à s'éteindre
feu à feu.
L'autre allumette l'avait déjà rejointe.
— Allumette, gentille allumette !
Allumette, je te briserai !

Et ainsi s'éteint celle... qui avait refusé un
amour d'allumettes.
Le miracle heureux fut que la pauvre
allumette, malgré qu'elle se soit éteinte,
devint feu l'allumette.

Moralité : certains prétendent que, même
en amour, le feu n'en vaut pas la
chandelle. Le principal reste de ne jamais
être imbriqué dans ce genre d'histoire. »

Voilà comment commencera mon histoire
d'amour.
Un beau début ! Avec une suite...
Une suite royale avec le tapis rouge qu'on
déroule sans en voir la fin !

Et sur ce beau tapis, je fais un pas.

Elle fait un pas.

Un pas à deux, un pas de deux.

Et on avance comme ça car, marcher de
concert, ça file l'harmonie !

C'est le début de la haute-fidélité.

Oh ! Attention !

Je ne lui dirai pas les promesses !

Pas les *amour-toujours*,

pas les *amis-pour-la-vie*.

Non, parce qu'on ne sait jamais, le ton peut
monter injure ou l'autre.

Alors s'il faut commencer à mettre du mélo
dans son vin, si l'amour, c'est trois p'tits
tours et puis ça fond...

Ah non ! L'amour,

c'est pas un cadeau,

quand à deux,

c'est caduc...

Pas de promesses, juste attendre

le soir de la rencontre...
Car, quand la nuit étreint la lumière,
quand le charmant de sable est passé,
les mains jouent à câlins-maillard,
les corps s'amusent au bilboquet ! Hop !

Oui, c'est ça ! Créer une belle pression
atmosféérique.
Comme ça, je pourrai lui raconter les belles
histoires d'amour...
Roméo et Juliette, bien sûr, mais aussi
Hamlet et Ophélie, et enfin Tristan et Iseult,
ces deux couples inséparables tant il est
vrai qu'on ne sait pas préparer d'Hamlet...
sans caser Iseult !

Et après, on partira en voyage !
À l'agence, ils m'ont conseillé Venise !
Ils m'ont dit : « Tu lui parles de gondoles,
des lagunes à lagon et hop !
Elle te répond des soupirs... »

Puis on ira plus loin encore,

en Amérique du Sud !

« Venez, je vous emmène sur la cordillère
des anges et si nous nous collons bien,
nous pourrons monter vite et haut !
Et là-haut, plus rien ne pourra
embuer nos airs ! »

Et enfin, bouquet final, je l'emmènerai pour
une lune de miel... à Paris !
Oui, ça, ça va nous enivrer tous les deux...
Un peu comme si nos deux cœurs sur-le-
champ s'élisaient, unis par un amour qui
nous rive au lit.

Paris !

Ah, Paris !

Oh ! Je sais, ce sont des clichés !
D'accord.
M'enfin, pour faire craquer les filles,
les clichés, c'est quand même là-dessus que
l'amant table... que l'amant ta... que l'am...

Lamentable !

Parfaitement ! C'est lamentable.

Mais ce qui est encore plus lamentable,

c'est ce G qui ne sonne toujours ppp...

Je le cherche partout.

Mon G ! Mais ! Où qu'il est mon G ?

Mon Gégé ?!?

Il était rangé dans son QG !

Mais où s'est paumé mon G sur le trajet ?

C'est tragique !...

Ai-je mal géré mon rangement G ?!?

Plus d'G dans le QG !

Je sors puis reviens sans veste, ni chaussures,
ni chaussettes.

J'ai dû être dérangé quand je l'ai rangé,

mon G.

Du coup, je l'ai mélangé avec d'autres objets...

Si je me suis allégé de mon G,

ce n'est pas par rejet

mais parce que ça m'arrangeait !

Mais lui, ça l'a rongé !

Et je le comprends !

On ne dépose pas un G loin de son QG !
Un G qui jamais ne se régénère,
ça dégénère en général !

Allez maintenant trouver un arrangement
avec un G mal rangé !

Je ressors et reviens, ma chemise a disparu.

Ah ! Vous rigolez
mais faut que je le retrouve !
Évidemment !
Sinon il va se décharger.
Loin de sa mère batterie...
Et après, il va se désagréger, mon G !
Mon Gégé !

Où es-tu ?
Pourquoi t'es-tu tu, mon têtu ?
Où te terres-tu ?

*Je ressors encore une fois et reviens pieds nus, en
chemisette et en short bleu.*

Pfft ! Plus d'G !

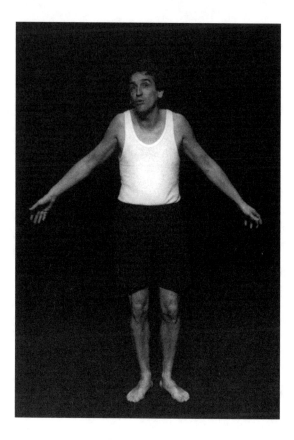

Je ne sais pas ce qu'il se passe en ce moment
mais je perds tout !

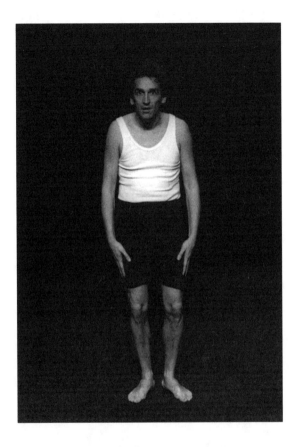

Je découvre mon état...

Oh !... Pardon ! Heu...

Rassurez-vous, j'arrête là !... Des regrets ?

Vous rigolez et il n'y a pas un seul bipède pour me biper !

Parce qu'évidemment, si quelqu'un me bipait, au moins j'entendrais où j'ai mis mon G !

Oui, là où il gémit !

Bien sûr qu'il doit gémir là où j'l'ai mis !

Vous ne gémiriez pas, vous, privés d'alimentation ?!?

Faut que je le retrouve car mes mains tremblent déjà alors, je me dis que si demain...

Demain, demain...

SANS MON G !!!

•••

visite chez le tocteur

Toc toc... toc toc... Tocteur !

Bonjour, docteur ! Dites-moi.

Combien de jours je peux tenir sans mon G ?

Pardon ? Que je me couche ? M'enfin tocteur !

Vous n'allez quand même pas m'occulter,

je...

Vous ? Vous trouvez que j'ai maigri ?

Mais, tocteur ! J'ai perdu ma ligne

et c'est pour ça que je viens vous...

Je... Je suis trop pâlot ?!? Ah bon...

Mais vous savez, ce n'est pas étonnant.

Avec la vie que je mène...

D'abord, je vis seul. Alors, c'est chambre

froide, lit vide...

J'angoisse, tocteur.

Je psychose-traumatise. Oui !

Et dans une revue, j'ai lu que, si on psychose-traumatisait trop, on risquait d'attraper le gros pic du cancer !

C'est vrai ça, tocteur, qu'on peut attraper le... le vrai gros pic du cancer ?!?
Avec tous ces métastars !
Bouh... Déjà j'ai les boules !
Et ça commence toujours comme ça.
Avec rien qu'une boule, tu sens déjà le sapin !
Et n'importe quoi comme boule... un chat dans la gorge, une p'tite boule de rien du tout de matou, et hop !
C'est le gang lion qui rugit et qui te bouffe tout le cervelas ! Slurp !
Aspiré, comme un évier qu'on siphonne !
Exactement comme pour les vaches folles, vous vous souvenez, la maladie de Kreutsfeld-Jacob-Delafon, avec leurs lavabovidés !

Tocteur, vous croyez que mon G va rentrer à la maison ? ! ?

Oh ! Je sais ! Je sais où j'ai mis le G !

Dans le frighiver !

Mais oui, je l'ai mis au frais et je l'ai oublié
dans le frighiver.

J'inspecte un réfrigérateur imaginaire.

Alors... Rillettes, andouillettes, tranchettes
de jambon de Bayonne, porcelette de
Limoges, un costume bleu, des fleurs...

Pfft ! Pas d'G !

Faut que je le retrouve sinon... Sinon ?!?

Mon directif, à l'agence !

S'il n'arrive pas à me joindre par téléphone !

Il ne va pas hésiter, lui, il va... il va...

il va me déjecter !

entrevue avec le directif

Non ! Patron, je vais vous expliquer.

C'est à cause de mon G.

Vous... Vous m'avez appelé ? Je n'ai rien
entendu ! Vous...

Si j'ai un alibi ? Un alibi. Mais comment
voulez-vous ?

Déjà, je n'ai pas de mobile !!! Alors...

Hou la ! Je sens qu'à cause de ce foutu GSM,
je vais perdre ma place, louper les trois
femmes de ma vie et me taper le gros pic du
cancer en guise d'empallage cadeau !

Alors là, autant que la mort vienne tout de
suite me faucher compagnie !

Le son d'un requiem s'élève.

Qu'est-ce que... Oh ! Vous entendez !

Ça... c'est la mort qui approche, ça !

Oui, la mort.

Je l'ai appelée, elle arrive !

Allez, viens ! Viens la mort, car maintenant
je suis prêt !

Moripourri te salutant ! La mort et mio.

My death, I'm ready !

Complètement raidi...

Et ça, c'est la preuve que j'ai la mort aux
frousses !

Parce que le raidissement du corps,

c'est le premier des cinq tomes de la mort !

Vous connaissez les cinq tomes, hein ?

Quoi ? Non ? Vous, vous ne...

Bon, je vous explique alors...

Les cinq tomes de la mort.

Un, le raidissement du corps.

Deux, y'a les cheveux qui se dressent,
raides, comme des stalactifs !

Trois, y'a les dents qui se déchaussent...

qui se déchaussent pour ne pas faire de
bruit en sortant...
Quatre, y'a ce p'tit bruit, bzzzz,
qui te poursuit partout, bzzzz,
comme un paparazzite, bzzzz,
que tu n'arrives pas à chasser, en sourdine,
qui te rend sourd-dingue et finalement,
tu t'retrouves sur des charbons ardents
avec une mine désaffectée
en phase germinale !

Trop pour un seul homme !
Et beaucoup trop pour moi, parce que moi,
c'est depuis le début que ça foire.
Depuis même avant ma naissance.
Depuis ce fameux jour où mon père s'est
tapé un buton sur le front.
Oui, un gros buton. Tout mauve.
Faut vous dire que mon père travaillait pour
une centrale nucléaire.
Évidemment, il y avait des risques mais
justement, parce que c'était risqué, il ne

travaillait qu'à mutant pour ne pas être trop explosé aux radia... radia... radiateurs.

Moi, à l'époque, je n'étais pas né mais plus tard, il m'a raconté, le jour du buton...
Il avait été voir son patron !

•••

visite du père chez son plastron

Le Père

« Plastron ! Plastron ! J'ai un buton !
Comment ? Vous ne me reconnaissez
pas ?!? M'enfin, plastron !
Je suis quand même le seul à nettoyer
les cuves de votre centrale.
L'homme qui tombe harpic, c'est moi !
Vous... Vous m'avez dit de vous prévenir
en premier dès que j'avais un buton.
C'est quoi ? De l'acné ? À 40 ans ?!?
Mais mauve, c'est bizarre pour de l'acné,
non ?
Vous ne me cachez rien, hein, plastron ?
Je vous dis ça parce qu'en ce moment,
y'a un truc qui me siphonne...
C'est mon ventre !

Il me pique des crises diphtéries terribles...
Et je me demandais si ce ne serait pas lié
à ce buton ? »

LE PLASTRON

« Je vais vous expliquer.
Le premier buton est un petit gros au
gros appétit qui enfle comme un œuf à la
cloque et si ça pète, paf !
C'est l'omelette aux champignons !
Alors, le buton, faut surtout pas y toucher !
D'accord ? »

Et le plastron, il a déclaré papa persona non
grata !

LE PÈRE

« Non grata ! Ah !
Vous craignasse
que je me grattasse
pendant que je récurasse
vos crasses !
Et ça vous insupporte, je suppute,

que mes pores suppurent et que je sue comme un pur porc ! »

LE PLASTRON
« Écoutez, nous avons relevé les compteurs Geiger. Il y a une fuite, c'est vrai, mais alors vraiment infirme... infirmité...
infirmitésimale !
Vous savez, une centrale, c'est comme une grande ménagerie.
Elle est remplie d'espèces un peu sauvages.
Il y a le proton, sorte de corpustule surexcité, le neutron... suisse, amorphe, et puis l'ion !
Eh bien, en travaillant chez moi, vous vous êtes jeté dans la gueule de l'ion !
Voilà ! C'est tout ! Vous avez reçu un ion en pleine figure, un p'tit ion mignon comme trou !
Bah ! La roustine quoi ! »

« Ècoutez-moi bien.

Si je me tape d'autres bubons

et, avec un peu de chancre,

tous leurs petits cousins germants,

j'irai montrer ma mercerie à la télévision.

Et vous, vous prendrez la vie du boycotté ! »

Mais comme les butons de papa n'étaient
pas du tout genre herpès en voie de
disparition, le plastron l'a envoyé au
ministère de la Ponction publique !
Chez un péquenocrate, très haut placé.
Le top du top !

•••

discours du péquenocrate

« Citoyen ! Citoyen !

J'entends que vous portez plainte contre

la centrale nucléaire.

Mais dites-moi, entre nous,

il vaut quand même mieux travailler

dans un secteur de pointe,

que pointer dans votre secteur, non ?

Ceci dit, je suis fier de votre combat face

à ce... bubon !

Gros comme une boule de loto...

qui ne donne aucune chance au grattage.

Fier, oui, parce que votre face est l'image

même du progrès à visage hum... hum...

humain.

Ah ! Le progrès ! Vous savez, le progrès

aujourd'hui, c'est l'Europe !

Faites confiance à l'Europe !

Avec l'Europe, l'avenir est assuré,

le ciel azuré,

mon fric à Zurich !

Ha, ha, ha, ha ! Humour d'eurocrate...

Mais revenons à nos boutons enfin vos...

vos... Vous... vous faites partie des cobayes

que, sans doute, on extermine à tort

mais, pour passer de l'âge du fer

à l'âge du Bronx,

il faut savoir sacrifier les brebis râleuses

et les boucs émissaires.

Sinon, y'a pas d'progrès.

Quand la politique est fort molle,

je suis formel,

ça fait fort mal !...

Belle formule, non ?!?

Oh ! J'ai une idée.

Que diriez-vous d'un clonage, hum ?

Un clo-na-ge, créer votre sosie en plus

sain, cela vous tenterait ?

Je sais que l'opinion publique éprouve
quelque gêne éthique par rapport au
clonage mais avec vous je sens qu'on va
crever l'abcès !...

OH NON ! PAS L'ABCÈS !

Écoutez, il faudra rester chez vous.
Faut pas que ça s'typhus.
On vous fuirait comme la peste ! Brrr...
Mais, dites-moi, citoyen, sans vouloir
remuer le couteau dans la plèbe,
pour quel genre de poste espérez-vous
pustuler avec votre faciès de
télécommande from Tchernobyl, hum ?

Et puis, une dernière chose.
Si jamais vous vouliez faire la tête au
carré à des gens qui, comme moi,
quadrillent la terre, prenez la tangente
pour un monde parallèle ou alors
arrondissez les angles.

Car dans les hautes sphères,
on en connaît un rayon lorsqu'il s'agit
de tirer un trait sur les idées
diamétralement opposées aux lignes
directrices, tracées bien droites,
justement pour éviter toute politique...
à géométrie variable.
Vous me suivez ? »

Papa est devenu complètement philosoft.
Et moi, ma vie a été complètement
chambouleversée.
Vous pensez, avec un père mutant !

Du coup, ma mère, pour n'avoir aucun
problème infectif avec lui,
elle a préféré me préfabriquer.

•••

la naissance racontée par la mère

« Quoi ? Tu veux que maman te raconte
comment tu es venu au monde ?
Mais bien sûr ! Il faut que tu saches...
Tu vois les petites autos, là ?
On disait que le gros camion vert, c'était
papa. D'accord ?
Et la belle voiture rouge de sport, c'est
qui ? Hum ? C'est maman !

Alors, un jour, la verte et la rouge roulent
côte à côte, elles font pouet pouet, vroum
vroum...
Et puis soudain, elles veulent faire un
break.
Parce que dans un break, on peut y
mettre un bébé...

Seulement voilà, pour faire un bébé,
quand on est un gros camion vert
et une voiture rouge de sport,
il faut du carburant... Du carburant...

Bon, écoute, après tout, tu es assez grand.
Il faut que tu saches que les papas ont
une pompe à naissance où les mamans
viennent faire le plein de
supermatozoïdes.
Seulement, dans ton cas, la pompe à papa
n'a pas fait de prestation-service.
Non. Tous les deux, on a été acheter des
surgelés ! »

Des surgelés ! Et vous savez chez qui ?
Chez *Vivragel*, bien dur !
Vivragel ? C'est une sorte de grand frigo.
Les papas et les mamans peuvent y choisir
le sexe de leur enfant.
Ils reçoivent un grand catalogue avec plein
de p'tites têtes de princes, de princesses.

On croirait lire *Images du monde* ou une
autre revue pour tête couillonnée.
C'est alors qu'arrive le gynécolo.
Lui, c'est le puérisculpteur sur glace qui
prépare l'exquis môme qu'ils ont choisi.
Le gynécolo prépare la potion magique...
Du carburant lyophilisé en sachet de poudre !
Alors, les p'tites graines, le gynécolo, il en
place un tas dans une sorte de super robot :
« Germinator » !
Une grosse bébête qui lève la pâte et neuf
mois plus tard, paf ! Me voilà !

À part qu'avec moi, il y a eu un problème,
à mon avis, quand ils ont réchauffé les
surgelés.
En tout cas, quand je suis sorti,
je l'ai bien senti.
Mamangoissait, papaniquait !

Oh ! Attention !
Ils ne m'ont jamais rien dit.

M'enfin, ça se voit dans leurs yeux ce que les parents taisent.

Je crois qu'ils s'attendaient à tout mais là, vraiment, j'étais leur *kinder-surprise*.
Faut dire, ils avaient choisi « garçon avec option yeux bleus, cheveux blonds » !
C'était évident, je ne collais pas au portrait trop beau, le jeu des 7 terreurs !

Alors moi, la p'tite crevette trop cuite, je me suis fermée comme une huître, muette comme une carpette !

Du coup, mes parents affolés m'ont envoyé voir un psy !
Un psy... Un psychopathe, oui !
Il voulait ma mort, je vous jure !
Parce que bon, c'est vrai, à la naissance, j'ai fait une sorte de régression nerveuse.
Mais c'est parce que je savais
que je ne serais jamais
un gros camion vert comme papa !

Je ne sortais pas d'un break mais d'un
caddy du magasin pour bébé en kit !

Seulement le psy, lui, en me voyant,
il a décrétin que j'avais un cerveau frein...
et que mes courroies de transmission,
c'était vraiment une série limitée !

•••

bulletin météoneurologique

« Bonsoir !

Comme le montre l'animation,
on constate un gel généralisé sur les
sommets givrés de l'hémisphère nord du
cerveau de votre enfant, ainsi que des
bancs de brume intellectuelle... qui, hélas,
ne devraient pas se dissiper vu l'absence,
ici, de circonvolutions susceptibles de
créer une quelconque effervescence
spirituelle.

Passons à la carte de la circulation sur les
routes cérébrales...
Prudence, prudence ! Surtout lors des
déplacements de ses vaisseaux sanguins
autour de l'axe cérébro-spiral même si,

de les voir rouler à trombose ouverte,
l'hypo ça l'amuse !

Ha, ha ! Humour de météoneurologue...

Et enfin voici la carte des prévisions pour
les années à venir.

Comme vous le constatez, nombreuses
méningites de force 5 soufflant sous
la voûte crânienne avec toutefois légère
amélioration probable lors de la puberté,
ce séisme pulsionnel provoqué par la
découverte, sous une fine couche d'ozone
érogène, du fameux... triangle des
Bermudes !

Ce qui provoque généralement
une secousse sismique d'une puissance
maximale sur l'échelle d'une riche tête !
Et après cette traversée du geyser,
grâce à quelques miss univers aux
courbes ascensationnelles
et au séant pacifique,
l'adolescent file en tropique et du coup...

Son cigoulot ébullitionne !

Bref ! En résumé, chers parents,
un seul conseil :
Laissez les miss faire !
Eh oui ! Car votre enfant perdra le Nord
mais se mettra en pôle position
pour mieux démarrer dans la vie.

Prochain bulletin météoneurologique lors
d'une prochaine consultation.
Tchao ! »

Psychopathe !
Je vous l'avais dit, un véritable psychopathe !
D'après lui, je n'étais qu'une plante avec
juste un neurone végétatif !
Comme si j'avais un QI, un QI... un cui cui
cui cui *very cheap, cheap, cheap* !
Remarquez, moi, je m'en foutais à l'époque,
j'étais tout petit.
Mais mes parents, eux, se sont mis à
gagatiser à momort avec moimoi !

« Hébé, le bébé ! Il a tout bubu son lolo ?

Holala ! Tout le lait lait ! Oui ?

Il va aller faire dodo hein ? Dodo ! Dodo... »

Et ça, c'était ma phase d'éveil.

Ah oui ! Parce que, tout le temps que j'étais marron glacé chez *Vivragel*, ma mère, elle a lu tous les outrages pédagogiques :

La fécondation in frigo,

Chéri, j'ai dégivré le bébé !...

Sa vie, c'était boulot-métro-Dolto !

Elle ne s'occupait plus de papa.

Mais comme papa n'y était pour rien dans la chaîne de montage, papa d'un fils sans gène... un jour, il a préféré avoir la tête ailleurs !

Et le corps aussi.

Mon père mutant a permuté.

Il a pris une intérim-mère...

Alors, à la maison, coup de théâtre, maman

se rend compte de ce que son mari vaut !

Ce fut la trouble inconstance.

Et pourtant, avec un polichinelle dans le surgé, on ne patine pas avec l'amour !

Il y a quand même un truc que j'aurais voulu savoir.

Comment mon père a fait pour rencontrer l'intérim-mère ?

Apparemment, il savait bien emballer, mon père !

Et pas besoin de petites annonces pour y arriver...

Moi...

Mais moi, c'est sûrement à cause du séisme pubertaire pulsionnel machin dont parlait le psycause toujours tu m'intéresses...

La puberté !

Quand ce séisme a fait éruption chez moi, ça m'a fait des secousses !

Mon corps, en dedans, était devenu une

plante grimpante ! Un lierre poussant
autour de la moelle pépinière.
J'étais à moi tout seul
une bande de fêtards pirates bombant
le corse pour faire péter les jointures.
Je me matamorphosais.
Et quand tu sens que ton corps serre,
t'as une pêche miraculeuse !!!
J'étais prêt à rouler des mégas,
des méga-méganiques.
« Vise ma carthure ! »

Mais dans la glace,
je les voyais bien mes abdos minables
et boutonné jusqu'au cou comme papa...
Alors pour limiter ces dégâts corporels,
je me suis acheté un super costume.
Un costume de *latin lover* !

Oui, je l'avais vu dans un catalogue.
Magnifique !

Et il me va super bien... Il est là...

Vous voulez vraiment tous le voir ?

Musique tango, j'enfile une chemise rouge vif et un pantalon noir avec des mouvements évoquant un strip-tease... à l'envers !

J'imagine... Les 3 femmes de ma vie arrivent chez moi...

Elles montent l'escalier. Elles sonnent, je laisse sonner...

Faut faire monter le désir ! Elles resonnent, je laisse resonner.

Faut faire remonter le désir !

La troisième fois, j'ouvre la porte et de suite, je me jette à leurs genoux criant :

« C'est vers vous que,
tel un don Quichotte amoureux,
mon sang chaud pencha ! »

Et après, je lancerai le dîner aux chandelles en leur racontant, pendant le plat de résistance,une histoire belge,
sur un sujet particulièrement belge....
Les patates !

•••

mon truc en p'lure

« Il faut distinguer les patates pelées
et les patates non pelées
appelées à pelure.

Un beau jour, une patate à peler
interpella une patate déjà pelée.
— Viens et pèle-moi !

La patate pelée pensait que, pour elle,
plaire était un leurre.
Elle eut l'heur de lui plaire...

Bien que l'idée lui déplût d'éplucher
un des êtres des plus chers,
il est plus ch...
il est plus sage de s'atteler à l'épluchage,
car ne pas la peler est un peu lâche,
même si son pelage est un peu laid.

Seulement voilà, des pelures,
des tas, des tas de pelures,
elle en avait des gros sur la patate !

Mais bientôt, pêle-mêle, parce qu'une
patate est plus chaude épluchée,
leurs peaux se plurent.

Ils s'épelèrent leurs prénoms
et une fois leurs pelures alitées,
à deux,
ils ne firent plus qu'un !

Mais vous savez ce que c'est, cela devient
flou dès qu'on fusionne.
Voilà que du bonheur parfait,
ils tombent dans l'allégresse brûlante !

Patatras !

L'une veut sauver l'autre :
— Ralliez-vous à ma panade blanche !

C'est oublier un peu vite qu'une patate

une fois pelée est comme plus pure.
Elle est donc épurée...
Et une patate est une épurée de poids
lorsqu'elle se désagrège en gros flocons.
Des flocons mal faits telle la neige de
Finlande.
Vous savez, la Finlande,
ce pays où la patate est si jolie
et croquette que l'on succombe
dès que l'on gratte un dos finnois...

" Mon truc en p'lure, mon truc en
p'luuuure... "

Ah ! Mesdemoiselles.
Toutes les trois, vous m'épatâtes !
C'est épatant ! »

Après, le repas continuera et,
just'avant le dessert,
je me retirerai dans ma chambre
pour enfiler la veste du costume !
Vous voulez vraiment tous la voir ?

D'accord, j'y vais !

Oh ! J'étais sûr que cela vous ferait de l'effet !

Attention ! Je ne prétends pas,
comme les mannequins,
avoir le corps taillé pour la devanture.

Moi, c'est la vie qui m'a joué un tour...
de taille.
Diplômé coupe et coups durs, l'existence
m'a taillé dans le vif...

Vous savez, jouir d'une élégance naturelle,
d'une évidente prestance et d'un port altier,
passe sûrement à vos yeux esbaudis pour un
don du Ciel et c'est vrai qu'au départ,
j'étais prêt-à-porter cet exemple de beauté
fulgurante jusqu'à l'épanouissement absolu
mais...
Qu'est-ce que j'ai dû lutter pour empêcher
les forces du mal de dégrader
cet exemplaire unique.

Car bien sûr autour de moi, le désir rôdait,
s'avançant vers moi sous les formes les plus
diverses de sculpturales aguichantes,
de voluptueuses charmeuses,
de pulpeuses incendiaires.
Et moi, en toute innocence, en m'offrant à

ces chairs alanguies qui, tels des rapaces,
déployaient leur zèle aux alentours,
j'ai cru grandir et il est bon que les corps
beaux croissent !

Mais voilà que, tel un kamikaze fonçant sur
sa proie dans son engin de mort,
le désir m'harcèle d'assauts incessants,
virevoltant autour de moi, lancinant comme
une recrue des sens.
J'ai failli perdre mon intégrité physique.

Remarquez, quand j'y pense,
il n'est pas étonnant que Satan s'entêtât à
tenter à tâtons l'esthète têtu que je suis
en me jetant ainsi dans les bras de
la polymorphe beauté du diable.
Et quand Satan t'accule,
t'as beau vouloir garder ton corps
diplomatique, c'est dur de donner un grand
coup d'pied dans le casino de sa libido.
Et pourtant, j'ai résisté car,

je le sais trop bien,

quand t'as le corps rompu,

ta vie avilie,

va à vau-l'eau...

Quand tu mènes une vie décousue,

sans fil touffu,

c'est tout vu,

c'est foutu !

Alors, j'ai préféré tarir les sources

des eaux de la tentation,

quitte à passer pour un sec... symbole.

Mais dans la vie, tout est question de

démarche.

Il faut garder sa ligne de conduite.

Et ne pas prendre les pensées à la mode

en guise de mode de pensée...

Et voilà comment la vie m'a taillé la mine

et peaufiné le corps sans devoir subir les

affres de ces régimes jamais grisants.

Oh ! C'est sûr, je fais un peu de *body*

mais quoi, une fois toutes les années
bicepstiles alors...

Quand je pense à tous ces mecs qui se font
suer pour avoir une poitrine raide forte !
Pour devenir une armoire à glace !
Ha, ha ! Vouloir devenir un meuble !
Faut pas avoir grand-chose dans le placard
du haut, hein ?!
Mais seulement voilà, les charnières sont
souples, bien huilées.
Bande de gonds !

Tous ces mecs qui prennent racine devant
leur miroir, espèce d'homme-tronc
pratiquant l'art-buste ! Ha, ha !
Se muscler ! Et surtout pas un atome de
graisse !
C'est qu'elle est terrible la peur du bide !
Une peur qui te colle au ventre et qui te
force à courir.
Alors, chaque matin, tu cours, tu cours,
alors fatalement, un jour, t'arrives dégressif !

Mais quand on les regarde dans le blanc des œufs, c'est tout gélatineux !
Car le cerveau aussi est devenu *light* !
C'est de l'émincé de volaille !
Ça sonne creux, comme du contreplaqué.
Voilà où les abdos mènent !
Dans ces salles de muscu comme des boîtes à sardines où ils ont cru s'tasser pour suer par tous les pores.

Paraît que le lard en sort !

Ah ! Ils me font pitié !
Quand je vois tous les efforts qu'ils font alors que moi...

Oh ! C'est sûr, je fais un peu d'aérofragile mais ça, c'est à cause de la rancœur que j'accumule et qui me gonfle !
Parce que, c'est vrai que
tous ces mecs
musclés, ces baraques foraines,
attirent plus facilement le regard des filles.

Du coup, ils ont, autour d'eux, comme
une cour alors que moi...

Mais, attention ! Chacun son truc !

Si ces mecs ne veulent être aimés que pour leur corps, c'est leur problème !

Moi,

ce n'est pas les occasions qui manquent...

Le problème,

c'est que je me tape que des occasions...

Des filles déjà rodées, érodées dans les bras de ces colosses de Rhodes !

Mais qu'est-ce qu'elles leur trouvent à ces biscottos ambulants !

Des mecs aussi massifs que des poids lourds.

Pourtant, on a toujours besoin d'un petit poids chez soi, non ?

Je reprends la boîte aux chocolats.

Vous n'en voulez toujours pas ?

Vous savez, un p'tit poids comme moi, ça peut rendre de grands services à l'humanité. Tiens, c'est qui qui a trouvé la solution à ce problème existentiel qui traîne depuis l'ennui des temps : le sexe des anges ?

Hein ? C'est qui ? C'est un gros poids lourd,
peut-être ?

Ben non, c'est moi, le p'tit poids ! Hé oui !
Avec juste un peu de muscle du cerveau !
Remarquez, ce n'était pas compliqué. Juste
un peu de logique !

« Le sexe des anges !
Jésus étant le verbe qui s'est fait chair,
les anges étant ses sujets,
il est extrêmement rare de rencontrer
des sujets du verbe sans attributs !
Hé ! »

Oui, tout ça, je leur dirai aux trois femmes
de ma vie.
Pour qu'elles sachent à qui elles ont affaire !

Si ça tombe, mon père aussi, il a raconté
des histoires à son intérim-mère.
Mais ça n'a pas duré longtemps.
Avec mes parents, ça s'est mal termité !

Dès que ma mère l'a appris, pour l'intérim-mère, elle n'a plus voulu cette fois tourner sa langue dans sa bouche !

La Mère
« Quoi ? Tu veux que je te raconte
pourquoi papa et maman vont se quitter ?
Hum, hum...
Bien sûr, il faut que tu saches !...
Tu te rappelles les petites autos.
Le gros camion vert, c'était papa.
Eh bien, un jour sur une départementale
arrive une belle voiture genre
décapotable qui brille fort.
Et comme la voiture rouge de maman
n'a plus ses jantes de 20 ans,
papa, dans son gros camion vert,
a suivi les conseils de bisous futés.
Allez, en rut !
Roulez caresses !

Ah ! Les voitures, c'est comme ça,

elles s'aiment un pneu,

beau clou,

à la phobie

et puis un jour, plus du tout ! »

Voilà ce que c'est !

Papa, avec ses triples assauts périlleux,

a fini par couper leur fil amant !

Quel gâchis-bouzouk !

Le Père

« Ah ! Tu sais fiston,

c'est vrai que l'amour,

c'est comme une piqûre de jouvence.

Seulement, on croit tous que

ça péridurale toute la vie !

Ben non ! Là, en ce moment,

à cause d'un gros abcès de colère,

papa et maman ont dû envoyer leur

amour aux urgences et notre amour,

en ce moment, il suinte intensif !

On ne pouvait quand même pas se

forcener à le maintenir en survie ! »

Et cette nuit-là, papa a trouvé l'issue de
secousse !

LE PÈRE
« Ah ça ! À force de passer toutes mes
nuits blanches à compter les troupeaux
de butons qui sautent de pore en pore,
j'allais finir débileptique moi, ici !
La vie, c'est d'jà bête mais si,
en plus, il faut se farcir pâté en croûte
sur gastro-en-terrine !
Bah !
Non, moi, je te le dis, rien ne sert de
pourrir, vaut mieux partir à point !
Alors, écoute-moi.
Viens ici et écoute-moi ! »

Écoute, écoute !
Il croit peut-être que je dors !!!
Alors que moi aussi, je passe des nuits
blanches à prier :

« Mère Temesta,

Père Dolan,

Jeanne Calmant !

Laissez-moi dans les bras de la mort fée. »

Et toutes les nuits,

j'ai bien le temps de remplir

et de vider les valises sous mes yeux !

Alors, le « écoute, écoute ! »...

LE PÈRE

« Écoute, mon petit.

J'ai pris une grande décision, je vais

partir ! Oui, pour le Tibet.

Mon karma sous l'bras,

j'pars pour de bonze,

dans un monastère, un ashram.

Je vais y attendre ma réincarnation.

Je vais prier pour que, dans ma prochaine

vie, je devienne serpent.

Car quand il mue,

le serpent change de peau !

Tu ne peux pas savoir comme j'attends ça ! »

Voilà ! J'étais convoqué aux élections
préférentielles !

Fallait choisir.

Choisir ! Hou la !
C'était la fin du monde pour moi.
Même carrément le déluge !
Et même pire que le déluge...
Parce que dans cas Noé,
il n'en mènerait pas l'arche !

Choisir... C'est sûr, maman gagne d'office
au sucrage universel.
Mais j'aimerais bien être avec papa
quand il deviendra serpentin pour faire
la fête avec lui !

J'aurais voulu m'en laver les mains comme
Ponce-Pirate et puis basta !

Mais là, je le sentais bien.

J'étais devenu le fruit de leurs entraves,
il fallait que je choisisse, sinon,
ils allaient me remballer chez *Vivragel* !

Alors, sur un coup de tête, je suis parti tout
de fuite rejoindre mon père
et je l'ai retrouvé là-bas
qui priait à langueurs de journée
pour se métabroliser en reptile.
À mon arrivée,
il n'était qu'au stade lézard.

...

séjour en terre-happy

Le père fume une drôle de cigarette...

LE PÈRE

« Ah ! Mon serpenteau ! Mais c'est bien

d'être venu voir papa !

Viens, je vais te présenter mon *friend* :

Narco Polo ! Narco ? Avant, il travaillait

pour Europe-Hachichtance, comme

distributeur, on l'appelait Sert-Joints !

C'est lui qui m'a fait découvrir

ce no man's gland !

Paradisiaque, hein ?

Allez, serpenteau.

Bienvenue dans cet havre de paix baptisé

Terre-Happy !

Tu vois le bonheur, serpenteau ! »

Avec ses yeux atteints de disjonctivite,

ce n'était pas lézard qu'il était mais
caméléon.

Mais moi, je suis resté, je voulais commencer
une autre vie.

Oublier *Vivragel* !

Alors je me suis installé là et très vite, je
suis devenu le dégelé sur l'herbe...

C'est alors que Narco Polo,
cet Indira Dandy,
bon shit bon genre,
nous a tous les trois rebaptisés :
Taf-Taf, Snif-Snif, Schnouf-Schnouf...

Et notre slogan était :

LE PÈRE
« One... Two...
One-two-trip !
Ashram gram
Pique et pique et colle tes grammes
Bourre et bourre et quel ramdam !
Ashram gram ! »

Nous étions alors unis comme les six mains
de la déesse Shiva !

LE PÈRE
« Tombe la neige... »

Tous les soirs, c'était soirée d'encens et puis
un jour, il y a eu le bouquet final.
Un feu d'artifice avec plein de pétards
inconnus et puis d'autres substances qui
hallucinent nos gènes ! Paf !
Je vivais un trip d'enfer !
Mais au fur et à mesure,
je voyais de moins en moins de gens,
je sentais de moins en moins de choses,
alors je me suis dit :
« Là, fais gaffe parce que, souviens-toi,
la came isole de force ! »

Il fallait couper l'herbe sous le pied avant
qu'elle ne bouche l'horizon !
Du coup, je suis parti,
j'ai quitté la Terre-Happy.

Faut dire qu'en plus, avec Snif-Snif
et Schnouf-Schnouf, c'était à la vie,
à l'amorphe.
Alors que moi, je sens que j'ai un destin
animé !

Sur le chemin du retour,
je réalisais que j'étais devenu adulte !
Adulte, finalement, c'est fastoche !
Suffit d'être totalement indépendant,
autonome !

Bon, d'accord, c'est sûr, on ne peut pas être
sans avoir tété, mais un jour
il faut couper le cordon nombrilical.
Ne dépendre de rien ni de personne !

Faut que je dise ça à maman !
Je vais l'appeler... mais ! Mon G !
MON G !
Je ne l'ai toujours pas retrouvé !
Grrr... Cet engin !
Faudrait quand même que j'arrive, un jour,

à ne plus en être dépendant !
Là, ça devient maladif !

Remarquez, il y a un truc qui marche bien,
il paraît,
pour se libérer du G :
Les A.A. Les Accros Anonymes !

•••

séance chez les a.a.

L'animatrice A.A. est assise en tailleur.
Elle est dans un état de béatitude.
Elle regarde avec un large sourire, les yeux
écarquillés, les participants assis à sa gauche
et à sa droite. Elle s'adresse à eux d'une voix lente
et très chaleureuse.

« Bonsoir... Oui ! Je suis votre animatrice
A.Aaaaaaaaaaaaa....
Vous savez, le fait de venir
chez les A.Aaaaaaaaaaaaa...
dénote un réel potentiel mobilisateur.
Et c'est la condition essentielle
pour la réussite de cet ajustement
structurel de votre équation personnelle
que je vous propose ce soir et dont le but
ultime est, au terme d'un processus
progressif adéquat, l'affranchissement
de tout rapport servile au G.

Alors, ce soir, votre premier acte sur la voie de la rédemption consistera à jeter votre GSM par cette fenêtre en signe d'épuration spatiale.

D'accord ? Vous êtes prêts ?
Allez ! Ensemble, nous allons pratiquer l'IVG[1], l'interruption volontaire de GSM ! Oh ! Je sais que l'image peut choquer mais il faut couper le cordon avec cet objet non désiré.

Allez-y !.. Bravo ! Bien !... Plus ample le geste... Voilà !

L'animatrice quitte son groupe d'A.A. pour s'approcher des spectateurs.

Nos amis d'un soir qui auraient leur GSM sur eux peuvent également pratiquer l'IVG.

Une sonnerie de GSM retentit d'un siège de spectateur.

---

1. IVG signifie interruption volontaire de grossesse.

Ah ?! Monsieur ? C'est votre G qui sonne ?...
Non ?

Ils disent tous ça au départ...

Allez, Monsieur, vous allez prendre une
dernière fois votre G en main,

lui dire au revoir,

l'embrasser sur le cadran

et le lancer très, très loin, d'accord ?

Pardon ? Vous ne l'avez pas encore payé ?

Raison de plus !

Allez, tous ensemble, nous allons
encourager Monsieur à faire ce geste
héroïque, ce soir.

Ensemble, à trois, nous allons crier IVG.

Prêts ?

1, 2, 3 : IVG IVG IVG... »

Pfft ! On vous fait dire vraiment n'importe
quoi !

Ah ! Ce G ! Je voudrais m'en débarrasser
mais en même temps...

C'est comme mes parents !

Je voulais couper le cordon car je sentais

bien que, vivre chez l'un ou l'autre,

c'était monoparentable.

Mais couper... Pas simple !

C'est alors que j'ai senti la dent.

Oui, une dent avait poussé.

J'avais attrapé une dent contre la vie.

Une belle grosse dent.

Et vous savez ce que c'est, quand on est tout

petit et qu'on attrape une dent,

on est vachement fier mais le plus dur,

quand on est tout petit,

et qu'il y a une dent qui pousse,

c'est de l'entretenir.

Là, je sentais qu'il fallait

que je m'identifrice

afin de m'achoire

une personnalité plus incisive

et qualifier d'entier ce petit être

qu'anime une intelligencive surplombée
d'une couronne !
L'amour de mes parents, j'y croyais dur
comme fier.

Mais là, je me retrouvais bouche bête
à vouloir couper ma veine de tendu,
à me tirer en gâchette,
à vouloir mettre le feu aux poutres
et à m'enfouir, m'enfouir dans un trou de
mémoire.

J'avais compris qu'il fallait que je me
recompose tout seul, de A à Z.
Sans oublier une seule voyelle, une seule
consonne.
Parce que c'est ainsi,
une seule lettre vous manque
et tout est dépeuplé.

Moi, la lettre qui m'a manqué,
c'est la lettre « i ». Un i minuscule,
un i douillet pour m'y laisser bercer.

Là, il ne me reste plus qu'à bercer mes
abcès avec juste les mots,

les mots pour défonces immunitaires.

Alors, j'écris des mots,

des petites annonces

et j'attends les 3 femmes de ma vie.

On me l'a promis !

Et je serai prêt ! Oui, tout près !

Chez moi, quand elles débarqueront,

il y aura de la musique...

Au régisseur.

Tiens, mets un peu de la musique !

Je chante en play-back sur un vieux slow.

Oh ! Mon costume ! Mon costume bleu !

Dans le frighiver !

*Je m'empare d'un costume bleu ainsi que d'un
bouquet de fleurs.*

Les fleurs, dans le frigo,

ce n'était pas une bonne idée !

Elles sont gelées !

Enfin... Voilà !

Comme ça, si jamais elles sonnent, je fais celui qui n'attend personne !

« Mademoiselle, Mademoiselle, Mademoiselle !

Par la présente, je pose ma candidature à l'élection de l'homme de votre vie pour une période allant de maintenant jusqu'à désormais.

Sachez que je mettrai tout en œuvre pour satisfaire :

1 - vos besoins

2 - vos désirs

3 - vos caprices.

Vous trouverez ci-joint mon curriculum vit'fait ainsi que tout compliment d'information.

Dans l'attente de vous serrer dans mes draps, recevez, Mademoiselle, zelle, zelle, l'expression allumée de mes scintillements les meilleurs. »

Et après, je leur raconterai une histoire drôle.

Parce qu'ils me l'ont dit à l'agence :

« L'humour, ça les fait toutes craquer ! »

Alors, ils m'ont raconté une histoire drôle,
une qui marche à tous les coups, et je dois
la leur raconter quand elles arrivent.
L'histoire, c'est celle du paon qui fait la
roue.
Vous la connaissez, je suppose. Non ?!?
Ah bon ?
Vous... Vous n'allez pas à l'agence ?
Bon, je vous la raconte, comme ça je teste
sur vous.

•••

le paon fait la roue

« On dit que le paon fait la roue
mais c'est la roue qui fait le paon.
Car le paon a toujours fait la roue ronde
alors que la roue, elle, il y a très
longtemps, avant que Jésus n'crie, était
carrée en Grèce et en Phénicie... aussi ! »

Hum... Pardon...

« C'est... C'est Raoul qui inventa la roue
ronde.
Il la testa en Grèce sur les pistes
cyclades. »

Là, ils m'ont dit à l'agence d'arrêter pour
que les filles aient le temps de rigoler...

« Puis en Italie, il inventa les fameux vélos
d'Rome avant de créer le bicyclope qui a

l'avantage, sur le monocyclope, d'avoir l'essieu en face des roues ! Ha, ha ! »

Normalement, là, c'était drôle...

« Hum... Heu... Grâce à son invention, tout s'accéléra.
On avait l'impression qu'Athènes n'était plus qu'à deux pas de Delphes,
Romulus à un saut de puce de Remus,
Mykonos à un os de Lesbos et le rectum à un saut d'homme de Gomorrhe...

Raoul devint saint Raoul,
il fut auréolé et sa roue voilée
et alors que lui aurait pu encore rouler mille ans, sans remords,
à la vie, il dit adieu
et à son cycle amen !... »

Pfft ! Elles ne vont pas aimer mon histoire. Et même peut-être que moi, non plus, je ne leur plairai pas du tout...

Mais peut-être qu'à moi non plus, elles ne
me plairont pas, l'instincto-primale,
la techno-cybérébrale et la sentimentalo-
menthe-citron !

En 3 ans, j'ai eu le temps d'imaginer ce que
pouvait être une instincto-primale...
Vous savez, le genre :
« J'ai faim de toi.
Alors, associssons-nous !
Et l'amour nous assaillira, assaillira,
assaillira ! »

Ça n'ira pas du tout ! Va t'rasoir !

Quant à la techno-cybérébrale, qu'elle reste
à l'état virtuel, moi, je suis overbooké,
disque saturé.
Alors, touche pas à mes disquettes,
ni à ma souris verte,
sinon je t'internet !

Quant à la sentimentalo-menthe-citron, si

c'est pour parler comme dans les vieux livres avec les dames à ombrelle, les mots en dentelle et les voyelles aux accents si complexes.

Vous savez, le style :

« Vous me plûtes !

Vous me plûtes dès que je vous visse.

Et vers vous je m'immisce afin que je pusse à l'oreille vous toucher.

Vers vous, je me meus

et que l'amour m'eût mû... m'émeut !

Alors venez chez moi,

que chez moi tête vous perdiez,

que chez moi vous vous paumiez...

Afin que nous trônions,

que vous ici trôniez

baignant dans l'amour que pour vous

j'eus concentré ! »

Vous avez entendu ! Pomme, citron, jus de fruit, ce n'est plus de l'amour,

c'est une liste de courses.

Et je ne vous parle pas des subjonctifs
soi-disant plus que parfaits !
Parce qu'alors là...
Il y a des choses vulgaires !
Remarquez, il y a des choses jolies aussi...

Par exemple, quand on dit :
« J'aimerais qu'à deux, j'aimerais que nous
riâmes ! »

C'est mignon...

Mais alors, il y a aussi :
« J'aimerais qu'à deux, j'aimerais que nous
pouffiâmes !
Et que vous, surtout, que vous pouffiasss... »

Subjonctifs plus que parfaitement
dégueulasses !

Non ! Moi, la future femme de ma vie, elle
sera hors catégorie...
Ou alors, elle sera ce qu'il y a de mieux dans
chacune des catégories.

Ma future femme sera un patchwork, un cocktail !

Ah ! Si je pouvais la mixer moi-même...

J'aurais devant moi tous les ingrédients...

Qu'est-ce que j'en brasserais !...

J'aperçois dans le public une jolie fille.

Wouah ! Est-ce qu'elle serait accro au G comme moi, accro...

À croquer surtout !

Avec ses yeux bleu gris,

ses petites taches de douceur,

c'est sûr, elle a des ailes de grande dame.

Et il faut que je vous dise...

Dans ses yeux, je vois que, jusqu'à présent, elle n'a connu que des amourettes.

Des gars lui contant fleurette,

l'examinant sous toutes les boutures

et puis la laissant seule avec son p'tit cœur d'artichaut, assez sonnée par toutes leurs salades que je devine aigrettes...

Et puis surtout, elle a un sourire... désarmant !

S'ouvrant sur une polie glotte intéressée,
je l'espère, par ma langue étrangère...

« Mademoiselle, vous me séduites de suite !
Et dans mon regard,
votre peau de pêche se mira belle.
Alors, si par ces quelques mots,
vous flûtes enchantée,
j'aimerais poursuivre de concert
cette symfolie inachevée. »

Bon...
Je vais lui faire ma déclaration d'amour.

l'amour nous noue

« Voulez-vous que ce dévolu de velours
évolue entre nous en volutes de volupté
car vers vous s'évertuent
mes vertus d'éperdu ?

Cet amour que je vous... voue,
cela nous... noue,
voyez-vous, plus que tout.

Savourez-vous ces aveux fous
ou foulez-vous de vos frous-frous
mes vues sur vous
pour vous trop floues ?
Je joue au loup, au loup voyeur,
je loue chez vous ce goût d'ailleurs,
je nous vois partout louvoyer,
je veux ne plus vous vouvoyer.
Je te tutoie et tu te tais !

Mais pourquoi toi, me toises-tu ?
Dois-tu douter de tout ?
Tu tâtes du doigt
l'état de mon moi
et mon tas d'émois.
Ta frimousse fit mouche
Ton minois me noie
mais de toi à moi,
je te dis nous
car je préfère à tu et à je... nous !

Cet amour que je vous voue,
cela nous noue,
voyez-vous, plus que tout.

Mais cette moue sur vos joues,
ce flou filou me rend fou.
Vous, et vos atours, me hantez.
Avouez-moi votre amour enchanté...
Vous dénoueriez mes affreuses affres
à fredonner cet aveu vrai sans à-peu-près
car si vous, à votre tour, mentiez,

je mourrais d'un amour tour... men... té !

Cet amour que je vous voue,
cela nous noue,
voyez-vous, plus que tout.

Mais je touche à tout,
vos doux atouts,
jouet étrange se met en joue.
D'être enjoué m'en voulez-vous ?
Mon moi, du coup,
s'émeut pour vous,
en vous se meut,
s'aimer c'est mieux !
Et vos dessous en sus
suscitent des vices-à-vie !
Car même si les vertus sévissent
c'est viscéral,
le vice s'immisce,
sévissent les râles...

D'être en vous,
suis envoûté.

M'en voulez-vous
d'être enjoué ?

Cet amour que je vous voue,
cela nous noue,
voyez-vous, plus que tout. »

•••

la chute

Normalement, le spectacle finit là...

Pfft ! Va falloir que je trouve une autre
chute !
Ah ! Ce n'est pas facile !

Parfois, je suis chez moi à chercher une
chute et je ne trouve rien !
Je sèche complètement !
Vous ne vous en rendez pas compte mais
j'ai parfois des fins de moi... difficiles !

Alors je me dis :
« Allons ! Cherche encore !
On ne sait jamais !
Quelque part,
il y a sûrement une sueur d'espoir ! »

Ah oui ! Parce que c'est fou mais je sue

alors que je sèche !

Et le plus fou c'est que,

j'ai beau suer,

je me fais une raison funèbre,

je sèche !

Mais il faut absolument que je trouve une
autre chute

parce que s'il n'y en a pas,

c'est évident,

vous allez rester sur votre fin...

et non pas sur la mienne !

Bon, écoutez, Mesdames, Messieurs,

si vraiment il vous faut une bonne chute,

choit !

Chut !

Je chute.

•••

•••

•••

•••

•••

•••

•••

fin